Lucia BERLIN

EVENING IN PARADISE
More Stories

十一点钟　平安无事

[美]露西亚·伯林　著

王爱燕　译

北京出版集团
北京十月文艺出版社

新经典文化股份有限公司
www.readinglife.com
出　品

目 录
Content

前言：故事才是关键 / 1

音乐化妆盒 / 5

夏日时光 / 29

平安无事：一段哥特式浪漫史 / 41

尘归尘 / 77

旅程 / 83

阿尔伯克基，铅街 / 95

圣诞节。得克萨斯。一九五六年 / 109

带铁皮屋顶的土坯房 / 119

雾天 / 145

樱花盛开时节 / 157

天堂的夜晚 / 165

梦幻之船 / 185

我的生活是本敞开的书 / 207

妻子们 / 223

圣诞节，一九七四年 / 239

奥克兰，小马酒吧 / 257

女儿们 / 259

雨天 / 267

我们兄弟的守护者 / 269

迷失卢浮宫 / 279

新月 / 293

阴影 / 299

前言：故事才是关键

马克·伯林[1]

上帝保佑，露西亚是位技艺卓越而离经叛道的作家，年轻时擅长跳舞。我多希望能把她所有的故事一一讲述，比如有一次她在阿尔伯克基的中央大道与史摩基·罗宾逊[2]邂逅，与他共吸一支大麻，跟他去提基-凯酒廊看他演出。她很晚才回到家，汗味和烟味中仍残留一丝香奈儿的余香。我们还曾经应一位年轻族长之邀，参加了新墨西哥州圣多明戈村的一场神圣舞蹈。当时有位舞者跌倒，露西亚认为是自己的错。不幸的是，整个村庄人也都那么想，因为只有我们是外人。多年来，这件事成了我们霉运

---

[1] 马克·伯林（1956—2005），露西亚的长子，作家、厨师、艺术家，热爱自由、动物和一切大蒜味的东西。
[2] Smokey Robinson（1940— ），本名 William Robinson，美国演员、歌手、音乐制作人。

的标志。我们全家都学会了跳舞，我们在沙滩上跳舞，舞过博物馆，舞进餐馆和俱乐部，仿佛家一般自在；我们在戒毒所、监狱和颁奖台上跳舞，与瘾君子、皮条客、贵族和普通人共舞。问题是，假如要我来讲露西亚的故事，即便从我的角度（无论客观与否），都会被称为魔幻现实主义。没有人会相信那些鬼话。

我最早的记忆是露西亚的声音，读书给我和弟弟杰夫听。读什么故事并不重要，因为每夜都有一个故事，她用夹杂着得克萨斯和智利圣地亚哥口音的柔和声音吟唱。像《红河谷》那样的歌曲，文雅，又具有民歌韵味——好在她没有她母亲那带鼻音的埃尔帕索口音。也许我是她生前最后一个和她说话的人，那时她也在读东西给我听。我不记得读的是什么（书评？别人请她看的数百份手稿中的片段？明信片？），只记得她那清澈、充满爱意的声音，氤氲的熏香，几缕夕阳的余晖，之后我们默默坐着，凝视着她的书橱。就那样体会着书架上那些词语的力与美。那些值得回味和揣摩的东西。

除了幽默感和写作，我还遗传了她的背痛，我们探身去拿奶酪、饼干或葡萄，步调一致地呻吟，大笑。抱怨服的药，抱怨副作用。我们拿佛教第一谛开玩笑：生即是苦。还有墨西哥人的态度：人生不值钱，但肯定可以很好玩。

她还是个年轻的母亲时，带我们在纽约的街道中游逛：参观博物馆，与别的作家会面，看凸版印刷机印东西，看画家们作画，听爵士乐。后来我们突然去了阿卡普尔科，之后又去了阿尔伯克基。那是我们人生的头几站，平均九个月左右换一次住所。她在哪里，哪里就是家。

墨西哥的生活让她惊慌。蝎子，肠道寄生虫，树上坠落的椰子，腐败的警察，无孔不入的毒贩。但就在她生日前一天我们回想，我们到底还是活过来了。三任丈夫，天知道还有多少情人，都死在她前头。她十四岁的时候，医生说她这辈子也不会有孩子，而且活不过三十岁！可她生了四个儿子，个个都不省心，我是老大，也是麻烦最多的。但她养大了我们，还养得相当好。

她酗酒的事一直被人做文章，她不得不与酗酒带给她的耻辱抗争，但最终将近二十年没喝酒，创作出她最精彩的作品，并通过教学激发了新一代的很多人。后者并不意外，因为从二十岁起她就断断续续地教书。她经历过艰难岁月，甚至危险的时期。妈妈很纳闷，在她状况一团糟的时候，为什么没人把我们几个孩子领走呢？不知道，可我们出落得还不错。假如在郊区家庭长大，我们都会枯萎；我们天生就是伯林的孩子。

我们经历的很多事都让人难以置信。那些故事本来该由她自己讲。比如有一次在瓦哈卡，她和一位画家朋友吃了致幻蘑菇，跑去裸泳。出水时，他们身上沾满河水中的铜锈，从头到脚都是绿色，吓得要死。我只能想象，她当时裹着那条粉色长围巾，是副什么样子！

至于阿尔伯克基城外那块戒瘾聚居地（见于她的短篇小说《流浪狗》），我根本不会描述，但想象一下，布努埃尔与塔伦蒂诺在那里拍了一部戏中戏电影，剧中出现六十个屡教不改的前囚犯，安吉·迪金森，莱斯利·尼尔森，十几个科幻小说中的僵尸，还有前面提到的伯林家那一帮。

我最美好的记忆，是巴迪·伯林萨克斯管上闪烁的耶拉帕夕阳，盘旋的比波普乐曲，妈妈在烤盘上做晚饭时木柴萦绕的烟雾，她那被珊瑚色火光映照得光彩熠熠的脸庞，捉鱼的火烈鸟，双腿叉开站在房子外面的潟湖中；拍岸的波浪声，青蛙的聒噪声，我们的脚踩在粗砺沙地上发出的咯吱声。在灯光下做作业，比莉·哈乐黛沙哑的歌声。

妈妈写的故事是真实的；不一定是自传性的，但是近似到足以乱真。我们家族的故事和记忆慢慢被重新塑造、润饰、编辑，以至于我始终无法确定哪些是真正发生过的。露西亚说那并不重要：故事才是关键。

音乐化妆盒

"要听从你父母的训诲，因为这要作你头上的华冠，你项上的金链。恶人若引诱你，你不可随从。"①

外婆梅蜜把这段话读了两遍。我努力想记起受到过什么训诲。不要抠鼻子。可我确实想要条项链，那种在我大笑时叮当作响的项链，就像塞米那条。

我买了条链子，去了灰狗车站，那里有一台能在金属小圆片上印东西的机器……正中间印了颗星星。我在上面写上"露查"，挂在脖子上。

就在一九四三年六月底，塞米和杰克拉上我和霍普入伙。他们正在跟本·帕迪拉说话，开始的时候让我们走开。本离开以后，塞米叫我们从门廊下出来。

"坐下，我们打算让你们入伙，跟着干件事。"

---

①出自《圣经·旧约·箴言》1：8。

六十张卡片。每张卡片的最上面是一张音乐化妆盒的彩图。接着是红色的封印,上面写着"**请勿开启**"[1]。红印下面封着一个名字,是卡片上印的那些中的一个。都是由三个字母构成的三十个名字,旁边有一条横杠。**艾米、梅、乔、碧雅**[2]等等。

"花五分钱买一次选名字的机会。你在名字旁边写上选它的人是谁。所有名字都卖出去以后,我们就打开红色封印。谁选中封印里的名字,化妆盒就归谁。"

"一大堆化妆盒哪!"杰克嘎嘎地笑。

"闭嘴,杰克。这些卡片是我从芝加哥买的。每张卡片赚一块五。每张卡片我寄给他们一块钱,他们给我寄化妆盒。明白吗?"

"明白,"霍普说,"所以呢?"

"所以,每卖一张卡片,你们拿两毛五,我们拿两毛五。这样大家合作,五五分成。"

"这么多卡片,他们卖不完的。"杰克说。

"我们当然卖得完。"我说。我讨厌杰克。小混混。

"她们当然行。"塞米说。他把卡片递给霍普。

"露查管钱。现在是十一点半……开始吧……我们给你们计时。"

"祝好运!"他们喊道。两人在草地上你推我,我推

---

[1] 本书黑体字对应原文的全大写单词。
[2] 原文分别为 AMY、MAE、JOE 和 BEA,均为由三个字母所组成的人名。

你,哈哈大笑。

"他们在笑话我们……以为我们做不到!"

我们敲开第一扇门……一位女士走过来,戴上眼镜。她买了第一个名字。**亚伯**。她把自己的名字和地址写在那个名字旁边,给了我们五分钱,还有她的铅笔。亲亲的小可爱,她这样叫我们。

厄普森街那一侧的每栋房子我们都去了。我们到达公园的时候,已经卖掉了二十个名字。我们坐在仙人掌花园的墙头上,气喘吁吁,得意扬扬。

人们觉得我们招人喜欢。我们七岁,长得都比实际年纪要瘦小。如果是女人开门,就由我出面卖机会。我长着一头蓬蓬的金发,头发比脑袋大一倍,看起来活像一棵大大的黄色风滚草。"一团金丝光环!"我因为掉了牙,笑的时候总翘着舌头,一副很害羞的样子。女士们会拍拍我,弯下腰听我说话……"什么事,小天使?哇,我太愿意了!"

要是开门的是男人,就由霍普出马。"五分钱……选个名字。"不等他们关门,她慢吞吞地说着,递上卡片和铅笔。他们说她有胆量,捏捏她那黑黑瘦瘦的小脸蛋。她那双眼睛,透过面纱般的厚重黑发,一眨不眨地瞪着他们。

现在我们只担心找不准时间,很难说人们什么时候在家,什么时候不在。拧拧门铃把手,等着。最糟糕的情形是,我们是"很久以来"唯一的访客。那些人都极为衰老。大多数肯定过不了几年就死了。

除了那些孤寂的人和觉得我们招人喜欢的人,还有些是那一种……那天遇到两个人……他们真的以为打开门时被提供一个机会,一个选择——这是一种预兆。他们用的时间最长,但我们不在乎……等待,气还没喘匀,这时他们自言自语着。汤姆?那个该死的汤姆。萨尔,我姐姐叫我萨尔。汤姆。好,我选汤姆。要是赢了会怎样呢?

我们根本没去厄普森街另一侧的人家。剩下那些名字在公园对面的公寓里就卖光了。

一点钟。霍普把那张卡片递给塞米,我把钱倒在他的胸脯上。"天哪!"杰克说。

塞米亲了亲我们。我们站在草坪上,脸颊绯红,喜笑颜开。

"谁赢了?"塞米坐起来。他那条李维斯牛仔裤的膝盖处湿了,染了绿,胳膊肘也染上草的绿色。

"上面怎么说?"霍普不识字。她一年级考试没及格。

佐伊。

"谁?"我们俩面面相觑,"是哪个来着?"

"卡片上最后一个。"

"哦。"手上涂药膏的那个男人。银屑病。我们很失望,有两个特别好的人,我们本希望他们赢的。

塞米说,卡片和钱我们可以先收着,等全卖掉再说。

我们拿着那些东西翻过篱笆，钻到门廊下面。我找到一只旧面包箱，把东西放进去。

我们拿了三张卡片，从后面小巷离开家，不想让塞米和杰克觉得我们急不可待。我们穿过马路，沿着厄普森街另一侧，从一家跑到另一家挨着敲门。又沿蒙迪街一侧一直跑到阳光杂货店。

我们卖了两整套卡片……坐在马路牙子上喝葡萄汽水。哈达德先生在冰箱里给我们放了几瓶，拿出来冰冰凉……像融化的冰棍。公交车在街角来了个急转弯，差点轧着我们，狂按喇叭。在我们身后，基督王山周围烟尘升腾，得克萨斯州午后阳光中的黄色泡沫。

我读出那些名字，一遍又一遍。我们在希望能赢的名字旁边画个叉……在不喜欢的名字旁边画个圈。

那个光脚的士兵——"我**正需要**个音乐化妆盒呢！"塔皮亚太太——"啊，请进！见到你们真高兴！"一个十六岁的姑娘，刚刚结婚，给我们看她刷成粉红色的厨房，她自己刷的。罗利先生——让人毛骨悚然。他呵斥住两条大丹狗，称霍普为性感的小不点。

"要知道，我们一天可以卖一千个名字……要是有旱冰鞋的话。"

"对呀，我们需要旱冰鞋。"

"你知道问题出在哪儿吗？"

"什么问题？"

"我们总是说:'您想买一次机会吗?'我们该说'一些机会'。"

"'想买整套卡片吗?'怎么样?"

我们坐在路边,哈哈大笑,很是开心。

"咱们去卖最后一张。"

我们转过拐角,走到蒙迪高地下的那条街。那一片荫翳幽暗,生长着密密丛丛的桉树、无花果树和石榴树,墨西哥人的花园,蕨类植物、夹竹桃和百日菊。那些老太太不会说英语。"不要,谢谢①。"便关了门。

圣家教堂的牧师买了两个名字。**乔和范**。

那时有一小片住着些德国女人,手上沾着面粉。她们哐地关上门。去!

"咱们回家吧……白费劲。"

"不,往上走,维拉斯学校旁边有很多士兵。"

她说得对。那些男人穿卡其裤和T恤,在房子外给黄色的百慕大草浇水,喝啤酒。霍普去推销。此时她的头发一绺绺粘在她那叙利亚人的橄榄色脸庞上,如一幅乌黑的珠帘。

一个男人给了我们两毛五,他妻子喊他,于是没来得及找给他零钱。"给我五个!"② 他从纱门里喊。我开始写他的名字。

---

① 本书仿宋字代表原文为西班牙语。
② 原文为"Give me five",也有"击个掌"之意,此处应为双关语。

"别写，"霍普说，"我们可以再卖一次。"

塞米打开封印。

塔皮娅太太赢了，她选的是女儿的名字**苏**。我们在她旁边打过叉，她人可好了。奥弗兰太太赢了下一个。我们都不记得她是谁。第三个赢家是一个买了**卢**这个名字的男人，可实际上应该是给我们两毛五的那个士兵。

"我们应该把它给那个士兵。"我说。

霍普撩起头发看着我，浅浅一笑。"好吧。"

我翻过篱笆进了我家院子。外婆梅蜜在浇水。妈妈在打桥牌，我的晚饭在烤箱里热着。卡滕伯恩[①]在屋里播新闻，我只能看梅蜜的口型猜她的意思。外公耳朵不聋，他就是故意把收音机调得震天响。

"梅蜜，我可以帮你浇水吗？"不用，谢谢。

我砰一声推开前门，颤动的彩色玻璃门扇撞在墙上。"进来！"外公的喊声压过收音机。我很惊讶，笑着跑过去，正要往他腿上爬，他却挥起一张剪过的报纸，把我拨拉到一边。

"你跟那些肮脏的阿——拉伯人在一起？"

"是叙利亚人。"我说。他的烟灰缸像彩色玻璃门一样发着红光。

[①] H. V. Kaltenborn（1878—1965），美国记者，是广播节目的先驱。

那天晚上……收音机里播的是《费伯·麦克基》①和《阿莫斯与安迪秀》②。我不明白他为什么那么喜欢听。他总说自己讨厌有色人种。

我和梅蜜坐在餐厅里读《圣经》,读的还是《箴言》。

"当面的责备,强如背地的爱情。"③

"为什么?"

"别打岔。"我睡着了,她把我抱到床上。

妈妈回家时我醒了……她吃奶酪棒,读悬疑小说,我躺在她身边,睡不着。多年后我推算,仅在第二次世界大战期间,妈妈就吃了超过九百五十盒奶酪棒。

我想和她说说话,给她讲讲塔皮娅太太,讲讲那个养着几条狗的男人,还有塞米拉我们入伙、和我们五五分成的事。我头靠着她的肩膀,压着奶酪棒碎末,沉入梦乡。

第二天,我和霍普先去严德尔大道上的公寓。士兵的年轻妻子们头上盘着发卷,身着雪尼尔④睡袍,因为被我们吵醒而气急败坏。她们谁都不买机会。"不买,没有五分钱。"

---

① 即《费伯·麦克基与莫莉》(Fibber McGee and Molly),1935 年至 1959 年播出的系列广播剧,是美国最著名的夫妻档喜剧。
② Amos and Andy,1920 年代至 1950 年代美国最受欢迎的喜剧广播剧,两位主人公都是黑人,但都由白人演员扮演。
③ 出自《圣经·旧约·箴言》27:5。
④ 由不同细度和强力的短纤维或长丝通过捻合而成的一种面料,有手感柔软、质地轻盈等特点。

我们坐公交去广场，换乘去梅萨的汽车到克恩广场。有钱人……打理精致的花园，门上挂着风铃。这里的人比那些老太太还好。得克萨斯青年会，古铜的肤色，穿百慕大短裤，涂着口红，留琼·阿里森①式童花头。我想他们从没见过我们那样的孩子，穿着妈妈的旧绉纱衬衫的孩子。

长着我们那样头发的孩子。霍普的黑发像从脸上淌下来的浓稠黑柏油，而我的头发直竖着，像一簇黄色的沙滩球，在阳光下噼啪作响。

弄明白我们卖什么后，他们总会笑起来，去找些"零钱"。我们听到其中一个女人对她丈夫说："你就过来瞧瞧嘛，真是小淘气！"他真的走过来，并且成为唯一真的买了机会的人，那些女人只是给我们钱。他们的孩子肤色白皙，坐在秋千上直盯着我们。

"咱们去车站。"

没卖卡片的时候我们就常去那里……到处瞎逛，看所有人亲吻、哭泣，捡人家掉在报摊下面架子底下的零钱。一进门，我们你戳我我戳你，咯咯偷笑。我们以前怎么就没想到呢？成千上万的人，手里拿着硬币，除了等车没有一点事情可干。成千上万的士兵和水手，他们都有起了三个字母名字的女友、妻子或孩子。

---

① June Allyson（1917—2006），美国演员、舞者、歌手。

我们定好时间表。上午去火车站。水手们摊手摊脚地靠坐在木制长凳上,折起的帽子,像圆括号那样盖住眼睛。"啊?哦,早啊,宝贝!当然。"

老头们坐在那里。付五分钱谈谈另外那场战争,谈谈某个有三个字母名字的死者。

我们走进**有色人种**候车室,只卖了三个名字,便被一个白人售票员摁着手肘推搡出来。我们在马路对面的劳军联合组织度过下午。士兵们给我们免费午餐,用蜡纸包着的走了味的火腿奶酪三明治,可乐,星河巧克力。士兵们填写卡片时,我们打乒乓球,玩弹球机。有一次,我们帮着按一个小计数器,记录进来的士兵的人数,每人挣了两毛五。负责计数的那个女人跟一个水手去什么地方了。

每来一列火车,就有新兵和水手源源不断地进来。已经在里面的人叫他们买我们的机会。他们叫我天堂;叫霍普地狱。

我们原计划是,所有六十张卡片我们都拿着,直到全部卖完,但是拿到的钱越来越多,还有额外的小费,简直数不过来。

而且我们迫不及待想知道谁赢了,虽说只剩下十张卡片。我们拿着三个雪茄箱的钱和卡片去找塞米。

"七十美元?"耶稣基督。他们都从草地上坐起来。"不要命的熊孩子,她们真做到了!"

他们亲吻我们，拥抱我们。杰克一圈又一圈地打滚，捂着肚子尖声大笑："天哪！……塞米你真是个天才，智者！"

塞米搂着我们。"我就知道你们能行。"

他边翻看所有的卡片，边用手捋着一头长发，他的头发黑漆漆的，总像湿的一样。他笑那些赢家的名字。

一等兵奥克塔维厄斯·奥利弗，俄克拉何马州西尔堡。"嘿，你们到底去哪里找到这些家伙的？"塞缪尔·亨利·斯罗珀，美国，随便哪里。他是**有色人种**候车室的一个老人，说要是他赢了，音乐化妆盒我们自己留着就行。

杰克去阳光杂货店给我们买来滴着水的香蕉冰棒。塞米向我们问起所有那些名字，还有怎么卖出去的。我们给他讲起克恩广场和那些身穿青年布[①]衬衫裙的漂亮家庭主妇，讲起劳军联合组织，讲起弹球机，还有那个养着几条大丹狗的下流男人。

他给了我们十七美元……超过五成。我们连公交车都没坐，一路跑到市区的彭尼百货商场。很远。我们买了旱冰鞋和冰刀锁，在克莱斯买了魅力手镯，还买了一袋红色的咸味开心果。我们坐在广场中的短吻鳄旁边……士兵，墨西哥人，流浪汉。

---

① 棉织物，可用作衬衫、内衣面料和被套的布料，质地轻薄，光滑柔软。

霍普环顾四周……"我们可以在这里推销。"

"不，这里的人没钱。"

"除了我们！"

"最难办的是还要去送音乐化妆盒。"

"不难办，因为现在我们有旱冰鞋。"

"咱们明天就学滑冰。……嘿，我们甚至可以从高架桥上滑下来，看看冶炼厂的矿渣。"

"要是人家不在家，我们可以直接把音乐盒放在纱门里面。"

"酒店大堂会是卖货的好地方。"

我们买了滴着汁的科尼岛热狗和漂浮沙士。钱就这样花完了。我们一直走到厄普森街头的空地上才开始吃。

那片空地比人行道高很多，在一座被墙围起来的山顶上，长满开紫花、带茸毛的灰色植物。整片空地上的植物之间散落着碎玻璃，被阳光映成深深浅浅的薰衣草色。在一天中那个时候，午后向晚，太阳斜斜打在空地上，光线仿佛是从下面映出来，来自花心，宛如紫色水晶石。

塞米和杰克在洗一辆车。一辆没有顶也没有门的蓝色老爷车。我们跑完最后一个街区，旱冰鞋在箱子里面砰砰作响。

"这是谁的车？"

"我们的，想兜一圈吗？"

"从哪里弄来的?"

他们在洗车胎。"从一个认识的人那里。"杰克说,"想兜一圈吗?"

"塞米!"

霍普站在车座上。她看起来像是疯了。我还是没明白。

"塞米——你买车的钱哪里来的?"

"哦,东凑点西凑点……"塞米冲她咧嘴一笑,就着水管喝了口水,用衬衫擦了擦下巴。

"你从哪里弄的钱?"

霍普看起来像个面色蜡黄的老巫婆。"你这骗人的王八蛋!"她厉声尖叫。

我这才明白过来。我跟她翻过篱笆,钻到门廊下面。

"露查!"塞米,我的第一位英雄,在喊我,可我还是跟着霍普走到那个面包箱,她蹲在箱子旁边。

她递给我一叠填满了的卡片。"数一数。"我数了很长时间。

有五百多人。我们查了查那些打上了叉号、我们希望赢的人。

"我们可以给其中一些人买音乐化妆盒……"

她冷笑一声:"拿什么买?反正也没有什么音乐化妆盒。你以前听说过音乐化妆盒吗?"

她打开面包箱,取出十张还没有卖的卡片。她发了疯,像快断气的鸡一样在门廊下的尘土中扑腾。

"你干吗呢，霍普？"

她喘着粗气，蹲在那丛朝向院子盛开的忍冬花中。她举起卡片，像疯女王手中的扇子。

"这些现在归我了！你可以跟着我，五五分成。你也可以留下。你要是跟着我就算是我的合伙人一辈子都不准再跟塞米说话不然我就用刀杀了你！"

她走了，我躺在潮湿的泥土里。我好累。我只想躺在那里，永远躺着，什么都不做。

我在那里躺了很久，然后翻过木栅栏走进小巷。霍普在街角的路边坐着，头发像扣在头上的一只黑桶。弓着背，如一尊圣母哀子像。

"咱们走。"我说。

我们沿着山坡走向前景大街。已经是晚上了……各家的人都在外面，给草地浇水，在门廊上荡着秋千低语，秋千像蝉一样有节奏地吱吱叫着。

霍普把一扇大门在我们身后重重带上。我们沿着湿漉漉的水泥小路走向那家人。喝着冰茶，坐在台阶上，门廊上。她拿出一张卡片。

"挑个名字。一毛钱一个机会。"

第二天一大早，我们带着剩下的卡片出发。我们没有提新定价，也没有谈前一天晚上卖出的六张卡片。最重要的是，我们一点也没谈论我们的旱冰鞋……旱冰鞋我们可是盼了两年。甚至都还没试穿。

在广场下车时,霍普又说了一遍,我要是再和塞米说话,她就杀了我。

"绝对不会。要见血吗?"我们那时经常用刀子划手腕,歃血为盟。

"不用。"

我松了一口气。我知道终有一天我会跟他说话的,不歃血就没那么糟。

盖特威酒店,就像一部丛林电影。痰盂,咔嗒响的风扇,棕榈树,甚至还有一个像西德尼·格林斯特里特[①]那样身穿白色套装、扇着扇子的男人。他们都摆摆手轰我们走,再把脸甩回到报纸后面,好像他们知道我们是谁似的。人们喜欢酒店里那种匿名感。

走到外面,穿过被阳光晒塌陷的柏油马路,搭上一辆去华雷斯的有轨电车。披着长披巾的墨西哥人——身上散发着美国纸袋和克莱斯玉米糖的气味,橙色那种。

华雷斯,陌生的地方。我只知道有喷泉和镜子的酒吧,弹《美丽甜心》的吉他手,那是妈妈跟"帕克家的女孩们"去参加战争遗孀晚会时见到的。霍普只知道脏驴电影。每次达琳跟士兵约会,哈达德太太总派霍普跟着,好保证不会出事。

---

① Sydney Greenstreet(1879—1954),英国演员,曾出演《马耳他之鹰》《北非谍影》等影片。

我们站在桥边靠华雷斯的那一头,当一群群游客和步履轻快的小兵从桥上下来时,我们就像倚在富丽斯酒吧阴凉处的出租车司机、卖木蛇的小贩一样,往前探着身子招揽顾客。

有些人冲我们微笑,急于找到喜欢的东西,也希望招人喜欢。他们太匆忙或太尴尬,不看我们的卡片,就把散碎的硬币,一分的、五分的、一毛的,塞进我们手里。"拿着!"我们讨厌他们,把我们当墨西哥人了。

傍晚时分,士兵和游客从坡道上蜂拥而下,叽叽喳喳地走上人行道,走进弥漫着黑烟草、白朗姆啤酒气味的悠悠热风之中,脸色红润,满怀希望……我会看到什么呢?他们从我们身旁拥过,将几分硬币塞进我们手中,却根本不看我们举着的卡片,也不与我们对视。

我们紧张地笑着,直冲出来,又飞速让路,搞得脚步踉跄,头晕眼花。现在我们胆子大起来,笑嘻嘻的,就像卖木蛇和胶泥小猪的小贩一样。我们肆意地挡住他们的去路,拉扯他们的衣服。"来吧,才一毛钱……买个名字吧,一毛钱……嘿,有钱的太太,就一毛小钱!"

黄昏。疲惫而满头大汗。我们靠在墙上数钱。擦鞋的男孩们讥讽地看着我们,虽说我们赚了六块钱。

"霍普,咱们把卡片丢进河里去吧。"

"怎么,就跟这些流浪汉一样乞讨?"她气坏了,"不行,我们要把所有名字都卖掉。"

"我们也得找时间吃饭呀。"

"没错。"她冲一个流浪儿喊……"喂,哪里有吃饭的地方?"

"吃屎去吧,外国婊。"

我们离开华雷斯主街。你还能回头看到那条街,听到它的声音,闻到它的气味,仿佛那是条被污染的大河。

我们跑起来。霍普在哭。我以前从没见她哭过。

我们像山羊一样奔跑,像马驹一样奔跑,低头迈着大步,脚踏在泥土的人行道上,发出噔噔的闷响。人行道是坚硬的红泥地。

跑下土坯台阶,进了加维兰咖啡馆。

那时是一九四三年,在埃尔帕索,能听到很多关于战争的消息。外公整天做厄尼·派尔[1]的剪贴簿,梅蜜祈祷。妈妈在医院做灰衣女士,陪伤员打桥牌。她带瞎眼或独臂的士兵来家里吃饭。梅蜜给我读《以赛亚书》中的话,说终有一天大家都会铸剑为犁。但是在此之前我没有想过这些。我只是想念父亲,崇拜父亲,他在海外某地当中尉……冲绳。作为一个小女孩,走进加维兰咖啡馆时,我第一次想到了战争。我不知道为什么,只记得那时候我想到了战争。

---

[1] Ernie Pyle(1900—1945),二战时期的美国战时通讯员,也从事新闻专栏写作,曾获普利策奖,1945年在战场上殉职。

加维兰咖啡馆中的每个人都好像兄弟或表兄弟，像亲戚，即便他们坐在桌边或吧台，并没有相互挨着。一个男人和一个女人，争论着，碰触着。两个姐妹在母亲背后嬉闹。三个穿牛仔工装的精瘦的兄弟躬身坐着，三人同样的鬈发耷拉着，垂在龙舌兰酒杯上。

尽管人人都在讲话，还有人在唱歌，但咖啡馆里幽暗，清凉，安静。笑声无拘无束，私密，亲热。

我们在吧台前的凳子上坐下。一个女服务员端着托盘走过来，上面画着一只蓝紫色的孔雀。她那露出黑色发根的棕红色头发绾成一堆卷曲的发髻，用雕银嵌小镜片的金制发梳固定住。涂成紫红色的大嘴巴，绿色的眼皮……黄色缎面的圆锥形乳房中间闪烁着蓝绿色蝴蝶翅膀的十字架。"你好！"她粲然一笑。一口亮闪闪的金牙，鲜红的牙龈。绚丽夺目的天堂鸟！

"小可爱们，想来点什么？"

"玉米饼。"霍普说。

那位花瓢虫般的女服务员俯身向前，血红的指甲扫掉面包屑，用她生涩的西班牙语向我们低语。

霍普摇了摇头……"听不懂。"

"你们是美国人？"

"不是。"霍普指着自己说。叙利亚人。接着她开始用叙利亚语讲话，女服务员听着，紫红色的嘴巴随着那些话在动。"哎！"

"她是外国婊。"霍普说我。他们笑起来。我羡慕她们的黑话,她们的黑眼睛。

"她俩是外国婊!"女服务员告诉咖啡馆里的人。

一位老人端着酒杯和一瓶科罗娜啤酒走向我们。站得……笔挺,走路也挺拔,身着白色套装,有西班牙风度。他儿子跟在后面,一身黑色阻特装[①],戴着墨镜和表链。那是比波普音乐的时代,花衣小子的时代……儿子弓着腰,低着头,以示对父亲的尊重。

"你叫什么名字?"

霍普把自己的叙利亚名字告诉他……莎——阿——哈拉。我告诉他叙利亚人对我的称呼……露查阿。不是露西亚或露查,而是露——查——阿。他把我们的名字介绍给大家。

那个女服务员叫查塔[②],因为她的鼻子像雨水管一样翘着。从字面上看,这个词的意思是"蹲着"。或者"便盆"。老人叫费尔南多·委拉斯凯兹,他与我们握手。

跟我们打过招呼后,咖啡馆里的人像原来一样不再留意我们,以他们随意而淡漠的态度接受了我们。仿佛我们随便倚在哪个人身上睡着都可以。

委拉斯凯兹帮我们把两碗青椒端到桌上。查塔给我们

[①] 即 zoot suit,1940 年代流行于爵士乐迷等人中的服装,其特点为上衣过膝,宽肩,裤子肥大而裤脚狭窄。
[②] 原文为西班牙语"chata",有"扁尿盆"等含义。

端来青柠檬苏打水。

他在埃尔帕索工作过,在那里学会了英语。他儿子也在那里做建筑活儿。

"喂,劳尔……给她们说说……他英语说得很好。"

儿子依然站在父亲身后,姿态优雅,颧骨在比波普式胡子上方泛着琥珀色的光。

"你们两个小孩来这里做什么?"那父亲问。

"卖东西。"

霍普举起那摞卡片。费尔南多把每张都翻过来看了一遍。霍普拿出她的兜售腔调,推销起化妆盒来……"获胜的名字就会赢得一个音乐化妆盒。"

"天哪……"他把卡片拿到下一桌,打着手势,拍着桌子解释着。他们都犹豫地看看卡片,又看看我们。

一个裹着艳丽头巾的女人向我招手。"喂,有人会赢这些盒子,是吗?"

"是的。"

劳尔默默走过去,拿起一张卡片,低头看着我。隔着墨镜,他的眼睛看起来是白色的。

"盒子在哪里?"

我看看霍普。

"劳尔……"我说,"当然没有音乐化妆盒。谁的名字赢了,谁就会赢到所有的钱。"

他以斗牛士的优雅风度向我鞠躬。霍普低下她湿漉漉的脑袋，用叙利亚语骂了一句，又用英语说："咱们怎么没有早想到呢？"她冲我一笑。

"好吧，小调皮……给我两个名字。"

委拉斯凯兹在向各桌的客人讲解游戏规则，查塔向坐在吧台边的一群男人解释，那些人健壮的腰背已被汗水浸湿。他们推过两张桌子，和我们的拼起来。我和霍普各坐一头。劳尔站在我身后。查塔为围坐在桌边的每个人都斟上啤酒，如同在酒席宴上。

"多少钱？"

"两毛五。"

"我没有……一比索行吗？"

"好吧。"

霍普把钱撂在自己面前。"喂……我们还要拿四分之一的分成。"劳尔说这很公道。霍普的眼睛在遮眼的刘海下闪闪发光。我和劳尔记下名字。

那些名字本身在西班牙语中更好玩，大家都念不对，笑个不停。**鲍勃**。啤酒喷出来。只用三分钟，一张卡片就填满了。劳尔打开封印。伊格纳西奥·桑切斯选的**泰德**赢了。太棒了！劳尔说他干一整天也就差不多挣这个数。伊格纳西奥夸张地一挥手，将硬币和皱巴巴的钞票撒在查塔的孔雀托盘上。啤酒！

"等一下……"霍普拿出属于我们的四分之一分成。

已经有两个小贩走进来，拉过椅子坐在桌边。

"怎么回事?"

他们坐下,草编的篮子搁在腿上。"多少钱?"

"一比索……两毛五。"

"就按两比索吧。"劳尔说。"两比索。五毛钱。"提篮子的新来者付不起,所以大家商定,既然是新来的,这次就按一比索来付。他们每人在那堆钱上放了一比索。劳尔赢了。两人起身离开,连杯啤酒都没喝。

等我们把四张卡片都卖完的时候,所有人都醉了。赢的人没有一个留住自己的钱,只会买更多的机会,更多的食物,这会儿的龙舌兰酒。

输钱的人大多离开了。我们一起吃玉米粉蒸肉。粉蒸肉是查塔用一只洗菜盆端上来的,还有我们蘸热玉米饼吃的一锅菜豆。

霍普和我到咖啡馆后面上茅房。跌跌撞撞,用手护着从查塔那里借来的蜡烛。

哈欠一声……尿尿让人沉思,反省,就像新年时一样。

"喂,几点了?"

"哦。"

快到午夜了。加维兰咖啡馆中每个人都同我们亲吻道别。劳尔送我们到桥头,他牵着我们的小手。轻轻拉着,如同探矿人手中的树枝,领着我们瘦瘦的小身子跟上他花衣小子的步伐,如此轻盈,舒缓,悠然。

桥下，在埃尔帕索那一侧，当天下午我们遇见过的那几个擦鞋的小混混，站在浑浊的格兰德河中，手里举着锥筒接钱，要是钱掉进河里，他们就在泥里挖着找。几个士兵往下扔几美分的硬币，口香糖包装纸。霍普走到栏杆边，大喊一声："喂！浑球！"便把我们所有的硬币都抛向他们。收回手来，哈哈大笑。

劳尔把我们送上出租车，付了车钱。我们从后窗向他挥手，看他晃悠着向桥走去，像鹿那样一跃跳上桥面。

霍普一下出租车，她爸爸就开始打她，一路用皮带抽着她上了楼梯，用叙利亚语尖声叫骂着。

我家里没有别人，只有梅蜜跪在地上祷告我能安全回家。我坐出租车这事比去华雷斯更让她不放心。她坐出租车无论去哪里，绝对会带上一袋黑胡椒粉，以防遭到袭击。

坐在床上。我身后垫着枕头。她给我端上蛋挞和可可，那是她专为病人或受上帝惩罚的人准备的食物。蛋挞在我嘴里融化成圣餐薄饼。我喝下她宽恕的爱的鲜血，她则站在我的床尾，身穿粉红色天使长袍祈祷。马太和马可，路加和约翰。

夏日时光

那时我和霍普都是七岁。我想我们搞不清月份，连星期几也不知道，除了星期天。盛夏已然酷热漫长，天天如出一辙，以至于我们已经不记得去年还下过雨。我们又一次要约翰舅舅在人行道上煎鸡蛋，所以至少这事我们记得。

霍普一家是从叙利亚来的。他们不可能在得克萨斯的夏日闲坐着谈论天气。或者解释夏日里为什么天越来越长，而后又一天天变短。我家里的人相互之间根本不说话。我和约翰舅舅偶尔一起吃饭。外婆梅蜜在厨房和我的小妹妹萨丽一起吃。妈妈和外公如果还吃饭的话，那就在他们各自的房间里，或者去外面的什么地方。

有时候全家人都在客厅里。听杰克·本尼[①]或鲍

[①] Jack Benny（1894—1974），美国电台和电视喜剧演员，常扮演小提琴手和爱说俏皮话的守财奴一类的角色。

勃·霍普[①]或《费伯·麦克基与莫莉》。可就连这种时候也没人说话。大家各笑各的，盯着收音机上那只绿眼睛，就像现在的人们盯着电视一样。

我是说，我和霍普不可能听人谈起夏至，或者讲起埃尔帕索为什么夏天老下雨。我们家从来没人谈论星星，很可能都不知道夏天时北方的天空中偶尔会出现流星雨。

暴雨灌满小河沟和排水沟，雨水泛滥，冲毁了冶金厂镇的房子，冲走了鸡和汽车。

电闪雷鸣的时候，我们陷入原始的恐惧。蜷缩在霍普家的前廊上，裹着毯子，满怀敬畏和宿命感听着咔啦咔啦、轰隆轰隆的声音。可我们还是忍不住想看，颤抖地蜷成一团，提醒对方看闪电如飞箭般一路照耀格兰德河的河面，咔嚓一声劈在基督王山顶的十字架上，又蜿蜒炸入冶金厂的烟囱，咔啦咔啦。轰隆。就在此时，蒙迪街上的有轨电车伴着一阵瀑布般的火星熄了火，所有乘客都冲下车去，雨恰好下了起来。

雨不停地下呀下。下了一整夜。电话断了，电灯灭了。妈妈没回家，约翰舅舅也没回家。梅蜜点起烧木柴的炉子，外公回家后，骂她是白痴。傻瓜，停的是电，不是煤气。而她却摇摇头。我们完全明白了：什么都靠不住。

我和霍普在她家门廊的折叠床上睡觉。我们的确睡着

[①] Bob Hope（1903—2003），美国演员、主持人、制作人，出生于英国，其职业生涯长达 70 余年，堪称美国的"笑坛常青树"。

了，但都发誓说自己一整夜没合眼，看着片片雨帘从天而降，像一面巨大的玻璃砖窗户。

早饭我们在两家都吃。梅蜜做小饼干和炖肉汤，霍普家是吃炸肉丸和叙利亚面包。她的奶奶把我们的头发编成紧绷绷的法式辫，于是我们一上午都变成吊梢眼。我们整个上午都在雨中转圈圈，然后哆哆嗦嗦地跑进来擦干，接着又跑到外面。我的外婆和她的奶奶都走出来，看看她们的园子被雨水冲得一塌糊涂，冲到墙根处，冲到街上。很快，红色的钙质层泥水涨起来，淹没了人行道，淹到我家房门前水泥台阶的第五阶。我们跳进像可可一样温热黏稠的水中，被雨水冲出几个街区，漂得极快，小辫子浮在水面上。我们从泥水中爬出来，冒着冷雨往回跑，跑过我们家的房子，一口气跑到最上面的街区，再次跳进街上的河水中，又一次被冲走，一遍又一遍。

寂静赋予这场洪水一种诡异的魔力。电车不能开了，好几天里也不见汽车。这个街区只有我和霍普两个孩子。霍普有六个哥哥姐姐，但他们都大了，不是得去家具店帮忙，就是总不在家。厄普森大街上住的多是冶金厂的退休工人，或是墨西哥寡妇，那些寡妇不大会说英语，早晨晚上都去圣家教堂做弥撒。

整条街都是我和霍普的地盘。滑旱冰，跳房子，丢石子儿。一早一晚，老太太们会给植物浇水，但其余时间她们都躲在屋里，紧闭窗户与遮光帘以抵挡得克萨斯难耐的酷暑，但最要紧的是要把红色的钙质尘土和冶金厂的烟雾挡在外面。

每天晚上，冶金厂都会点火冶炼。我们常坐在屋外，天空星光璀璨，突然间火焰从烟囱中喷射而出，之后是令人恶心的滚滚而来的乌黑浓烟，将天空染成墨色，给周围一切罩上一层黑纱。实际上倒还挺好看，黑烟在天空中翻腾起伏，只是太刺痛眼睛，而且那强烈的硫黄味也呛得我们干呕。霍普总是干呕，可她是装的。你要想知道每天晚上的景象有多骇人，这么说吧，当广场影院上映第一颗原子弹爆炸的新闻片时，有个爱逗趣的墨西哥人喊道："瞧啊，冶金厂！"

连绵的雨水停过一阵，这时候发生了第二件事。我的外婆和霍普的奶奶把沙子铲走，清扫自家门前的人行道。梅蜜很不擅长收拾家务。"就因为她以前老是雇有色人种做帮佣。"妈妈说。

"而你呢，是让爸爸干！"

她不觉得这事有什么好笑的。"我才懒得浪费时间打扫这蟑螂遍地的垃圾堆。"

但梅蜜肯花工夫打理院子，清扫台阶和人行道，给她的小园子浇水。有时候她和霍普的奶奶亚伯拉罕太太就隔着一道篱笆，却互不理睬。梅蜜信不过外国人，而霍普的奶奶讨厌美国人。可霍普的奶奶喜欢我，因为我能逗她开心。有一天，她家所有的孩子都在炉边站成一行，她给刚出炉的热面包放上炸肉丸发给他们。我一排进队里，她没来得及看清就把肉丸给了我。每天早上梳头发编辫子，我也是这么混进去的。第一次时她假装没发觉，用叙利亚语叫我，别乱动，拿梳子敲我的脑袋。

哈达德家旁边有块空地。每到夏天，空地上长满杂草，有害的蓟草，让人根本不愿从上面走过。到秋冬季节，你会看到空地上铺着一层碎玻璃。蓝色，棕色，绿色。多数是霍普的哥哥和他的朋友们用气枪打碎的玻璃瓶，但也有些就是人们随手扔的。我和霍普常捡瓶子换钱，老太太们会把瓶子装进褪色的墨西哥篮子，送到阳光市场。而那时候大多数人喝完汽水，就把瓶子随手一丢。总会有啤酒瓶子从车窗飞出来，摔出小小的爆炸声。

现在我明白，那种景象是和太阳落得那么晚有关系，在我们都吃过晚饭之后。我们回到外面，蹲在人行道上玩丢石子儿。只有几天时间，我们蹲在地上时，恰好能看到空地上野草下面那层碎玻璃在那一刻被阳光照亮，化作玻璃马赛克地毯。在某个角度看，阳光穿过玻璃，宛如大教堂的彩色玻璃窗。那奇异的景象只延续了几分钟，只出现了两天。"看！"第一次时她说。我们坐在地上，一动不动。我汗津津的手中紧紧攥着石子儿。她捏着高尔夫球的手停在空中，如同自由女神像。我们凝望着五颜六色的万花筒在眼前铺展开来，眼花缭乱，然后光渐渐柔和、模糊下来，随后消失了。第二天，那景象又出现了一次，但再后来的那一天,太阳只是静静地暗淡下去,化为黄昏。

那场玻璃奇观之后,也可能是之前不久,冶金厂的人提前点了火。当然,点火时间并没有变。晚上九点。只是当时我们没有意识到。

那天下午,我们坐在我家门前台阶上脱旱冰鞋时,一辆大轿车在门前停下。一辆闪闪发亮的黑色林肯。一个戴帽子的男人坐在驾驶座上。他降下靠近我们这边的车窗。"电动车窗。"霍普说。他问谁住在这房子里。"别告诉他。"霍普说。可我还是告诉了他:"莫伊尼汉医生。"

"他在家吗?"

"不在。除了我妈,别人都不在家。"

"是玛丽·莫伊尼汉吗?"

"是玛丽·史密斯。我爸爸是中尉,打仗去了。我们暂时在这里借住。"我说。

那人下了车。他身穿套装,里面是背心,硬挺的白衬衣,配了一条表链。他给我们俩每人一枚银圆。我们不知道那是什么东西。他说是美元。

"这种钱商店里认不认?"霍普问。

他说认。他走上台阶,敲了敲门。没有人应声,他转动金属的摇把,拉响刺耳的门铃。过了一会儿门开了。我妈妈气呼呼地说了些什么,我们听不清楚,然后她砰一下摔上门。

等他出来的时候，又给我们每人两个银圆。

"很抱歉，我该早点做自我介绍。我是F.B.莫伊尼汉，是你的舅舅。"

"我叫露，她叫霍普。"

然后他问梅蜜去哪里了。我告诉他，她在得克萨斯第一浸信会，市区的图书馆对面。"谢谢。"说完，他开车走了。我们把银圆塞进袜子里。正是时候，我妈妈刚好从台阶上跑下来，头上缠着粉红色的发卷。

"那是你福图纳图斯舅舅，那条毒蛇。绝对不能告诉任何人他来过。听见没有？"我点点头。她啪啪拍着我的肩膀和后背说："一个字都不能跟梅蜜说。他离开的时候伤透了她的心。丢下全家人没吃没喝。她要是知道了还会难过死的。一个字都不准说，明白没有？"我又点点头。

"回答我！"

"我一个字都不说。"

她又啪地拍了我一下，登上台阶回屋了。

后来全家人都回来了，和往常一样待在各自的房间里。这栋房子有一个长长的过道，过道左侧是四间卧室，最里面是一个卫生间，厨房餐厅和客厅在另一侧。过道里总是很暗。夜里漆黑一片，白天阳光透过气窗的染色玻璃映出血红。以前我去卫生间都吓得要死，直到约翰舅舅教我，从前门开始走时不断低声念诵"神将看顾我，神将看顾我"，再拔腿飞奔过去。那天我蹑手蹑脚，因为前面卧室里，妈妈正告诉约翰舅舅说福提①来过。约翰舅舅说要是自己当时在家就好了，会一枪崩了他。我又在梅蜜门外停下。她在给萨丽唱催眠曲，声音那么甜美。"在遥远的密苏拉，妈妈为我唱歌。"我从卫生间出来的时候，约翰舅舅在外公房间里。我站住，听外公对约翰舅舅说，福图纳图斯还想进麋鹿俱乐部②。外公传话给他，让他滚蛋，不然就报警。他们又说了些什么，可我听不清。只听到波本酒汩汩倒进杯子里。

最后约翰舅舅走进厨房。他喝酒，我喝冰茶。他在杯子里加了薄荷，好让梅蜜以为他喝的也是茶。他告诉我，福图纳图斯舅舅很多很多年以前就离开了家，正在他们最需要他的时候。当时约翰和外公都严重酗酒，没法工作。泰勒舅舅和福图纳图斯舅舅支撑着全家，直到有一天半夜，福图纳图斯去了加利福尼亚。他留了张字条，称自己对莫伊尼汉家的这帮废物已经忍无可忍了。他从没给家里寄过钱，甚至连一封信都没写过，梅蜜有一次差点死了，他也没回来。现在他当了什么铁路的总裁。"最好别提你见过他。"约翰舅舅对我说。

大家都在客厅里收听杰克·本尼。萨丽还在睡觉。梅蜜坐在她的小椅子上，和平常一样，手中的《圣经》敞

---

① Fortie，前文福图纳图斯（Fortunatus）的昵称。
② The Elks Club，1868 年于美国纽约创办的一个以兴办慈善事业为主的兄弟会组织。

开着。但她没有读。她只是低头看着书，苍老的脸上洋溢着幸福的神情。我明白福图纳图斯舅舅找到她，和她说过话了。等她抬起头来，我微微一笑。她也冲我笑了笑，又低下头。我妈妈站在过道里抽烟。我的笑让她紧张，她站在梅蜜背后，开始冲我摆出"嘘！"的各种手势和脸色。我只是茫然地瞪着她，好像不明白她到底是什么意思。外公在听收音机，被杰克·本尼逗得哈哈大笑。他已经醉了，坐在皮摇椅上拼命地摇晃，把报纸撕成细细的纸条，在红色大烟灰缸里点燃。约翰舅舅在餐厅门口喝酒抽烟，把一切都看在眼里。我妈妈打手势让他把我弄出去，他不理睬。我想他也能看到梅蜜在微笑。我妈妈冲我比画"出去！"的手势。我装作没注意，跟着收音机唱菲奇广告歌："假如你头痒痒，不要挠！用菲奇！动脑筋！保头发！就用菲奇洗发水！"她瞪着我，眼神那么凶，真让我受不了，于是我从袜子里掏出一枚银圆。

"嘿，外公，看我有什么？"

他停下了晃动。"你从哪里弄来的？是跟那些阿拉伯人偷来的？"

"不，是送给我的！"

我妈妈啪地抽了我一个耳光。"讨厌透顶的熊孩子！"她把我拖出房间，从前门扔出去。我记得她像拎一只猫那样抓着我的后脖颈，但我那时已经长得很大了，所以这不可能是真的。

我一到外面，霍普就嚷嚷着让我赶紧过去。"今天他们提前点火了！"我说我们当时以为时间还早，就是这个意思。那时天还没黑。

大团大团的黑色浓烟从烟囱中盘旋涌出，高高喷射入空中，又以骇人的速度翻滚着倾泻进我们的街区，仿佛夜晚来临，弥漫的浓雾淹没屋顶，覆盖小巷。烟雾变淡了，飘荡着向整个市区铺散过去。我们两人都无法动弹。泪水从我们眼中滚滚滑落，是被硫黄浓烟那恶臭刺鼻的气味呛的。而烟雾在向市区其他方向飘散时，又被阳光打上一层背景光，宛如玻璃被阳光照亮，于是连烟雾也变得五彩缤纷。悦目的蓝与绿，如同漂着汽油的水洼中的霓虹紫与酸性绿。一抹闪耀的黄和一片锈蚀的红，但接下来多是柔和的苔绿色，反射到我们脸上。霍普说："好恶心，你眼睛五颜六色的。"我骗她说她的也一样，但她的眼睛依然是黑色。我眼睛颜色浅，的确会变色，所以很可能的确随着盘旋的烟雾变化。

我们向来都不像大多数小女孩那样叽叽喳喳。甚至不怎么说话。我知道，关于那片烟雾和那些闪闪发亮的玻璃片的惊人的美，我们当时一个字都没说过。

突然间天色就晚了，黑了。我们都进了屋。约翰舅舅在门廊的秋千上睡着了。我们家很热，弥漫着烟、硫黄和波本酒的气味。我爬上床，挨着妈妈躺下，睡着了。好像是半夜，约翰舅舅把我推醒，带我到屋子外面。"把你朋友霍普叫起来。"他小声说。我朝霍普的百叶窗上扔了一个石子儿,不一会儿,她就出来找我们了。舅舅领我们到草坪上,叫我们躺下。"闭上眼睛。闭上了吗?"

"闭上了。"

"闭上了。"

"好了,睁开吧,朝兰道夫街那边的天上看。"

我们睁开眼睛,看到得克萨斯清澈的夜空。星星。漫天的繁星,仿佛过于多了,有一些被挤得从边上蹦出来,翻滚着飞溅到黑夜之中。几十颗、几百颗、千万颗流星,直到最后被一缕云遮住,后来越来越多的云轻柔地遮住了我们头上的天空。

"做个好梦。"他轻声说,打发我们重新回去睡觉。

早晨雨又下了起来。下了整整一周,到处雨水泛滥,最后我们厌倦了在外面搞得又冷又脏,于是把我们的钱都拿去看电影。那天我和霍普看完《西班牙大陆》回到家,爸爸从战场上平安回来了。不久以后我们就搬去了亚利桑那,所以那天之后,得克萨斯的夏天又发生了什么,我不得而知。

平安无事:一段哥特式浪漫史

正是花刚开放的时候。在别的国家,这种树叫含羞树或金合欢,不过在智利它叫相思树。这个词有种黄色落花铺满庭院的轻柔之感①。此时已是最后一节课,到这个钟点,四年级的女孩们都有些恍惚,心神涣散,罩在校服上的白围裙也又脏又皱。女孩们在书桌上的墨水池里给笔灌墨,笔尖在练习本上刮擦而过,发出令人瞌睡的唰唰声。外面,黄色相思树那被雨水打湿的枝条拂过窗户,同声应和着。

福恩扎利达夫人低声絮叨。学生们叫她"菲亚特"。她看起来像一辆小汽车。矮小,敦实,皮肤近乎黑色,戴一副车头灯似的镜面太阳镜。在一九四九年的圣地亚哥,她是从哪里搞到这种太阳镜的?那时候,美国的眼镜、尼

---
① 原文为"aromo"。

龙丝袜和芝宝打火机都是奢侈品。

她就算不戴眼镜也全都看得见。后排的劳拉坐在凯娜和康奇的后面,她也听得到。铅笔刀裁开书页的最轻微的嘶嘶声,前一天晚上劳拉就本该裁开并读过那本书。老师叫劳拉"叹息",因为她裁纸的声音听起来像在叹气。

"叹息!"

"到,老师。"劳拉起立,双手交握,放在墨迹斑斑的围裙前。

"'Lloveré cuando se me antoje'①,这句话是谁说的?"

劳拉笑了,她刚刚读到这里。我想下雨就下雨。

"你还没有读!"

"我读了。是那个疯人院里的疯子说的。"

"坐下。"福恩扎利达夫人点点头。

铃声终于响了。学生们从桌前起立,等福恩扎利达夫人走出教室,然后收拾书本,一个接一个拥进走廊。她们把围裙挂在储物柜里,扣上干净的白色衣领和袖口。她们系好灰手套上的纽扣,戴上系着长长飘带的宽檐帽。虽然放了四天假,书包里依然装着沉重的作业。

劳拉与凯娜和康奇一起沿丁香街走向埃尔南多·德·阿吉雷宾馆。天已放晴,太阳落在白雪覆盖的巍峨的安第斯山脉上,映出一片珊瑚粉色。一路上,她们的

---

① 即下文"我想下雨就下雨"。此处西班牙语句子后跟随解释,故保留原文。后文类似情况做相同处理。

鞋子踩着相思树的花瓣，周身萦绕着芳香。黄色落花在人行道上铺成厚厚的地毯，落步无声。

很难看出劳拉是美国人。她是采矿工程师的女儿，拥有士兵子弟和外交官子女常有的那种适应能力。他们学什么都快，不只是语言或行话，还有该做什么事，该结识什么人。这类孩子的问题不是受孤立或到哪里都感到不自在，而是未免适应得太快太好了。

女孩们在树林街和丁香街的拐角处站定，谈论这个长周末有什么计划。法国奥运代表团来智利的度假胜地避暑。凯娜要跟埃米尔·阿莱①本人上课。整整一周山上都在下雪，可是，看，现在天晴了。天色渐渐暗了。两名披着短斗篷的武警背着步枪走过，黑色的靴子踏过相思树的落花。

康奇每周末的计划都一样。找裁缝量衣，做头发，芭蕾课，网球课。去克利翁酒店吃午饭。下午打橄榄球或马球。在高尔夫酒店喝茶。她最近和劳塔罗·多诺索在查尔斯饭店喝鸡尾酒。他要是想跳贴面舞该怎么办呢？

劳拉提到她要去伊巴涅兹－格雷的庄园玩四天，康奇和凯娜很羡慕。安德莱斯·伊巴涅兹－格雷是矿业参议员，曾出任驻法国大使。他跻身智利最富有的人物之列，在南方的地产从安第斯山脉延伸到太平洋，横跨全

---

① Emile Allais（1912—2012），法国男子高山滑雪运动员，曾参加 1936 年冬季奥林匹克运动会高山滑雪比赛。

国。"智利国土狭长……可还是……！"凯娜说。有一点那两个女孩都不知道，而劳拉也不关心，就是伊巴涅兹－格雷和劳拉的爸爸都替美国中央情报局效力。她的朋友也不知道，劳拉的父母不会一起去。他们是那天早上决定不去的，她妈妈又病了。劳拉知道，朋友们会说她自己去不合适，即便有堂安德莱斯的姐姐陪同。聚会规模很小，堂安德莱斯是鳏夫。出席这次聚会的还有他的两个儿子和其中一个儿子的未婚妻。

之后她们分手，说好星期一晚上一起学化学。回到家，劳拉挂好帽子和外套，换下校服。那晚她父母要举办一场招待会。是她爸爸要办的。

劳拉去看她妈妈海伦，妈妈还在睡着。房间里弥漫着喜悦牌香水和金酒的气味。她妈妈卧室外面的走廊里，年迈的达米安脚上捆着墩布，来回拖拽着，一遍又一遍地擦着镶木地板。他总是在这里，楼上楼下，日复一日，就像他的小孙子总是在花园里一样。那孩子的唯一任务就是摘掉杜鹃花枯萎的花瓣。管家多明戈和两个仆人把大多数花哨的"法式"家具搬进车库里。多明戈帮劳拉布置大堆大堆从花店买来的富贵菊和毛茛，从花园采来的水仙花，还有几百支蜡烛。到处都是镜子……海伦向来拿不准该挂什么画。晚上点蜡烛后，看起来会好些，劳拉说。她与多明戈和女佣一起核对菜单，检查肉丸和馅饼。玛利亚和罗莎头上缠着卷发夹，她们很兴奋。

劳拉穿上一条酒会短裙,化了妆,她和自己的朋友在一起时绝对不会这样打扮。她这样看起来少说有二十一岁,漂亮,有点轻浮。她爸爸穿着无尾礼服,敲敲她的门,带她一起下楼。他们迎接来自军界和矿业界的人士,外交官,智利和秘鲁的显贵,英国和美国的大使。劳拉的职责之一是做翻译;很少有美国人会说西班牙语。海伦三年之中只学会了"*Traiga hielo.*"[①] "*Traiga café.*"[②] 劳拉在人群中周旋,介绍,交谈。一个下流的玻利维亚官员,人称索托先生,对她纠缠不休。他言语谄媚,惹人厌恶。劳拉向爸爸示意,他走过来,却只冲索托先生咧嘴一笑,说了句"她很迷人吧?"就离开了。劳拉甩开了胳膊。

安德莱斯·伊巴涅兹-格雷站在门厅里。他一头银发,眼睛是极浅的灰色,如同一尊雕像毫无视力的眼睛。多明戈接过他的帽子和大衣。劳拉上前迎接。

"我是劳拉。承蒙您邀我去庄园,不胜荣幸,即使我父母不能前往。"堂安德莱斯握住她的手不放。

"泰德说他的孩子会来,并没有说是一位可爱的女人。"

"我十四岁,只是为了这次聚会才这样打扮的。请进。"恰好美国大使在场,趁两个男人拥抱,劳拉尴尬地逃开了。

劳拉用托盘端着食物和咖啡上楼看妈妈,扶她在床

---

① 西班牙语:加冰。
② 西班牙语:上咖啡。

上靠坐住。劳拉向她描述食物和鲜花,告诉她每个人的穿着打扮,谁送上了问候。她对海伦提到安德莱斯·伊巴涅兹－格雷。"妈妈,他比照片上给人的印象还要好一百倍。"一位具有王者气派的杰斐逊。

"他可比任何一个印在二十块钞票上的老家伙都阔绰,这一点是肯定的。"海伦说。

"真希望你明天能去。你不能改主意吗?我不想去。"

"别傻了。应该会很棒的。再说了,你爸爸确实需要跟这人搞好关系。要是我能应付这些事就好了。"

"什么事?"

海伦叹了口气。"唉,天哪。什么事都有。"

她什么东西还都没吃。"我的背疼死了,我要争取睡会儿。"从脸色上看,她的意思是需要喝一杯。劳拉从没亲眼见过母亲喝酒。

"晚安,妈妈。"

劳拉又去查看厨房里的东西,但是没有再回到聚会上。玛利亚说,她爸爸一直在找她,但是劳拉不以为意。她回到自己房间,上床前拨通康奇的电话。她们谈到凯娜,说那人有多霸道,多爱指手画脚。劳拉明白,可能就在几分钟前,凯娜也在同康奇对她评头论足。她要不是那么困,就会给凯娜打电话,说康奇真傻,竟然跟劳塔罗·多诺索约会。他太老了,还养赛马。他通宵在外,然后去蒸桑拿,之后也不睡觉,直接穿着常礼服去做弥撒。

女孩们都跟比自己大很多的男人约会。大家心照不宣,这些男人都有另一种完全分离的社交生活。他们跟圣地亚哥大学或法语学校的年轻处女们一起看橄榄球和板球比赛,打高尔夫,打网球。他们带女孩们去听歌剧,在晚餐之前参加有大人陪同的舞会和夜总会。但是到了深夜,这些男人又会进入另一个由夜店、赌场和聚会构成的世界,由情妇或留着半长不短头发的女人陪伴。他们余生都会继续这样生活,实际上他们早在孩提时代就已经开始这么过了。他们的母亲,身着裘皮大衣,到房间里亲吻他们,道晚安。但给他们喂饭、哄他们入睡的却是女佣。劳拉打电话的时候,玛利亚帮她收拾衣服,收拾好之后,开始帮她梳头。劳拉捂住话筒。玛利亚,别梳了,你太累了。明天见。她对康奇说,趁着还不冷,她得睡了。玛利亚已经为她在床脚被子里放了一块烧热的砖头。

劳拉正要关灯,玛利亚又端着杯热可可回来了。她亲亲劳拉的额头。晚安,我的小姐。外面空荡荡的街上回荡着巡夜人的喊声……*Medianoche y andado.* 夜半"行走"。*Andado y sereno*……平安无事。

雨水打在昏暗的马波乔火车站的玻璃顶上。外面被雨冲刷光滑的火车闪着黑亮的光。黑色的雨伞,身穿黑色制服的行李搬运工消失在火车嘶嘶喷出的白色蒸汽中。还有摄影记者,不是像康奇希望的那样来自社会版,而是来自左翼报纸。正在强暴我们国家的矿业参议员和美帝分子在马波乔车站商谈。

那两个男人正在打招呼，告别。劳拉没有和他们在一起，而是别扭地站在堂安德莱斯的儿子佩佩身边。他很年轻，身穿修道院的黑色修士服。他身子晃着，脸色通红，盯着自己的脚。长子泽维尔则恰恰相反。身穿英式斜纹软呢套装，潇洒，目中无人。劳拉已经讨厌他了。摆出一副无聊的样子就算见多识广了？讲究的游人和剧院的常客总爱摆出同样为倦怠所苦的表情。干吗不说"旅行？太激动啦！多精彩的戏！"？

泽维尔和他的未婚妻特丽莎正跟她妈妈争辩。她妈妈很不放心。堂安德莱斯的姐姐伊莎贝尔小姐病了，来不了。特丽莎的妈妈觉得没有合适的女伴。堂安德莱斯说服她妈妈，他的管家碧拉尔会服侍并关照特丽莎和劳拉。劳拉的妈妈态度软下来，和劳拉的爸爸一起离开了。

堂安德莱斯靠窗坐着，倚靠红色丝绒椅背。售票员和几个行李搬运工手中攥着帽子，站在那里与他谈笑。过道另一侧，泽维尔和特丽莎与劳拉和佩佩相对而坐。特丽莎娇声娇气地用娃娃音和泽维尔说话，与她成年妇女的身材极不相称。火车还没有出站，佩佩就开始读一本拉丁文书。

泽维尔告诉劳拉，再过两周，佩佩就要进入牧师行业了。对我们而言，将永远失去他。不过，当然也是迷途知返。你是天主教徒？泽维尔个子很高，头发乌黑，除了这一点，他和他爸爸很像，贵族气派，语带讥讽。他极为老练地给劳拉"定位"。读名牌学校，住奢华社区。不，她不了解欧洲。她在威尔士亲王俱乐部打网球。没有加入高尔夫俱乐部。在比尼亚德尔马①过暑假。她认识玛丽索·爱德华兹，但不认识杜萨兰特一家。她法语很好。你没有读过萨特？

"我看书很少。一辈子基本都是在美国的采矿营地度过的。就像杰米·巴顿②。"劳拉说。虽说没有读过达尔文，至少她还读过苏伯卡索③。

"一个更漂亮的高贵野蛮人。"堂安德莱斯在过道另一侧说道，"劳拉，来坐在我身边，我给你讲讲我们这地方。"

她舒了一口气，到他对面的座位上坐下，额头抵在车窗上，冰凉。玻璃窗外面被发动机喷出的煤烟溅得斑斑驳驳。黄色相思树倒映在比奥比奥河上，倒映在湖水中，倒映在池塘里。堂安德莱斯告诉她经过的城镇和河流的名字，果树的名字，告诉她田地里要种些什么。行李员敲着锣走过来，通知大家吃午饭，堂安德莱斯让别人先走。就

---

① Viña del Mar，智利中西部城市。
② Jemmy Buttons，疑为 Jemmy Button 之误，火地岛原住民，于1830年作为人质被带到英国。一年后他被送回原居住地，查尔斯·达尔文也参加了这次航程。
③ Benjamin Subercaseaux（1902—1973），智利作家，曾以《杰米·巴顿》为题创作过一部小说。

这么简单，堂安德莱斯和劳拉搭伴度过这个假期。

餐车里的服务员和勤杂工比客人还多，每上一道菜用的碗碟、刀叉和酒杯也繁复至极，从一个几乎不到三平方英尺的厨房中送来一道又一道菜，源源不断。

堂安德莱斯问她爱达荷与蒙大拿的山脉，银矿和锌矿。矿工生活得如何？那些冶炼厂在哪里？劳拉很想念这些地方，很高兴谈论这些。劳拉还没有原谅爸爸，他离开矿区进入管理层成为政客。他自己本来也不情愿，是妈妈海伦太渴望繁华、浪漫和金钱。可如今，就和在落基山脉中一样，她仍几乎不踏出房间。

劳拉向堂安德莱斯讲起新墨西哥州和亚利桑那州的沙漠。是的，就像安托法加斯塔①。她告诉他，她过去常跟爸爸一起爬山，在溪流中淘金。她还很小的时候，爸爸就曾带她下过矿井。有时乘普通的升降机下去；在小型矿上时，她就坐进一个拴着绳子的大桶里，抓住绳子，她的脑袋和那些穿粗糙劳动布裤子的矿工的膝盖一般高。矿井的气味。湿冷，黑暗。进入大地之腹的那种感觉。她在兰卡瓜②第一次见到露天矿的震撼，蟒蛇铜矿坑。那阔大的深长裂口，它遭受的强暴。

这个词一出口，她的脸便红了。她刚才一直说啊说，因为葡萄酒和他的关注而眩晕。真不好意思，请原谅。没

---

① Antofagasta，智利北部海港城镇，濒临太平洋，位于沙漠之中。
② Rancagua，智利城市，主要经济产业为采矿业。

关系，令人神往。餐车里只剩下她和堂安德莱斯。有那么多服务员，她刚才都没有注意。

她刚才也没有注意到他的胳膊搭在她的椅背上，给她斟酒的时候他的头发扫过她的肩膀。毫不拘谨，根本毫无觉察，她已经在这男人面前放松下来。走到车厢之间的连接处时，他抓住她的胳膊，扶她站稳；仆役携着行李经过时，他把她拉近到自己身边。对这样的亲昵她并没有反应，和任何别的男人都会是这样。她就是被包覆起来。

这种情况以后再也不会发生在她身上。待她年龄见长，她总是能够掌控自己，即便是顺从的时候。这是第一次也是最后一次，有人控制了她。

佩佩与泽维尔和特丽莎隔过道坐着，已经睡着了。他脸色苍白，乌黑的睫毛在颧骨上投下阴影；他手中握着一部玫瑰经，那本拉丁文的书。泽维尔和特丽莎在玩凯纳斯特纸牌[①]。

"好。我们跟你们一起玩。"

"爸爸，你是不玩凯纳斯特纸牌的呀。"

"特丽莎，我和你跟泽维尔和劳拉对阵。"

余下的旅程很愉快。外面天色渐渐暗下来。玩笑和大笑。洗牌时舒爽的唰唰声。发牌的嗒嗒嗒声。火车的汽笛声，雨不紧不慢打在金属车顶。堂安德莱斯金质打火机的

[①] canaçta，一种经典的纸牌游戏。最常见的组合为四位玩家结成两对搭档，使用两副完整的扑克牌。

咔嗒声和摇曳的火苗。透过烟雾他眯起的灰眼睛。

茶由四名身穿礼服的仆役端上来。一只俄式茶壶,白镴咖啡壶,三明治,焦糖蛋卷。特丽莎倒茶。此时她和劳拉友好相待,聊起了商店。纽约。萨克斯①。伯格道夫。

火车停在圣芭芭拉时,天已经黑了,雨还在下。庄园总管加夫列尔来接他们。一位番红肤色的牛仔,身披沉重的披风,头戴宽檐帽,靴子上带着马刺。劳拉和堂安德莱斯坐进驾驶室;其他人爬进带篷卡车的后部车厢。加夫列尔和另外两个男人把行李、箱子和一盒盒食物装上车。

这辆卡车是火车站和泥泞街道上唯一的车。镇广场上亮着两盏煤气灯,裹着黑围巾的女人们匆匆赶往烛光照亮的教堂参加晚祷。一驶过广场,便连一个人影也看不到了。之后的几个小时,在空旷的乡间和崎岖的道路上,连一栋房子、一盏灯、一辆车都看不见。看不见一架风车或一根电线杆。鹿、狐狸、兔子和其他田野动物在车头灯前奔跑。雨是仅有的声响。堂安德莱斯和加夫列尔谈论耕种、马和羊。谁死了,哪些男人离家去了城里。城里指的是圣地亚哥。最后他们驶临一片微弱的闪烁灯光,一簇掩映在桉树林中的小屋。卡车放慢速度,堂安德莱斯摇下车窗。一阵浓烈的相思树和松树的香气,烧橡木的气味。他的雇农在这里住。堂安德莱斯没有使用表示雇农的智利语

---

① Saks,和后文的"伯格道夫"(Bergdorf)均为美国纽约曼哈顿第五大道上的奢侈品商店。

"roto"，意思是破落户。

然后他们接着开，驶上一片高地，在高大的铁门前停下。一个穿披风的身影打开大门，挥手让他们进去。卡车驶过几英里的杨树和果树，果树光秃秃的，只有一片迷蒙的粉色梅花掠过。到山顶后，堂安德莱斯叫加夫列尔停下卡车。他们在雨中下了车，下面遥远的山谷中，立着一栋带尖角阁的石头房子，黄色的灯光倒映在房子下面的湖水中。除此之外，周围几英里几英里不见其他灯光，但是黑暗中到处跃动着一丛丛黄色的相思树。劳拉为这壮丽的景象、为这寂静所打动，却笑出声来。

"在美国电影中，这时你就该说：'这一切都是我的。'"
"但这是部黑白片。我只能说，这一切将会很快消逝。"
回到卡车上，她问他，会不会爆发一场革命，共产党人到底会不会掌权。
"当然会。很快就会的。"
"我父亲说这种事绝对不会发生。"
"你爸爸很天真。不过，这当然也是他的魅力所在。"

狗在卵石铺地的庭院中吠叫。敞开的门中，灯光和烛火投射出十多个仆人的剪影。屋内，泛着幽光的镶木地板上铺着富丽的波斯地毯。阴暗的西班牙油画，烛光中恍惚苍白的面容。一位叫碧拉尔的老妇与他们一一握手。堂安德莱斯对她说，要她做特丽莎的女伴，帮特丽莎安顿好，归置行李。多洛莉丝在哪儿?

在这儿，先生。一个绿眼睛的美丽女孩，年纪顶多和劳拉一样，及腰的黑发编成辫子。她来照顾劳拉，他说。劳拉跟女孩走上旋转楼梯。两人像孩子一样轻盈地蹦跳上了楼。劳拉一直努力想象这房子是怎样建起来的，那些建筑材料，还有工人自己，到底是怎么被运送到这么偏远的地方……就像建造狮身人面像。她时时停下，观看挂毯、雕刻。多洛莉丝笑起来："等你看了你的房间再说吧!"

一张挂着床帏铺着锦缎的床，砌蓝色瓷砖的壁炉，一口古色古香的箱子上方挂着一只椭圆形的镜子。卫生间铺着大理石；镜子中映出十二支蜡烛。水只是微温，但浴缸旁放着几只盛有开水的铜桶。

窗户上晃动的旧玻璃和昏黄模糊的镜子增添了梦一般的幻觉。镜中多洛莉丝的身影消失了，但声音犹在，轻柔，如智利牛仔的歌唱。问她饭什么时候准备好，她答道："一小时左右吧。"她打开劳拉的行李，又往壁炉里加了一根木柴。她站着等候，直到劳拉点点头。谢谢。独自一人，镜中劳拉的影子颤抖着，摇曳灯光中一帧棕黑色调的旧照片。

其他人已经坐在宽大的起居室里。炉火熊熊。特丽莎坐在三角钢琴前弹肖邦的《雨滴》。这次假期中，这首曲子她弹了一遍又一遍。后来每当劳拉想起长寿花庄园，这首旋律就在她脑海中一遍遍演奏。堂安德莱斯递给她一杯雪莉酒。

"我就像英国的家庭女教师,爱上这栋房子了!"

"不要去东厢房!"泽维尔笑了。劳拉对他有了点好感,还以微笑。

"这栋房子我是按梦想的样子建的。"堂安德莱斯说,"根据法国和俄国小说。这乡间本身就是纯粹屠格涅夫式的。"

"……那些农奴是这样的。"泽维尔说。

"别谈政治,泽维尔。劳拉,我儿子是社会主义者,未来的革命者。一个典型的智利无政府主义分子,就在男仆为他刷外套的时候,大谈民众的苦难。"泽维尔喝着酒,什么都不说。佩佩翻动钢琴上的琴谱。

"劳拉,你一定会真心爱上我的马车。我收集马车。你可以扮演蓓基·夏普、爱玛、包法利夫人①。"

"她们我一个都不认识。"

"将来你会认识的。这样一来,等你与她们相遇,就会放下书,想起我的四轮四座大马车,想起我。"

(哦。没错。)

餐厅里也有壁炉。两个仆人从站立之处冒出来服侍他们,再退回到房间的阴影中。

---

① 蓓基·夏普、爱玛、包法利夫人均为文学作品中的女主人公。

佩佩很开心，兴致勃勃。他的母马生马驹了，还添了几十只羊羔。他同父亲谈论田庄里发生的种种事情……大小牲口，雇农们谁家生了孩子，谁家死了人。

晚饭后，泽维尔和特丽莎在客厅里下西洋双陆棋；佩佩和劳拉同堂安德莱斯在他书房里喝白兰地和咖啡。有个小一些的壁炉，由一个仆人照看，每当炉火冒烟将熄，或者一根木柴伴着一阵火星塌下去，那人就从走廊里走进来。

三人在朗读。聂鲁达。鲁文·达里奥①的"公主很忧伤。公主面色苍白"。

"咱们读屠格涅夫的《初恋》吧。佩佩，你开始，但要读得更有感情。你声调这样低沉，最适合当牧师。"

轮到劳拉读的时候，她和佩佩换了位子，坐在灯旁边。她一边读，一边时不时抬头扫一眼坐在对面的两个男人。当她读到齐娜伊达用一绞绒线缠住可怜的弗拉基米尔的双手时，佩佩闭上了灰眼睛，而堂安德莱斯的那双眼睛却一直凝视着她的眼睛。

啊，温柔的感情，和婉的声音，一颗动情的心灵的善良和宁静，那初恋的、令人陶醉的喜悦——你们在哪里啊？你们在哪里啊？

---

① Rubén Darío（1867—1916），尼加拉瓜现代作家，拉丁美洲现代主义诗歌最重要的代表人物。

"佩佩睡着了，他错过了最美妙的一段。"

"你也快睡着了。我送你去你的房间。"

他调了调她床头灯罩里的灯芯，吻了吻她的眉头。凉凉的双唇。"晚安，我的公主。"

你这愚蠢的傻瓜，劳拉告诫自己。他差点就迷得你神魂颠倒了！就像妈妈言情小说里的人物。

劳拉躺在床上，无法入睡。多洛莉丝蹑手蹑脚地走进来，把窗户抬起几英寸。她在壁炉里续上一根木柴，熄掉灯笼。多洛莉丝离开后，劳拉下了床，走到窗边。她把窗户开得更大些，让松树和黄色相思树的芳香飘进屋里。雨停了。天空放晴，漫天耀眼的星星照亮田野和庭院。劳拉看到多洛莉丝走过院子里的鹅卵石地面，走进厨房旁边的一扇门。几分钟后，泽维尔穿过院子，轻轻敲了敲那扇门。多洛莉丝打开门，微笑着把他拉进去，拉向自己。

劳拉听到特丽莎的窗子轻轻一响，关上。劳拉回到床上。她努力保持清醒，想一想，但还是睡着了。

夜晚没有电，白天便显得尤为明媚。阳光暖融融地扑进房间，照在珍珠镶柄的拆信刀上、黄铜制的木柴架上和早餐托盘中的刻花玻璃果酱罐上。窗外，拉斯马尔盖利达斯山脉三座洁白的雪峰在清澈蓝天的映衬下熠熠生辉。

"他们已经去骑马了，"多洛莉丝说，"堂佩佩说要你快点；他想让你看看那头马驹。我给你拿来了这套骑马装。"

"我原想穿这条裤子……"

"可这一套要漂亮得多。"

穿上骑马装,绾起头发,在一面面幽暗的镜子中,劳拉看起来像是另一个时代的画中人。多洛莉丝正要撤下早餐托盘,她后退一步,让特丽莎进了房间。劳拉在两人的脸上搜寻某种表情——较量,轻蔑,尴尬——但两人都不动声色。

"我的床单被子都发霉了,"特丽莎说,"请换一下,或晒一晒。"

"我会告诉你的女佣。"多洛莉丝走出门,高昂着头。特丽莎噘着嘴,翻身倒在窗边的躺椅上。

"真希望伊莎贝尔姑妈在这里。她会让我陪她去湖边散步。我讨厌马。你呢?"

"不。我喜欢马。可我从来没有坐过英式马鞍。"

佩佩在院子里喊。他骑着一匹栗色母马,手里牵着一匹优雅的黑马。劳拉冲下面的佩佩喊道,她马上下去。可特丽莎说个没完。她想赶紧结婚。婚姻会治好泽维尔的政治鲁莽,会让他安定下来。他们订婚多久了?自打他们俩出生,特丽莎说。双方父亲做的主。幸好他们也相爱了。

"咱们走吧,天气好极了。"劳拉说,可特丽莎正在脱外套。"不,我要留下来织毛衣。我不舒服。叫泽维尔过来陪我。"

"要是我能见到他的话。听着,他和堂安德莱斯去很远的地方了，靠近山麓的小丘。"

佩佩扶她跨上那匹叫厄勒克特拉的俊美的母马。他们先去看了那匹马驹，然后骑进马厩旁边的牧马场。佩佩看她跳过原木，跳过小栏杆。两人都哈哈大笑，因为天气晴朗美好，马朝气蓬勃。泽维尔和堂安德莱斯正策马向他们小跑过来。

"我们去迎他们。你能越过栅栏吗？"可她还没来得及回答，他们已经奔到栅栏前面。

"跳得不错。"堂安德莱斯说。

"不错？明明很棒。我的第一跳！"

"再来一次。"

跑开之前，劳拉把特丽莎的口信转告泽维尔。

"好大的派头。跟她骑马很无聊，佩佩。我们到河边去！"兄弟二人彼此呼喊着，奔驰而去。劳拉又跳了一次，但这次很笨拙。

"再来一次。"说着，他在厄勒克特拉的屁股上抽了一鞭子，那马飞驰而去。劳拉吃了一惊，猛地一拉缰绳，马前腿跃起，把她掀翻到地上。堂安德莱斯并没有下马，低头看着她大笑。

"你们俩真是般配。"

"我才不这么容易受惊呢。"

"马也不是。可它不想干的事，就是不干。"

"我想跳。我要跳了，别碰我的马。"

"来吧。"

漂亮的纵身一跃。之后他们纵马去追佩佩和泽维尔，驰过山杨林，驰过草地，驰过犁好的田地。四人骑马一上午，很少说话，只是偶尔喊一声，指向小羊羔、延龄草、紫罗兰，还有大片大片的长寿花，这块地产就是因这种花而得名的。鹿与他们的马在同一条溪流中饮水。他们穿过那条因积雪融化而汹涌的河。马喷着响鼻，河水冰凉。站在山麓小丘上，他们遥望下面的山谷。在劳拉看来，西班牙人初到此地时，看到的应该就是这种景象。即使在她童年时代的落基山脉中，也总有些东西提醒着文明的存在……远处矿车咔嗒咔嗒的声音，锯子的嗡嗡声，一架飞机。回家的路上，他们的确看到一个智利牧人在放羊，另一个赶着牛，正拉犁耕地。

前一天晚上那么阴暗的餐厅此时被阳光照得明亮，从这里可以望见湖水和白雪皑皑的安第斯山脉。骑手们很疲惫，晒得黝黑，也很饿。泽维尔不再装模作样，佩佩和劳拉也不再羞涩。多好的上午！特丽莎也很开心，或者说假装很开心。也许她根本不在意多洛莉丝和泽维尔的事，劳拉想。不，她肯定很嫉妒。只是她不能表现出来，甚至不能让人看出她已经知道，那会搞砸她纯真的未婚妻的角色。泽维尔真的爱她吗？他肯定是爱多洛莉丝的。这才叫浪漫。劳拉恨不得立即告诉凯娜和康奇。

"我玩得真开心！"劳拉说。

"我也是！"大家都说。他们吃鳟鱼，喝扁豆汤，吃烤羊肉和刚出炉的面包。午饭过后，特丽莎和泽维尔去湖上划船。佩佩去睡午觉。

有八辆不同的马车。一辆华丽的镀金四轮大马车，装饰着粉色锦缎坐垫，镜子，金色花瓶，供侍者站立的雕刻繁复的立脚台。美式邮车，双排座活顶四轮马车，双轮单座马车。每一辆劳拉都爬上去坐一坐，最后选了一辆黑色双轮无篷轻便马车，亮闪闪的桃花心木，黑色皮革。

堂安德莱斯把他的牡马劳塔罗套上车。他们驶过湖边，驶过那棵黄色相思树。向特丽莎和泽维尔挥手。车轮向前转动，转动，伴着劳塔罗嘚嘚的清脆蹄声。天色暗下来。堂安德莱斯点上灯笼。

"你想回去喝茶吗？"

"不想。"

"很好。"

他们驶过河上的木桥，被高涨的河水溅了一身。他一边在黑暗中继续驱车前行，一边给她讲自己的童年。和她的童年相仿，他说，因为他很孤独，是家中的独子，却从未做过孩子。他出生时母亲便去世了；父亲冷漠、专横。上过法国和英国的寄宿学校。在家的时候就独自与书为伴。他曾在哈佛、牛津和索邦大学求学，在巴黎遇到他的妻子。不，她是西班牙人。她去世了，多年以前。

该回家了。他掉转车头，把缰绳交给劳拉。等一下。

堂安德莱斯下了马车。一头银发衬着黄色相思树。他采回一束紫罗兰，为她别在披风的领口上。

劳拉真希望他们读的不是《初恋》。她能觉出自己脸颊发烫。"佩佩，轮到你了。"她把书递给他。堂安德莱斯读的时候，她的眼睛没法不去看他的嘴，他白亮白亮的牙齿。

后来，躺在床上，她想自己恋爱了。她回想与他共度的每一个时刻，他说过的每一个字。她期望什么呢？她的梦想不会超出一个吻。

多洛莉丝用托盘端来早餐，把她叫醒。晴朗的一天。堂佩佩想和她一起骑马。泽维尔和堂安德莱斯已经去打猎了。阳台上，特丽莎和碧拉尔在为特丽莎绣嫁妆。一些枕套。多洛莉丝为佩佩和劳拉包好了午饭。

"谢谢。多洛莉丝，你会骑马吗？"

"天天骑，但是主人在的时候不骑。"劳拉想问多洛莉丝她和泽维尔的事，问问爱情。

"你多大了？"她问出的只是这一句。

"十五岁。"

"你是在这儿出生的吗？"

"是，在厨房里！我妈妈一直在这儿当厨师。"

"那你认识泽维尔很久了？"

多洛莉丝笑起来。"当然了，一生下来就认识。他教我骑马，还有打枪。"

劳拉叹了口气，穿衣服。多洛莉丝表现得不像是在谈恋爱，可她为泽维尔开门的时候却很像。劳拉的妈妈海伦有没有恋爱过呢？她找不到可以谈这个话题的人。尤其不能和凯娜和康奇谈，尽管她们聊的从来就只有爱情。为了练习接吻，她们三人亲过药品柜。但是亲药品柜的时候，鼻子要转向玻璃门那边。鼻子该放哪边呢？关于爱情她们只知道这些。劳拉感到的欲望……她无法将那种感觉和那个词相匹配。

她和佩佩骑马到低处的牧场看刚出生的小绵羊和小山羊，然后又去加夫列尔家看望他的妻子。老妇人见到佩佩很高兴。她烧水沏茶，唤邻居家的女人们过来跟他打招呼。我们的佩皮诺要当神父啦！在这间烟熏火燎的泥土地小棚屋中，她们站在他周围，看他喝茶，满怀深情地冲他微笑。他知道她们每个人的名字，她们的牲畜和孩子们的名字。不，他得过好几年才能回来。他会想念她们。为她们祈祷。他们离开时，女人们和他拥抱，和劳拉握手。佩佩和劳拉在一棵巨大的相思树下吃午饭，表情肃穆。

"你要当神父了，紧张吗？"

"很害怕。这是迈出一大步。"

"你为什么要做这个呢？是受到感召吗？"

"没有。我想做出……某些改变，某些姿态。我太愤世嫉俗，当不成革命家。很多原因。想证明自己，想改变世界，想离开我父亲。我的忏悔神父说，只要我的献身是坚决的，就不必担心缘由。"

"好像泽维尔也追求同样的东西。"

"是的。我不知道他会如何找到这一切。"

"他说改革是唯一的答案。把土地分给人民。"

"那会需要太长时间。而且毁掉改革的不是领袖，而是人民自己。他们的天性和宗教要求家长制。他们会把解放者变成新的主人。"

"你说话听起来像我外公，他说黑人做奴隶更幸福。"

他们喝完一酒囊的葡萄酒，吃了两个梨。他们斜倚进一片柔黄，身上沾着相思树的花瓣。

"不知道会不会有一天我能证明自己。"她说。

"这对女人而言很容易。"

"你什么意思……像野地里的百合花？"

"不是。你们不需要那样做，无须坚守自我。"

"我怎么才能知道自我是什么？"他们站起身，拂去身上的黄色花瓣，她叹了口气。他们跨上马背。

"看谁先到家！"

他们从马厩能看到堂安德莱斯和泽维尔站在厨房门口。雉鸡的羽毛在阳光下反射着彩虹般的紫绿色。多洛莉丝微笑着，拎着那几只光彩夺目的鸟。泽维尔抚摸着她乌黑的头发。特丽莎在他们背后走进厨房，目瞪口呆地站在幽暗的房间里。她的珍珠首饰闪着微光，茶壶在托盘上泛着白光。特丽莎将茶壶朝砖地上一摔,离开了房间。泽维尔的手僵在多洛莉丝的黑发上。

大壁炉边饮茶。一把新茶壶。特丽莎不在。

"你未婚妻在哪儿?"堂安德莱斯问。

"她已经不是我的未婚妻了。"

"胡说!去哄哄她,泽维尔。"

"我已经解除婚约。我不会和她结婚了。"

"别犯傻,你不能这么做。"

"我能,爸爸。不,劳拉,不要糖,谢谢。"

堂安德莱斯脸色发白,极为愤怒。"劳拉,我们去兜风。"

"下着雨。"

"雨很小。"

他起身离开,劳拉在后面跟着。泽维尔望着父亲的背影,带着恨意和获胜的得意。

劳塔罗在雨中湿滑的路上飞驰。灯笼在风中闪烁,黑暗中,粉色的花朵、黄色的相思花在他们身旁模糊闪过。天开始放晴,但星星还没有照亮夜空。劳拉和堂安德莱斯没有说话。

他们先听到河水声,才看到河,然后是劳塔罗踏在木桥上的嗒嗒蹄声。木桥垮塌,马发出惊啸声。他们两人都从双轮马车上被抛进翻腾着的冰冷河水中。灯笼嘶嘶熄灭。他们拼命地拍打着河水,扯掉披风和短外套。堂安德莱斯大喊，让她抓住马车，给马解开挽具。在河水中旋转，旋转。劳塔罗歇斯底里地嘶鸣，在他们奋力解开挽具时对他们又踢又咬。劳拉和堂安德莱斯顺流扎进水中，马蹄、石头和马车撞击着他们。

马挣开了，激烈扭动，小声嘶鸣。它一次又一次猛扑向岸边，最后终于吃力地爬上河岸，消失了。双轮马车打着转，在此时被星光映成银色的泡沫中翻滚着，被河水冲往下游。

在一棵相思树下，堂安德莱斯喘着粗气，哆嗦着把他的衬衣撕成条，包扎他腿上和她胳膊上的伤口。生火，他说，但是他的金质打火机点不着火。

"等劳塔罗回到家，加夫列尔就会来找我们。可我们在下游，离他开始找的地方隔着好几英里。希望他可别试着过桥。我们最好开始步行，走到河上游的那座高坡上。把衣服脱下来，拧干。"

"我没事。"

"别犯傻。把衣服拧干。"

他们战栗着，牙齿咯咯作响。

相思花粘在他们赤裸的身体上，如同黄色绒毛。劳拉又冷又怕。她感觉到欲望，不知道该做什么，如何做他们正在做的事。他亲吻她的双乳时，她搂住他银发的头。天空里，黄色相思花的流苏在摇荡。一种令她震惊的疼痛。"我干了什么？"他对她的喉咙呢喃。温暖，他的呼吸和身体。她穿衣服时,精液在她腿上闪光,冒着热气。

夜亮如白昼,流星闪烁,安第斯山脉一片霓虹白。鲜血浸透了他们的绷带。他们一瘸一拐地走着,疲惫,酸疼。

"劳塔罗没有摔瘸,是吧?"

"没有。"

那我呢?她想,受了伤,灌水的靴子把脚磨出了泡,走得这么快,憋得胸口疼。他甚至都没有瞟她一眼。

"那我呢?"她说出声来,"你为什么生我的气?"

他转向她,可依然不看她,浅灰色的眼睛。

"我没有生你的气,我亲爱的。我糟蹋了你,还差点害我最好的马丢了命。"

他大声喊着加夫列尔。声音在空阔的山谷中回响,然后是一片寂静。他们继续走。

糟蹋?我被糟蹋了?就这么快,在混乱的片刻之间?会不会每个人都知道,盯着我看?多洛莉丝被糟蹋了吗?

劳拉脚上的水泡钻心般地疼,她干脆脱掉靴子。他对她说不要脱,可她没理会,假装没有感觉到脚下的石头和树枝。

如果说这么多女人冒着被糟蹋的风险,那我可能是有什么问题,竟然几乎没注意到刚才发生了什么。

她得尿尿。"你先走。我会赶上你的。"她的内裤上泛着红光,浸了血。她褪下湿淋淋的羊毛裤,把内裤丢掉,免得被多洛莉丝看到。

"快点。"

"你先走。我说了会赶上你的。"

她跟在他身后爬上小山。零落的石头滚了下去。

"你如果是觉得我会告诉别人才生气的话,不必担心。"没有人可以倾诉、询问。

于是他停下来,把她搂过去,亲吻她的头发,她的额头,她的眼睑。

"不,我想的不是这个。我在努力想我做了什么。我能做什么来挽回。"

"请吻我。"她说,"我还没有被人吻过。"

他转身不看她,可她抱住他的头,嘴压在他的嘴上。他用舌头分开她的双唇,他们亲吻起来,直到头晕目眩,他们在山坡上坐下。

飞驰的声音。他们谛听,呼喊。一声应答的呼喊。是加夫列尔骑马而来,身后还牵着两匹马。披风和白兰地。给堂安德莱斯带的香烟。回家路上,两个男人远远走在她前面,互相呼喊,在银光莹莹的夜色之中,在起伏的丘陵之间,骑马慢跑着上行或下行。

泽维尔和多洛莉丝在厨房里。颧骨上的两团淡紫色说明他已经醉了。多洛莉丝为堂安德莱斯包扎伤腿时,他和劳拉也在喝白兰地。他和劳拉都被马车、石头和劳塔罗的马蹄刮擦,留下瘀青。堂安德莱斯把这次事故描述成一场光荣的冒险，劳拉救了他一流的纯种马。得知马的价格，劳拉惊呆了。

"肯定有那么一刻，你痛恨自己把那匹马套在一辆双轮马车上。"泽维尔说。

"何止是一刻。我那样做真是蠢透了。"

泽维尔笑了。"爸爸，你这是平生头一次认错。"

劳拉脱掉衣服，爬进烛光照亮的浴缸。多洛莉丝收拾起她的衣服。"你的裤子染上血了。大姨妈来了？""大姨妈"，或者，月经来了？劳拉摇摇头。两个女孩的目光在镜子中相遇。

劳拉醒来，很惊恐，因为几乎动弹不得，但接着想了起来，睁开眼睛。快中午了，外面天色昏暗，下雨了。炉膛内生了火。多洛莉丝端来早饭。"你待在床上。堂安德莱斯希望你感觉不会太难受。"

"他在哪儿？"

"他今天一大早就骑马去圣芭芭拉了。到晚上才能回来。"

"别人都去哪儿了？"

"碧拉尔没起床，不舒服。特丽莎没起床，不舒服。佩佩在自己房间，看书。泽维尔在餐厅。*Está tomado.*"醉了，迷糊了。劳拉注意到多洛莉丝坐在她的床尾。是因为我们两人现在一样了，被糟蹋了，她想。多洛莉丝一定是意识到她的念头,跳起来道歉。

"请原谅我,劳拉小姐。我很累。今天上午让人晕头转向。"

劳拉这时感到一阵羞愧,伸手握住多洛莉丝的手。

"原谅我。的确是让人晕头转向的上午。再说现在已经下午了。我好疼。哦!瞧我的脸!"在昏暗的镜子中,一半脸擦破了皮,一只眼睛乌青。劳拉因一阵自怜出声抽泣起来。多洛莉丝也哭起来。两个女孩搂抱着,摇晃着。之后多洛莉丝离开了房间。

房子里很安静。那条可以进屋的猎犬在锃亮的地板上走来走去,趾甲嗒嗒作响。一种孤独的声音,如同电话铃在一栋空空的房子里回响。

泽维尔在他父亲的书房里睡觉。劳拉去拿屠格涅夫的书,从他身边走过,他醒了。

"是我们高贵的野蛮人!阿塔兰忒[①],跃进冰冷的激流中,拯救濒死的畜生!"

"闭嘴。"

"对不起,外国婊。你肯定感觉糟透了,来我身边坐吧。"

佩佩出现在门口。他刚刚刮过脸,面色苍白。

"劳拉!小可怜!好可怕的事故。你没事吧?还有泽维尔,你怎么了?出什么事了?"

[①] 古希腊神话中一位英勇的女猎手。

"进来，佩皮托。你看起来跟我们一样糟。你害怕了？改主意了？"泽维尔站起身，倒了三杯雪莉酒，在炉火中加了一根木柴。

"肯定到喝雪莉酒的时间了。几点了？"恰在此时，一个仆人走进来，问他们想不想吃午饭。"老天哪，不想。"

"我是说，我们不想吃，是吧？说真的，佩佩，你没事吧？"

佩佩点点头。"没事，我就是来道个别。但感觉像我已经离开了。"

"我就是这种感觉。但你至少还知道要去哪儿。我只是道别。"

"向什么道别？"

"向一切。特丽莎。法律。爸爸。迄今为止的一切。"

"你不是在开玩笑。你要做什么？"

"我还没有想那么远。这会是我最后一次来长寿花庄园，我就知道这一点。"

"唉，泽维尔。"兄弟俩起身拥抱，之后三人默坐无言。炉火。敲窗的雨。湖边朦胧的黄色相思树。

"你呢，外国姨？你会回来的，确定无疑。"泽维尔说。

"不，我不会回来了。"

"你当然会的，"佩佩说，"爸爸那么喜欢你。"

泽维尔哈哈大笑。"那劳拉，你向什么告别呢？你的童真？"

"是的,泽维尔,没错。"劳拉说。

"泽维尔,你太无礼了!"佩佩震惊了,"你醉了!"

快吃晚饭的时候,堂安德莱斯到了家,骑着厄勒克特拉。断续的马蹄声踏在鹅卵石上。然后两个男人坐卡车来了,被引进客厅。堂安德莱斯去换衣服了。

晚饭时,泽维尔酩酊大醉,把酒四处泼洒。佩佩脸色灰暗,一言不发。劳拉和特丽莎都不再强装毫不痛苦的样子。堂安德莱斯谈论着排水沟、庄稼、木材。是佩佩首先弄明白发生了什么事。

"爸爸!你不会把长寿花庄园卖掉吧?"

"除了这房子和马厩,统统卖掉。"

两行细细的泪水在佩佩脸上闪着光。特丽莎抽泣着离开餐桌。假如我好心,就该去安慰她,劳拉想,但她没有去。泽维尔苦涩地大笑起来。

"真够精明,一如既往。你知道这整片土地都将会分给人民。干吗不连这宝贝房子也一起卖掉?反正很快也会失去的。说不定会改成学校。"

男人们在书房里谈到午夜之后。劳拉在自己房间里,在灯下读完《初恋》。她无法入睡。相思树和松树。她没有思考什么,只是醒着,独自一人。

因为下雨,洪水,火车延误了,旅程变得漫长。堂安德莱斯处理文件。劳拉坐在他对面。过道另一边,佩佩在看书，泽维尔在睡觉，或者假装睡觉，特丽莎在织一件亮橙色的巨大东西。她仿佛已经习惯于一种被侮辱的独身生活，戴着一副此前从未戴过的眼镜。现在说话也不发嗲了。后来她和佩佩也都睡着了。堂安德莱斯正看着劳拉。

"长寿花庄园很迷人。"她说。

"你很迷人。请原谅我，劳拉。"

他又重新低头看膝上的文件。透过被煤烟熏黑的车窗，劳拉凝视窗外。雨水从湿淋淋的相思树上滴落。劳拉想，哦……一个乡间周末。

火车到站，特丽莎的妈妈急匆匆接走了她，仿佛刚发生过一场事故。劳拉的爸爸派来一个华人司机。

再见，谢谢您让我度过一段美妙的时光。

她到家时，房子里很冷，寂静无声。玛利亚走进来，给她系上浴袍。她们拥抱。

"我们很想你！要我冲一杯可可吗？你可怜的脸怎么了？"

"意外。一场冒险，其实是，可是我太累了，不想讲。我父母呢？"

"你妈妈住院了。她服药过量，脸色发青，醒不过来。明天她就会回来的。"

"她心烦了？出什么事了吗？"

玛利亚耸耸肩。"谁知道呢？你爸爸说她只是疲劳过度。"

"疲劳过度！"两人咯咯笑起来。

"他现在在陪着她吗?"

"没有,他参加晚宴去了。小姐,你看起来很糟。"

"我……我疲劳过度了!太美妙了,玛利亚。我明天再全都告诉你。我要睡了。不洗澡,不喝可可。但是明天五点钟叫醒我。我得学化学。"

"凯娜打过电话。她到家太晚,不能学习了。康奇也打过电话,说她恋爱了,根本不想学习。"

早上起来突击化学。就像多数时候,她们白色袖口盖着的手腕上都有墨水写的化学符号。但是考得还不太差。然后是物理。枯燥,枯燥的奥尔特加先生。代数。历史。劳拉写笔记的手都酸了。

终于到了午饭。饭前祷告总是用英语。上帝赐福这供我们享用的食物,赐福我们侍奉主的生命。进餐时只准说法语,没什么人说话。在玫瑰园中散步。时间只够听康奇说她又恋爱了。他称她为"你",看电影时握着她的手。凯娜从早到晚都在滑雪,天天滑雪。雪很好。埃米尔·阿莱免费为她授课。关于那场马车事故,劳拉讲得很简略,但充满戏剧性。她对厄勒克特拉、那栋房子、那辆玛丽·安托瓦内特[1]式的双轮马车赞不绝口。更多的是谈厄勒克特拉。是的,她到底还是穿了骑马装。"啊,谢天谢地!"康奇叹息道。

---

[1] Marie Antoinette (1755—1793),法国国王路易十六的妻子,原奥地利女大公。

铃响了。英语。有裂缝的墙上的花朵。之后是跟织着毛衣打着瞌睡的佩雷阿夫人上法语。**简单过去时**①。终于到了西班牙语。我们讲到哪儿了?"叹气!"

劳拉起立。"我没有读这一课。"

福恩扎利达夫人笑起来。"以前好像从来不是个问题。你的第一个不良记录。"

劳拉没有跟凯娜和康奇一起去高尔夫酒店喝茶,这也让她们很惊讶。"妈妈又病了。"

海伦在睡觉。劳拉一直学到晚饭时间,自己吃了饭。

她站在妈妈床尾。"嗨。你没事吧?"

"我挺好。玩得开心吗?"

"开心,要是你去了该多好。很美,像小说一样。"

"那儿的人好吗?"

"好极了,跟自家人一样。我骑了一匹纯种马。"海伦对着一只带手柄的镜子照眼皮上的一颗麦粒肿。劳拉坐在妈妈对面的床上。我这是恋爱吗,妈妈?她心中问。我有没有可能怀孕?我被糟蹋了吗?妈妈,帮帮我。

说出口的却是:"妈妈,我很难过你住院了。你需要多出门。咱们这周末去看电影,或者到威尔士亲王俱乐部吃午饭吧。"

"宝贝,去浴室把那只放大镜给我拿来,好吗?"

---

① 原文为法语。

劳拉已经睡下,爸爸按开她房间的灯。他脸色涨红,眼睛通红,正扯着领带。

"宝贝,真想你。玩得开心吗?"

"很棒。"

"你觉得安迪怎么样?上档次的家伙,对不对?"

"上档次,爸爸。妈妈是怎么回事?"

"她搞到了些安眠药,没什么。她会好的,就是需要点关注。"

劳拉能听到守夜人在街道上巡逻。声音起初很大,在街上回荡。十一点钟,平安无事。

一个街区又一个街区,他向居民区吆喝着,街道已巡,平安无事。他对着月圆之夜吟唱:十一点钟,满月在天!直到最后,声音拖长成悠远的假声……平安无事。

尘归尘

迈克尔·邓普顿是一位英雄、一个美男子，一颗明星。确实是一位真英雄，在英国皇家空军多次授勋表彰的投弹手。战后他回到智利，成为一名板球明星，以及威尔士亲王队的板球队员。他驾着他的BSA牌摩托车代表英国摩托车队参加比赛，连续三年夺冠。从没输过一场比赛。甚至在他失控撞到墙上之前，还最后一次夺得冠军。

他安排我和约翰尼坐在记者席。约翰尼是迈克尔的小弟弟，也是我最好的朋友。他和我一样崇拜迈克尔。那时候我和约翰尼蔑视一切事物，看不起大多数人，尤其是我们的老师和父母。我们甚至带着些讥讽承认，迈克尔是个无赖。可他有风度，有威信。所有女孩和妇女，甚至老太太们都迷恋着他。那种沉稳，沉稳的低音。他带我和约翰尼到阿尔加罗沃①海滨兜风。在又硬又湿的沙滩上飞驰，

---

① Algarrobo，智利滨海城市，沿海度假地。

惊起一群群海鸥,它们拍打翅膀的声音压过马达,压过海浪。约翰尼从不笑话我爱上迈克尔,把我们帮他妈妈做的剪贴簿中的照片送给我,还送了我迈克尔的快照和剪报。

那场比赛他的父母没去看。他们坐在餐厅的桌子边喝茶吃点心。邓普顿先生的茶其实是朗姆酒,用一只蓝杯子盛着。迈克尔的妈妈在哭,为比赛担心得要死。他真是要了我的命,她说。邓普顿先生说,他希望麦克[①]摔断他那该死的脖子。不光是因为这场比赛……这样的对话差不多天天上演。迈克尔虽说是一位英雄,可是从战场回来三年了,还是没有工作。他喝酒赌博,因为女人惹上些大麻烦。压低声音的电话,父亲或丈夫们深夜找上门,摔门声。可女人们却越发为他痴迷,人们实际上是坚持要借钱给他。

体育场人山人海,一派节日气氛。赛车手们和维修组成员是帅气迷人的意大利人、德国人、澳大利亚人。主要竞争者是英国队和阿根廷队。英国人骑 BSA 和诺顿摩托车;阿根廷人骑古兹摩托。没有哪位车手像迈克尔那样风度潇洒,那样淡漠,还戴着那白色的围巾。我想说的是,即使他的死让人震惊,即使摩托车在烈焰中燃烧,迈克尔的血溅上了水泥墙,他的尸体,尖叫声,汽笛声,那场面仍不失他独特的洒脱不羁。那是最后一场比赛,而且他已

---

① Mike,迈克尔(Michael)的昵称。

经赢了。我和约翰尼没有说话,既没说多可怕,也没说多刺激。

家里的餐厅挤满了人,一片嘈杂。邓普顿太太的头发卷过,脸上扑过粉。她正在说,她也活不下去了,可实际上却精神抖擞,沏茶,递司康饼,接电话。邓普顿先生不住地说:"我告诉过他,说他会摔断他那该死的脖子的!我告诉过他!"约翰尼提醒道,他当时说的是希望迈克尔摔断脖子。

那场面令人激动。多年以来,没有人到邓普顿家来,除了我,现在屋子里却挤满了人。有《信使报》和《太平洋邮报》的记者。我们的"迈克尔相册"敞开摆在桌上。屋里到处有人在讨论英雄、王子、惨痛的损失。楼上楼下是一群群美丽的姑娘。其中一个会呜咽起来,另外两三个会轻轻拍着她,递上纸巾。

我和约翰尼保持惯常的姿态,愉快的轻蔑。我们实际上还没有意识到迈克尔已经死了,直到星期六晚上葬礼结束之后。那个时间我和约翰尼常坐在浴缸边上,迈克尔则一边刮胡子,一边哼着"星期六晚上,一周中最孤独的时光"[①]。他会原原本本地给我们讲他的"小鸟们",列出她们的特点和不可避免的、十分滑稽的瑕疵。他死后的那个星期六,我们只是呆坐在浴缸里。我们没有哭,只是坐在

[①] 流行歌曲《星期六晚上》中的一句歌词。

浴缸里，谈论他。

但是看葬礼之前那些忙乱，看悲伤的女友们相互争斗，我们还是很开心的。最令人惊异的是，圣地亚哥的整个英属殖民地竟然断定迈克尔是为国王而死。荣耀归于帝国，《太平洋邮报》写道。邓普顿太太兴致勃勃，吩咐我们和女佣敲打地毯，给栏杆涂油，再烤些司康饼。邓普顿先生只是手端蓝杯子坐着，嘟囔说迈克尔从来都不听劝，不顾一切。

学校准了我的假，允许我去参加下葬仪式。要不是第二节有化学考试，我根本就不会去学校的。考试结束后，我脱下学校里穿的围裙，走向我的储物柜。我打扮得庄重而华丽。

有些事情人们就是从来不谈论。我不是指那些很难说清的事，比如爱，而是指那些说不出口的事，比如葬礼有时候有多好玩，或者看大楼燃烧有多让人兴奋。迈克尔的葬礼精彩至极。

那时候还有马拉的灵车。由四匹或六匹黑色马拉的嘎吱作响的巨型四轮马车。马戴着眼罩，身上蒙着厚厚的黑网，网上缀着穗子，拖得街道尘土飞扬。车夫们身着燕尾服，头戴高礼帽，手持鞭子。由于迈克尔的英雄身份，许多组织都为葬礼出力，于是有六辆灵车出动。一辆运他的遗体，另外几辆装满鲜花。吊唁者们坐着黑色汽车，跟着灵车前往墓地。

在圣安德鲁（高教派）圣公会教堂举行的仪式上，许多悲痛的姑娘晕倒，或因悲伤难抑而被人扶着离开。外面，那些瘦削却神气的车夫们头戴高礼帽，在马路边抽烟。有的人总会把浓郁的鲜花香气和葬礼联系起来。对我来说还须掺杂些马粪气味。教堂外面还停了一百多辆摩托车，它们会跟随送葬队伍去墓地。引擎砰砰砰打火，突突突冒烟回火。骑手们身穿黑皮衣，头戴黑头盔，袖子上戴着队标。要是告诉学校的女生们有多少帅得难以置信的男人参加了那场葬礼，未免显得我品味太差了。我还是这样做了。

我和邓普顿家坐同一辆车。去墓地的路上，邓普顿先生和约翰尼为迈克尔的头盔吵了一路。约翰尼把头盔抱在腿上，打算把它和迈克尔一起葬进坟墓里。邓普顿先生很有道理地理论说，头盔很贵，很难买。你得托人从英国或美国带，还得交一笔很重的关税。"把它卖给其他玩赛车的讨厌鬼。"他坚持说。约翰尼和我交换着眼神。你难道不知道他只在乎价钱吗？

来到墓地，到处是坟墓、墓穴和天使，我们交换着更多眼神，咧嘴而笑。我们决定以后葬在海里，而且保证要为彼此留心这件事。

咏礼司铎身穿外覆白花边的紫色长袍，站在坟头处，周围站着英国赛车队队员，他们用臂弯揽着头盔，高贵庄严，如同骑士。当迈克尔的遗体降入墓穴时，咏礼司铎说:"人,由妇人所生,寿命不长,且饱尝患难。他出生,又遭割下,像花一样。"就在他说这话的时候,奥黛特抛进一朵玫瑰,接着康奇也抛进一朵,然后是拉奎尔。挑衅似的,米莉昂然走向前,把一整束玫瑰扔了进去。

接下来,咏礼司铎在墓边说了一段十分动人的话。他说:"你指示我生命的路。在你面前有满足喜悦,在你右手有永久的快乐。"约翰尼微笑着。我看出他在想,这说的就是迈克尔。约翰尼环顾一周,确定没有人再撒玫瑰花了,便一步跨到墓穴边缘,将迈克尔的头盔抛了进去。伊恩·弗雷泽离坟墓最近,他悲伤地大叫一声,也冲动地将自己的头盔扔到迈克尔的头盔上。接着砰砰砰,仿佛被催眠似的,英国赛车队的每一位车手都把头盔扔到棺材上。不只是填满了墓穴,还堆成一个黑色的穹顶,如同一堆橄榄。最仁慈的天父啊,咏礼司铎说。两个掘墓人在那个圆丘上埋土,再覆盖上花环。送葬的人们唱起《天佑国王》。赛车手们神情悲戚,失落。人们忧伤地列队离去。然后是摩托车的咔嗒声和轰鸣声,灵车危险地倾斜着,飞驰而去的回音和马蹄声,鞭子噼啪,车夫黑色大衣的燕尾在风中拍打。

旅程

那时有喷气式飞机吗？DC-6 型飞机从圣地亚哥飞往利马。从利马飞往巴拿马。从巴拿马飞往迈阿密，漫长的夜航，海面波光闪闪。从瓦尔帕莱索到纽约，以前我们总是坐轮船，要走一个多月。不仅有一路美景，还要跨越不同的海洋、大洲和季节……一种对辽阔的理解。

这是我第一次坐飞机，也是第一次独自出行。我要离开智利去新墨西哥州上大学。正因为孤身上路才感觉这么刺激。墨镜和高跟鞋。从巴里洛切[①]买的猪皮行李箱，是件毕业礼物。所有人都到机场送行。好吧，我爸爸没来，他抽不开身，可是就连我妈妈都来了，以及我所有的朋友。人人都在说话，大笑，只有康奇、凯娜和我在哭。我们做了时间胶囊，是等三十年后开启的信，里面有友谊的

---

① Bariloche，阿根廷西南部城市。

誓言和对我们未来的预测。预测还挺准。她们都嫁了她们预言要嫁的人,并给生的四五个孩子取了说好要取的名字,鲍里斯·马利亚,泽维尔·安东尼奥。但是凯娜和康奇都在革命中死去,离开启信封的时间还有数年。对我的预测全错了。那时我也结婚生子了,但根据预言我本该独身,当记者,住在曼哈顿一间没有电梯的公寓里。如今我倒是独身一人,住在一间没电梯的公寓里。

我登上飞机,亲友们都在观景台上挥手告别,这真令人兴奋。我们系好安全带,听空乘讲话。飞机沿跑道滑行,然后又停下来,停了很久。热。智利的十二月是夏天。出了什么问题,飞机返回停机坪,要等待一个小时。

所有人都走了,大厅里空荡荡的。一位老人正用一根木棍推着抹布拖地。我能看见我妈妈坐在酒吧里,和几个从飞机上下来的美国人在一起。我走到门口,她看见我,表情惊讶,然后移开视线,好像我根本不在那儿。她就是那样,不想看的东西就看不见,可实际上她能看见发生的一切,比大多数人看得都清楚。她曾向我吐露她做过的一件"卑鄙透顶"的事。那是在爱达荷州的阳光矿,当时我还很小。她讨厌阳光矿,讨厌我们生活过的几十个采矿营地,讨厌那些"庸俗"的女人和她们俗气的房子。我们住的也是贴油毡的小木屋,也烧木柴炉子,可这些她注意不到。她那时穿一件羊毛大衣,毛皮衣领上的狐狸目光呆滞。帽子上插着蓝色羽毛。那些女人没有一个擅长打桥牌。可那天她们却在打牌，房间里很热。有可笑的万圣节装饰品。橙黑两色绉纸，杰克灯笼①。女人们聊烹饪和食谱。"那是我最不愿听的两样东西。"妈妈从牌上抬起头瞥了一眼，发现灯笼引燃了窗帘。火焰熊熊。她只是低下头接着看手中的牌，说："我叫四无将②。"结果火势完全失控，女人们逃到外面站在雨中，直到消防车从矿上开过来。"我没法告诉你我那时有多无聊至极。"

飞机起飞到圣地亚哥上空，风景美极了。科尔迪勒拉山在机翼尖上，可以看到熠熠闪光的雪。天空蔚蓝。我们朝后转向，飞过圣地亚哥，朝太平洋行驶。我看到圣地亚哥大学和玫瑰园。圣卢西亚山。那时我完全没想过我还会想回家。

爸爸在利马的秘书英格伯格本该去机场接我的。真希望爸爸没有这样安排。他总是做计划，列清单。目标与优先事项。时间表和行程。我的手提袋里有个名单，上面列着所有会去接机的人，万一我迷路的话，还有他们的号码、大使馆的号码等等。我很怕这位秘书，怕跟她共处三个小时。爸爸在圣地亚哥的秘书，头发包在发网里，每天六点半下班后，坐两趟公交车，很可能一路站着，在家等她的是一个失明的妈妈和一个弱智的儿子。但是当我发现

---

①Jack-o'-Lanterns，万圣节的象征装饰物。在南瓜上雕刻人脸的形状或怪物，并在南瓜里放置蜡烛。
②桥牌中叫牌的一种方式。

英格伯格不在机场时，我也很害怕，完全不是个潇洒的旅行者。我按名单上的号码打了电话，一位说西班牙语时带欧洲口音的女士说，打车到开罗街22号。再见。

利马的贫民窟和圣地亚哥的一样肮脏凄凉。绵延几英里用硬纸板和锡皮大桶搭建的棚户区，屋顶铺着压扁的锡皮罐头盒。但是智利有安第斯山脉，天空湛蓝，你能自然地举头仰望，在臭气和苦难之上。而在秘鲁，云层低垂，阴郁潮湿。细雨中跳动着细微的火苗。驶入城中的旅程漫长而荒凉。

我仍然喜欢美国的一点就是窗户。人们敞着窗帘。在街区中漫步。屋里的人吃饭，看电视。站在椅背上的一只猫。在南美则是高高的围墙，顶上插着玻璃碴。摇摇欲坠的旧墙和小而破败的门。开罗街22号门上有一根磨损的打了结的拉铃绳。一个面目丑陋的盖丘亚①老妇打开门。她腿上裹着浸透了尿的破布，为了治冻疮。她后退让我进门，一个铺着砖块的天井，里面有贴瓷砖的喷泉。几笼小雀和金丝雀。各种玫瑰。一排排瓜叶菊、银莲花、龙面花。宛如阳光照耀。九重葛从每堵墙上倾泻而下，又沿石阶爬上门厅。浅色木地板上铺着富丽的秘鲁地毯。前印加时期的陶罐，面具。大簇大簇的晚香玉和一盆盆的栀子花，甜得发腻，引人入眠。爸爸以前来过这里吗？他讨厌

---

① 南美印第安人的一个分支。

气味。

"女士"正在洗澡。女佣用小咖啡杯给我端来一杯花草茶。我礼貌地坐着，但这位英格伯格好像永远都不会露面似的，于是我站起身环顾四周。蓝色的中国花瓶，大键琴。一张古色古香的木书桌。桌上放着一张照片，是一对身着黑衣、拄着黑手杖的老夫妇。光秃的树干上沾着积雪。一幅镶框的褪色快照，是一个金发孩子与一条俄国狼狗。我父亲的一张大幅彩照镶在银相框里。他身披瓦哈坎斗篷，头戴一顶大帽子，穿了件敞领衬衣，一件我从未见过的玫红色衬衣。他在笑。开怀大笑。身后是废墟，安第斯山脉，晴朗湛蓝的天空。我坐回到椅子上。小咖啡勺咔嗒咔嗒响着。

英格伯格走进来，罩着一件宽松的白袍，露出两条棕褐色长腿。她的一头金发辫成一根独辫，垂在后背。一缕芳香，如今我知道那是禁忌淡香水①。她很迷人。

"天哪，我真高兴你飞机晚点了，不然绝对赶不上点。我想我还是没赶上，是吧？但不管怎么说，我会让你好好吃一顿午餐，而且给你出回程打车的钱。你长得一点都不像他。你长得随妈妈吧？"

"是的。"

"她漂亮吗？她生病了？"

---

①L'interdit，纪梵希旗下的一款女性香水。

"是的。"

"你饿吗？至少午餐会是准时的。原谅我不能开车送你去机场。但最重要的是爱德华多（爱德华多？我父亲埃德？）要我让你吃饱，不能让你孤孤单单。但是我觉得你不是会孤独的人。这套衣服好漂亮。听他说起你的口气，我还以为是个小女孩，一个想要涂颜色或者逗我的鸟的孩子。"

我笑起来。"我以为会见到一个老太太。养猫，看《国家地理》。你是瑞典人吗？"

"德国人。你对我一无所知？但他就是这样。我讨厌猫。我想这里某处确实有一期《国家地理》。只要一期就行，它们都一模一样。"

"那张照片是什么时候拍的？书桌上那张？"我的声音听起来严厉，充满审判，跟他的一样。

她眯起眼睛看着它。"哦，好几年前了，在马丘比丘。那天美极了。他看起来是不是……很幸福？"

"是的。"

午餐在花园顶的露台上。酸橘汁腌鱼，酸模汤，中间一朵紫色铁线莲。肉馅卷饼和佛手瓜。我吃饭时，她只喝汤，喝杜松子酒奎宁水，问我问题。你有男朋友吗？爱德华多在星期六做什么？这双鞋是意大利产的吧？这是利马最糟的一点……没有像样的鞋子，没有阳光。你要学什么专业？你父母在一起聊什么？要咖啡吗？

她按铃叫女佣去给我打车。电话响了。她说了声"你好?",然后手捂在话筒上。

"你要是想化妆,卫生间在走廊那头。"

"对不起,亲爱的。"她对电话说。门铃响了,出租车到了。她再次捂住电话,对我说:"对不起,亲爱的,可我得跟这人说话。过来亲我一下。祝你好运!再见!"

从利马飞往巴拿马的飞机上,我坐在一位耶稣会神父旁边。是我经常选的那种类型。看起来安全又通情达理。他在荒野中工作三年后患了神经衰弱。最后空乘人员领我回他的小厨房里坐着。

到了巴拿马,柯比太太来接我。她丈夫是摩尔海运公司的副总裁,从前我爸爸的公司用他们的船运铜、锡和银。看得出来她根本不想来。我也不想。我们握了握戴手套的手。天很热。我们坐的劳斯莱斯行驶在运河区,如同在一张褪色的照片中。一切都是米白色,房屋,衣服,人。草坪修剪整齐,米黄色的草。长长的影子。偶尔有一棵棕榈树。很热。我问她现在是夏天还是冬天。她通过对话筒问问司机。他说他认为是春天。

"那你想看点什么呢?"她问我。我说我很想看看巴拿马城。几分钟后,寂静的汽车越过一个无形的魔法屏障,我们来到了巴拿马。仿佛打开了声音。曼波[①]!多么

[①]Mambo,发源于古巴的一种拉丁舞蹈。

华丽的曼波！车载收音机吼叫着，每家商店都在播放音乐。街头小贩兜售食物、鹦鹉、玩具、鲜艳的布料。穿花裙的黑人女人们大笑。到处是鲜花。乞丐、孩子、狗、瘸子、自行车。"这一趟游览就够了。"她对着话筒说，我们迅速驶回美国区苍白的沉寂中。

我同柯比夫人和一位叫塔特尔小姐的女士玩了一整天的凯纳斯特纸牌。也许只是整个下午，终于到了下午茶时间。他们没怎么跟我说过话。只打听了我可怜妈妈的健康状况。难道爸爸四处对人说妈妈生了病吗？她是生了病吗？也许他告诉她说她有病，于是她就病了。柯比先生到了，穿一条百慕大短裤，一件潮湿的瓜亚贝拉衬衫。他刚在打高尔夫。

"那么说你是老埃德的女儿了。他的掌上明珠，我猜。"一位黑人仆人端上薄荷冰酒。这时我们在阳台上，看着外面米色的草坪，低垂的鹤望兰。

"那么说，埃德以为用智利油轮运矿石能安抚他们，嗯？那是他出的招？"

"约翰！"柯比太太低声说。我看得出来他醉了。

"假如赤党将矿山国有化，我们要想继续控制，唯一的办法是抵制运输。他那种玩法正中他们下怀。恩将仇报，肯定的。你爸爸，就是头倔驴。"

"约翰！"她再次低语，"老天爷，这时间怎么打发才好？"

我执意不要他们来机场送我，说我得学习，准备入学考试。其实这考试也的确存在，我本来就该复习备考。

在巴拿马的中途停留里，最美好的部分是通过对话筒和司机交谈。机场是一座摇摇欲坠的低矮建筑，掩映在香蕉树、芬芳的藤蔓和木槿之中。也有一个老人用木棍推着抹布擦洗地板。夜幕降临。蓝色的跑道灯亮了。黑色丛林中虫子和鸟儿咔嗒响动。柯比先生说的智利油轮是什么意思？我爸爸是头倔驴吗？

迈阿密是冬季的早晨。机场里，女人们穿着毛皮外套，她们的狗也穿着毛皮外套。我被那么多的狗吓坏了。小狗们的毛染成桃色，以便同女人们的发色搭配。涂色的趾爪。花格毛线短靴。水钻或钻石的项圈。整个机场都在吠叫。卫生间里没有毛巾，但有个按下就会出热风的机器。我在泛美-格雷斯[1]航空的柜台前等玛莎姑妈。我也很怕她，我从五岁起就再没见过她。妈妈说她是乡巴佬。我父母还因为爸爸给她和我的曾祖母寄钱吵过架。曾祖母普罗科特这时已是九十九岁。她和玛莎姑妈住在迈阿密一栋住宅区房子里。

看到她，我有些畏缩，满怀着少年的虚荣和势利。她胖得出奇，脖子上生着一个巨大的甲状腺肿包，几乎像多长出的一颗孪生脑袋。医生肯定找到治疗甲状腺肿的办法了。在我小时候，能看到上百个长着甲状腺肿包的人到处

---

[1] Panagra，即 Pan American-Grace Airways，由泛美世界航空公司与格雷斯运输公司合资成立的一家航空公司。

跑。玛莎姑妈顶着一头烫过的蓝发,脸上涂着团团巨大的胭脂。她身穿红花图案的夏威夷宽袍,使劲把我搂住,摇晃我,拥抱我。我被裹进她胸前阔大的一品红中,不由自主地紧紧抱住她,沉入她和她身上杰根斯乳液和强生婴儿爽身粉的气息之中。我忍住一声抽泣。

"可爱的宝贝!见到你太高兴了!小可怜,你肯定累散架了吧。都要上大学了……你家里人肯定万分自豪吧!"她一把拎起我的包,"不,不,让我照顾你一小会儿。我想咱们去吃午饭。我和奶奶,我们经常来这儿看飞机。热火鸡三明治也不错。"

我们坐在俯瞰跑道的彩色厚玻璃窗旁边的卡座中。实际上是躺着,因为她闲散地斜倚着,我发觉自己就躺在她身上,如同靠在一张躺椅里。我们吃了热火鸡三明治,然后是樱桃派加冰激凌。我困了,靠在她身上,听她说话,就像听睡前故事。她跟我讲我奶奶患了结核病,所以他们从缅因州搬到得克萨斯州。后来我的爷爷奶奶双双去世,普罗科特老祖母来照顾玛莎和我爸爸埃迪。

"于是可怜的埃迪十二岁就得出去打工……拾棉花,摘甜瓜。他太累了,深夜回家后经常吃着晚饭就睡着了,早上勉强才能起来上学。但是从那以后他就一直在工作,养活我们。那时候他在马德里和银城的矿上工作,还上完了得克萨斯矿业学校。他就是在那儿遇见你妈妈的。"

这些我怎么一点都不知道呢?

"他在迈阿密给我们买了房子。当然，离开马尔法，离开我们的朋友什么的，对我们来说很难，但他说这是为我们好。老天爷，我光顾没完没了地说话了，咱们最好到登机口去吧。"

她给了我一只绣有"**迈阿密海滩**"字样的篮子。里面是一本带锁和钥匙的缎面小日记本，用蜡纸包着的布朗尼蛋糕。她再次拥抱我。

"好好吃饭，每天要吃早饭，睡眠要充足。"我紧紧抱着她，不想离开。

从迈阿密到阿尔伯克基的长途飞行。对氧气面罩和救生衣我已见怪不怪。在休斯敦我没有下飞机。我试着思考。我父母平时都谈些什么呢？爸爸和英格伯格。谁都很难想象自己的父母做爱。我想的不是这些。我无法想象他穿着一件玫红色的衬衫。笑得那样开心。

我们在阿尔伯克基上空盘旋时正值日落。桑迪亚斯山脉和绵延几英里遍布岩石的沙漠变成一片深珊瑚粉色。我感觉自己老了。不是长大了，而是像现在我的感觉。有那么多是我没有看到或无法理解的，而现在为时已晚。新墨西哥州的空气清澈而寒冷。没有人来接我。

阿尔伯克基，铅街

"我懂了……这样看是两人接吻，那样看是一口瓮。"

雷克斯低头看着我丈夫伯尼，咧着嘴笑。伯尼也站在那儿咧着嘴笑。他们正在看一张伯尼画了几个月的丙烯酸颜料的黑白大幅画，这是他硕士作品展的一部分。那天晚上，我们在铅街的公寓里举办一场预展兼聚会。

准备了一小桶啤酒，人人都喝得挺高。我想把雷克斯那句玩笑顶回去。他那么狂妄自大，残酷。伯尼却只是傻笑。我真想宰了他。可我只是站着，任由雷克斯一边羞辱我丈夫，一边摸我的屁股。

我把洋葱调味料、薯条和鳄梨沙拉酱归置了一下，走到门外台阶上。外面只有我一个人，我心情太沮丧，不想叫人出来看那难以置信的落日。有没有与往事幻现[①]相反

---
① 原文为法语 déjà vu。

的说法？或者有没有什么词可以描述整个未来在眼前闪过的感觉？我看到我会继续在阿尔伯克基国家银行上班，而伯尼会拿到博士学位，继续画难看的画，用泥巴做陶器，取得终身教职。我们会生两个女儿，一个会当牙医，另一个会变成瘾君子。好吧，我当然不知道所有这一切，但我看得出以后的日子会充满艰辛。我知道多年以后，伯尼很可能会因为某个学生离我而去，令我痛不欲生，但之后我会重返校园，到五十岁时终于做上自己想做的事情，然而我会很疲惫。

我回到屋里。玛乔丽冲我挥手。她和拉尔夫住楼上，他也是艺术生。我们在铅街的住处是一栋极为古老的砖楼，高高的天花板和窗户，木地板，壁炉。这栋楼与艺术系仅有几个街区之隔，建在一片长着野向日葵和紫色杂草的空地上。拉尔夫和伯尼如今依然是好朋友。玛乔丽和我相处得还可以。她人好，单纯，在小猪扭扭连锁超市做装袋工，煮类似"豆豆熏肠奇迹"那样的饭。一天早晨，她狂喜地跑到我这里，因为有了新发现：只需躺在床上把所有床单毯子紧紧裹在身上，然后小心地溜出来，再将边都塞进去。太省时间了！她还把包黄油的纸攒起来，给做蛋糕的平底锅涂油。我干吗这么刻薄呢？我挺喜欢她的。

"雪莉，你猜怎么着！雷克斯要搬进那间空公寓了！他要结婚了！"

"见鬼。好吧，以后这里就热闹了。"

这消息让人兴奋。他是个让人兴奋的人。年轻，才二十二岁，但那时就有着不可思议的才华和技艺。我们都接受他注定要成名的事实。如今他在国内和欧洲都有些名气。他用青铜和大理石创作，作品简洁典雅，完全不是他在阿尔伯克基时搞的那些狂野的玩意儿。如今他的雕塑很纯粹，构思充满虔敬和谨慎。令人屏住呼吸。

他长得不帅。大块头。红头发，有点龅牙，短下巴，突出的眉毛下一对晶亮而锐利的小眼睛。厚厚的镜片，啤酒肚，一双漂亮的手。他是我认识的最性感的男人。女人立刻就会爱上他。整个艺术系都为他着迷。那种力量、精力和眼光。不是指前瞻的能力，尽管那种能力他也具备。他能看见一切。各种细节，一只瓶子上的光。他热爱看东西，观察。他也会提醒你去看，让你赏一幅画，读一本书。让你摸一摸被阳光晒暖的茄子。好吧，当然我也为他神魂颠倒过，谁不是呢？

"所以她是谁？会是什么人呢？"我挨着玛乔丽坐在我们那张凹陷的沙发床上。

"她十七岁。美国人，但是在南美长大的，举止像外国人，很害羞。英文专业，名叫玛丽亚。迄今为止就这么多。"

跟往常一样，男人们在谈论朝鲜战争。大家都怕被征兵，上学也不能当作推迟服役的理由。雷克斯正在说话。

"你得有孩子才行。上周发布的。现在当了父亲可以免除服役。老天爷，你想想，我还会因为别的原因结婚吗？"

于是就这么开始了。不是说我以为当天夜里我们就上床造宝宝。可说不定还真是那么回事,因为恰好九个半月后,玛丽亚、玛乔丽和我都生了孩子,我们的丈夫也没有被征兵。不是同一天。玛丽亚生了本,一周后我生了安德莉亚,又一周后玛乔丽生了史蒂文。

雷克斯和玛丽亚由一位治安法官主持结了婚,后来搬了进来。但和别人不一样。你知道,一般就是打扫一下房间,借辆小货车,装好书架,喝啤酒,打开包装,累得散架。他们用了几星期时间粉刷。一切都是白色、米色和黑色,只有厨房是赭石色。大部分家具都是雷克斯自己打的。家具朴素而现代,以平衡他那些用黑色金属与彩色玻璃构成的巨大雕塑和黑白版画。一只精美的阿科玛陶罐。仅有的其他颜色是一只挂起的白笼子中爪哇圣殿鸟的红宝石色脖颈。令人赞叹,《建筑文摘》里走出的一般。

他甚至重新打造了她。他们打开行李包装时,我们带了些吃的过去。她清丽可爱。很动人,卷曲的棕发和碧蓝的眼睛,身穿牛仔裤和粉色T恤。但他们搬过来之后,她的头发染成黑色,竟然还拉直了。她化黑色的妆,只穿黑白色衣服。不涂口红。戴着他做的狂野沉重的首饰。她戒了烟。

他不在的时候她的话更多些,有种露西尔·鲍尔[①]式的风趣。她拿自己的改头换面开玩笑,对我们说,他第

[①] Lucille Ball(1911—1989),美国女电影演员、制片人、喜剧明星。

一次看到她裸体的时候，说："你长得不对称！"他让她趴着睡，鼻子压在枕头上；她的翘鼻头是一点轻微的瑕疵。他总是摆布她，她的坐姿和站姿。他把她的胳膊移来移去，仿佛它们是黏土，把她的头斜一斜。他不停给她拍照。她肚子越来越大，他画了一张又一张炭笔素描。他最好的作品之一是一尊青铜孕妇像。如今摆在底特律通用汽车公司前面。

不过，我们说不清他对她的感情。是不是只为生个孩子才娶她的。她一定有些钱，婚礼次日，他便买下一辆稀有的名爵 MG-TD 跑车。假如他只为看中相貌娶她，我也能理解。他对她并不亲热。嘲弄她，支使她干这干那，但也许他只是不会表达自己的感受。

玛丽亚崇拜雷克斯。她对他百依百顺，在他面前几乎说不出话来，虽然和我们一起时她也聊天、说笑。无论你怎么看，那情形都让人觉得可怕，或者可怜。每天晚上她都陪他去工作室。"我不能说话，但他让我看着。看他创作真是太棒了！"

有些小事。一个冬天的早晨，我去找她借咖啡，她竟然在给他熨内裤，好让他洗完澡能趁热穿上。

不只是因为年轻。她一生都在四处搬家。她爸爸是采矿工程师，她妈妈有病，或是精神失常。她不谈他们，只说她结婚后，他们就不认她了，不回她的信。你会有种感觉，就是从来没人通过言传或身教让她知道该如何长大，如何做家庭的一员，如何为人妻子。她那么安静，其中一个原因就是她在观察，观察别人都是怎么做的。

不幸的是，她是跟玛乔丽学的做饭。有天晚上，雷克斯到家的时候，我在他们家。她自豪地向他展示用汉堡包和炸薯片制成的炖锅菜。他把菜哗一下倒在她腿上。很烫。"你怎么就这么不入流？"但是她知道学。接下来我就看到她照着一本爱丽丝·B.托克拉斯①的烹饪书做茄汁虾。

每天她都更换鸟笼底部铺的纸。《纽约客》正合适。她花几小时考虑该铺什么图片。不，雷克斯讨厌那些史都本玻璃公司的广告！她讨厌那些鸟，要我帮它们剪爪子，或把它们的食盘拿出去清洗。

生孩子把玛丽亚吓得要死。不是怕疼，而是生下来以后该怎么办呢？

"我会教他什么呀？我怎么才能让他不受伤害呢？"她问。

我们三个人都怀孕了，那几个月过得很开心。我们都学了织毛衣。玛乔丽织的都是粉红色的，太糟糕了，因为她生了史蒂文。我很实际，织的都是黄色的。当然，在雷克斯指导下，玛丽亚织的衣服和毯子都是红色、黑色和棕色。一件卡其色宝宝毛衣！我们花了几个小时在西尔斯和

---

① Alice B. Toklas（1877—1967），于美国出生的巴黎先锋成员，出版《爱丽丝·B.托克拉斯食谱》等烹饪相关书籍。

彭尼百货买婴儿毯、睡衣和衬衫。我们会小心翼翼地将所有东西用塑料袋包好收起来,然后轮流去各家,把衣物一件件取出来。我们一边喝冰茶,吃麦片粥和葡萄软糖,一边朗读斯波克医生[①]给对方听。玛丽亚总是反复读在马桶里洗涮尿布那一段。斯波克医生提醒大家,冲马桶前别忘了先把尿布拿出来,她很喜欢这段。

出疹子。我们都为疹子紧张。出疹子也许没什么,不过是天太热。但也可能是麻疹、水痘或脊膜炎,落基山热病。

开始胎动时,我们挤坐在沙发上,感受彼此肚子里的胎儿动弹和踢腿。我们相互拥抱,喜极而泣。

宝宝们将在九月出生。玛丽亚冒出一个想法,说孩子出生时需要有鲜花盛开。于是我们拖着臃肿的身体,顶着新墨西哥州的骄阳,翻地,种下百日菊、蜀葵和高大的向日葵。玛丽亚甚至向农业部订购了整整二百棵杨树苗,还坚持自己一个人栽种。树苗只有两英寸高,但她按要求每隔三英尺种一棵。环绕整栋房子,几乎环绕整个街区!为此她得买更多的水管,从西尔斯买了坐公交车运回家。杨树的确活了,宝宝出生时,至少长到两英尺高了。

如今我早已再婚。丈夫叫威尔,是位银行家,人挺好,也健壮。我拿了历史学博士学位,在新墨西哥大学教

[①] 指 Benjamin Spock(1903—1998),美国儿科医生,著有《婴儿和儿童护理》一书。

书，教内战史。有时开车回家，我会特意绕道经过铅街和那栋旧公寓。那片社区现在变成贫民窟，那栋楼沦为废墟，遍布涂鸦，窗户用板子钉住。可那些白杨树！比高大的房子还高，为整个尘土飞扬的荒凉街区洒下绿荫。她种树的时候隔得那么远是件好事，如今它们已经变成一堵苍翠繁茂的墙。

我们怀孕期间，丈夫们都很少在身边。他们不是忙工作，就是教课，要不就是开研讨会。雷克斯这时与一个叫邦妮的模特有染，但我想玛丽亚并不知情。换作别的朋友，我会告诉她，给她出主意，直接插手进去；可是对玛丽亚你只想保护，不让她受伤害。倒不是说她蠢。她看得明白，可总带着盲人站在马路边时的那种踌躇。你得忍住伸手扶她一把的冲动。或者你伸出手，奉上她需要的任何东西，她会笑笑说，天哪，谢谢。

宝宝们出生了。本出生的时候，雷克斯去陶斯参加展览，是我和伯尼送玛丽亚去的医院。生产很艰难，玛丽亚的脊椎有点问题，需要先弄断尾椎，孩子的脑袋才能挤出来。但他出来了，胎发同雷克斯的头发一样鲜红。哭号劲头十足。真的好像他一出生就有着父亲的激情与狂热。

第二天我到病房时，惊讶地发现玛丽亚已经下了床，正站在窗前。泪水顺着她的脸颊流淌。

"哦，雷克斯不在，你心里难过是吧？我们早晚会找到他的，他随时会回来的！"（最后我们在圣达菲的拉芳达找到他,和邦妮在一起。)

"不,不是因为这样。我很幸福。我太幸福了。雪莉,看看下面那些人。散步,上车,拿着鲜花。他们都曾经被孕育。每个人都由两个人孕育,然后降生到这个世界上。降生。为什么就没有人谈这件事呢?谈论死亡,或出生?"

雷克斯看到这个婴儿,看上去与其说是高兴,不如说是感兴趣。他对婴儿的囟门十分着迷。起初他拍了很多照片,后来就不拍了。"可塑性太强了。"雷克斯越来越讨厌婴儿的啼哭,在工作室待的时间更长了。他正在创作一个浅浮雕系列。既新奇又古老的大物件。那些作品我在华盛顿一家博物馆看到过很多次。我想记住,过去大家一起去他闷热的工作室,看他创作它们的情形。

他讨厌婴儿的气味。玛丽亚每天洗个不停,手洗,不停地更换床单和尿布。她更清瘦了,但胸脯丰满,面色红润。"亮得晃眼!"雷克斯说,他一幅接一幅地用暖色蜡笔勾勒画像。

我们的安德莉亚出生了,然后是史蒂文。两个都是安静的胖娃娃。伯尼和拉尔夫像我和玛乔丽一样激动,为了能多待在家,连研讨会都不去了。晚上玛丽亚会抱着本过来,我们就一起看厄尼·科瓦奇和埃德·沙利文,《枪烟》。有时我们也玩大富翁和拼字游戏。大多数时候我们只是毫无羞愧地跟宝宝一起玩,亲他们,给他们喂奶,拍嗝,换尿布。笑了!不过是嗳气。不,绝对是笑了。

我们很少见到雷克斯，已经习惯了。就连周末我们在百日菊和杨树旁烧烤时，他也在工作。玛丽亚从没抱怨过，但看起来很疲惫。本得了疝气，不睡觉，她总是很焦虑。我该怎样做他才开心？哄哄他？我怎么能睡觉呢？

雷克斯获得了一笔助学金，秋天要去克兰布鲁克学习。那是密歇根州一所优秀的艺术学校。事情来得很快，收到消息他就开始收拾工具。离开前的那一晚，他在工作室。我过去看玛丽亚。本睡着了。玛丽亚很平静，要我给她一支烟，但我说不行，雷克斯会跟我拼命的。

"这几只鸟你要吗？"她问。

"好啊。我觉得挺漂亮的，我明天来拿。"我们就说了这些，尽管我在那里坐了很久。难熬的时刻，你知道该说点什么，或者聆听，却只有寂静发出回响。

第二天早上六点钟，雷克斯把东西装进汽车和拖车，然后开车离去。几分钟后，玛丽亚提着鸟笼和一袋鸟食站在我家门口。谢谢！我穿衣服准备上班，能听到他们的公寓里传来各种声音，锤子敲打，音乐，砰砰砰。

我刚到那儿几分钟，雷克斯也到了。

她已经取下所有的现代绘画和版画，用大头针钉上几张大学宿舍海报。凡·高的向日葵。雷诺阿的裸体画。一个跃身马上的牛仔竞技广告。埃尔维斯·普雷斯利。

米色沙发上盖了一条墨西哥毯子。不是瓦哈卡毯，而是橙、绿、黄、蓝、红、紫，缀着肮脏缠结的穗子。平时流淌着维瓦尔第和巴赫的收音机里,巴迪·霍利摇滚而出。

她的头发编成辫子,扎着黄丝带。她涂了粉色唇膏和绿松石色眼影,身穿牛仔裤和粉色 T 恤。那双穿着牛仔靴的脚搭在餐桌上。她抽烟,喝咖啡。本在厨房的黑色瓷砖地上爬来爬去,身上只包着一块浸湿的尿布,在地上拖出盘蛇般的卷曲印子。他一只手攥着一块烤面包干,抹得满脸花。另一只手正把橱柜中的锅和盘扒拉到地板上。

我站在那儿。雷克斯走过来,进了客厅。他刚走了不到半小时。

"真该死,车轴坏了,得等等。"他环顾房间。

"圣殿鸟去哪儿了?"他问。

"在我家。"

他们瞪着对方。她惊恐地坐着,没有动,甚至没有抱起一身面包渣、正在哭闹的宝宝。雷克斯生气极了,向她扑过去。然后他后退了一步,只是站着,懊丧至极。

"喂,你们俩……别怪我插嘴,可是,千万别生气。这事很可笑。将来有一天,回过头一想,你们会发现这事看起来有多可笑。"

他们不理我。房间里压抑,沉闷,充满愤怒。雷克斯关掉收音机。佩雷斯·普拉多[①]。樱花粉!

[①] Pérez Prado(1916—1989),古巴裔墨西哥歌手、钢琴家、作曲家,有"曼波之王"之称。后文提到的"樱花粉"是他的一首歌《樱花粉和苹果花白》中的歌词。

"我在台阶上等修车厂的电话。"雷克斯说,"算了,我还是走的好。"他离开了。

玛丽亚没有动。

错过的时刻。一句话,一个手势,会改变你的一生,打碎一切,或弥合一切。但是他们两人都没有那么做。他走了,她又点了一支烟,我上班去了。

我和玛丽亚又怀孕了。我真的很高兴,伯尼也是。玛丽亚不想谈这事。没有,她当然没有告诉雷克斯。所以这次情况不一样。我等着,希望她对这事能打起点精神。

但我们还是度过了一个很棒的秋天。周末去赫梅斯泡温泉,在河边野餐。炎热的夜晚,我们全都挤进我家的车里,去仙人掌汽车影院看两场连映的电影。玛丽亚更加沉静,更加快乐。她在做翻译,趁本睡觉的时候会工作上几个小时。她在新墨西哥大学修了一门诗歌课,坐在阳光下,一边抽烟喝咖啡,一边读沃尔特·惠特曼。她总裹一条红头巾,因为发根长出来了。她对本更放松,和他一起很开心。我们几个去她家的次数更多了,吃辣椒意面,猜字谜,孩子们就在我们周围爬来爬去。

感恩节。雷克斯要回家了。天哪,我想象不出她是什么感觉。我是紧张得要死。我帮她把房子恢复成原样,借给她一些眠尔通①好帮她戒烟。她说她不想一开始就独自

---

① 一种曾经流行的效果较弱的镇静剂,用作抗焦虑药物。

面对雷克斯，于是布置了一场欢迎晚宴。她在前门贴了一块标志，上写"**欢迎回家！**"，但又想他会觉得俗套，便取了下来。

我们都在她家，很紧张。还有系里的其他几对夫妇。公寓看起来很棒。黑色的圣多明各花瓶中插着白色的菊花。玛丽亚肤色黝黑，一件白色亚麻衣服，一抹闪亮的绿松石。她的头发很长，很直，乌黑。

他冲进房间。肮脏，瘦削，生机勃勃，几只盒子和几卷画滑落到地板上。我以前还从没见他吻过她。我渴望他们一切都好。

这是一次庆祝。她从头做咖喱饭，还有许多葡萄酒。可实际上，是雷克斯带来新鲜的信息和笑话，是他掀起兴奋的旋涡，点亮大家。小本站在橡胶学步车中，在房间里横冲直撞，流着口水，笑着。雷克斯抱着他，举起他，凝视他。

喝咖啡的时候，雷克斯把他夏天做的作品的幻灯片放给我们看，大多是孕妇塑像，也有无数其他作品，素描，陶器，大理石雕刻。他因兴奋和可能性而滔滔不绝。

"现在发布新闻。你们绝对不会相信，我自己也还不敢相信。我现在有赞助人了。女赞助人，底特律的一位有钱的老太太。她出钱让我去意大利，至少一年，去佛罗伦萨城外的一栋别墅。别墅无所谓，但那里有个铸造厂，青铜铸造厂！我下个月就走！"

"我和本也一起去吗?"玛丽亚小声问。

"我和本。肯定的。但是我会先走一步,打点一下。"

大家都在鼓掌拥抱,直到雷克斯站起身,说:"等等,还没完呢。听好!我还拿到了古根海姆奖!"

我首先想到的是伯尼。我知道他会替雷克斯高兴,但他嫉妒的话我也理解。他已经三十岁了,雷克斯才二十三岁,未来就已经在眼前,有人拱手送上。但伯尼真诚地握住雷克斯的手。"没有谁比你更配得这个奖。"

大家都走了,只剩下我和伯尼。伯尼回家拿来一瓶杜林标利口酒。男人们喝酒,谈克兰布鲁克,又看了一遍幻灯片。我和玛丽亚洗碗,扔垃圾。

"该回家了。"我对伯尼说,然后抱起安德莉亚。玛丽亚和雷克斯进屋去看本。我们等着道别,听到他们在卧室里窃窃私语。

她肯定是告诉他自己又怀孕了。雷克斯走出卧室,脸色苍白。"晚安。"他说。

第二天一大早,她和本还没有醒,他就走了。他拿走了画、雕像和陶器,拿走了收音机和阿科玛陶罐。之后我们谁都没有再见过他。

圣诞节[①]。得克萨斯。一九五六年

"蒂妮在屋顶上!蒂妮在屋顶上!"

他们在下面能谈的就只有这事。那又怎样,我就在屋顶上。他们不知道的是,说不定我就永远不下去了。

我没打算这么大张旗鼓。本来只想回自己房间,摔上门,可我妈妈在我房间里。于是我一摔门出了厨房。外面正好有架梯子,通到屋顶上。

我一歪身子倒下,心里还是焦躁,便从那瓶杰克丹尼中呷了几口。好吧,我宣布,我感觉,这上面太惬意了。隐蔽,但可以欣赏到牧场、格兰德河和基督王山的风光,真愉快。尤其是现在埃斯特给我接了一根延长线。收音机,电热毯,填字游戏。她帮我倒夜壶,给我送吃的和波旁威士忌。可以肯定,我会一直在这儿待到圣诞节之后。

[①] 原文为法语"NOËL",意为圣诞节。

圣诞节。

泰勒知道我多讨厌多鄙视圣诞节。他和雷克斯·基普每年都要瞎折腾……慈善捐助，给残疾孩子送玩具，给老头老太太送食物。我听他们暗中策划在平安夜时到华雷斯棚户区空投玩具和食物。找个借口就去显摆，花钱，那做派就像一对混账透顶的大款。

今年泰勒说要我准备迎接一个惊喜。给我的惊喜？我不好意思承认这一点。你知道，实际上我想象他会带我去百慕大或夏威夷。就算最离奇的梦里我也没想过家庭团聚。

最后他终于承认，其实他是为贝拉·琳才这么做的。贝拉·琳是我们那个被宠坏了的女儿，她现在回家，是因为她丈夫克莱提斯离她而去。"她那么忧郁，"泰勒说，"她需要感觉自己有根基。"根基？我宁可在我的帽子盒里看到一只毒蜥蜴。

他先是去请我妈妈。跑到矢车菊疗养院把她接出来。在那里她一直被绑着，她就该在那儿待着。之后，他请了他那个独眼的酒鬼兄弟约翰和酒鬼姐妹玛丽。现在，我也喝酒，杰克丹尼也是我的朋友。可我还不至于把幽默感都喝丢了，像她那样刻薄。再说了，一直以来，她对泰勒还存着不伦的念想。另外，他还要请她那无聊透顶的丈夫，可是他没来，谢天谢地。他们的女儿露来了，带着孩子。她丈夫也离她而去。她和我的贝拉·琳差不多一样脑子空空。哦，好吧，反正她们又都马上会跟着新的文盲怪胎跑掉。

泰勒去邀请了八十个人来参加平安夜聚会。就是明天。就在这时，我们新雇的女佣卢佩偷走了我们家的象牙柄餐刀，把它藏在紧身褡中。过桥去华雷斯的时候，不知出于什么愚蠢的缘由，她一弯腰，把自己刺伤了，差点流血而死，结果都是泰勒的错。他只好出钱雇救护车，出医药费，还补交了一大笔罚款，因为她是"湿背人"[①]。当然，他们还发现园丁和洗衣妇也是黑工。所以现在家里根本没人手，只剩下可怜的埃斯特和几个打零工的陌生人。一群小偷。

但最最糟糕的是，他还请了我那些朗维尤和斯威特沃特的亲戚。那些人糟透了。他们不是非常消瘦就是胖得出奇，只知道吃。那样子好像都经历过苦日子似的。干旱。龙卷风。关键是这些人我都不认识，也绝对不想认识。我之所以跟他结婚，就是为了再不用见到这些人。

我待在这上面不需要更多理由，可是还有一个原因。时不时地，我能够听到泰勒和雷克斯在下面店里说的每一句话。

这一点我不好意思承认，可见鬼，这就是实情。我嫉妒雷克斯·基普。现在我知道了，泰勒一直在跟他那位俗

[①] wetback，尤指从墨西哥到美国的非法入境者。

不可耐的小秘书凯特鬼混。好吧，鬼才在乎。也就是说，我压根儿没当回事。省得他哼哧哼哧压在我身上。

但是雷克斯，现在年复一年都是雷克斯。我们的蜜月一半在克劳德克罗夫特度过，另一半在雷克斯的牧场度过。那两人一起钓鱼，一起打猎，一起赌博，然后开着雷克斯的飞机，天知道飞到哪儿去。最让我恼火的是他们在店里说话，几小时几小时说个没完。我的意思是这都快把我烦死了。这两个老傻瓜到底在说什么呢？

好吧，现在我知道了。

雷克斯：我说，泰，这威士忌真他妈不错。

泰勒：嗯，是他妈不错。

雷克斯：喝下去跟亲妈的奶一样。

泰勒：跟丝一样滑。

（那种劣酒他们都灌了四十多年了。）

雷克斯：瞧瞧那些好看的云彩……汹涌翻腾。

泰勒：嗯。

雷克斯：我想那是我最喜欢的云彩了。积云。为我的牲口备足了雨水，而且要多好看就有多好看。

泰勒：我不是。不是我最喜欢的。

雷克斯：怎么说？

泰勒：太混沌了。

雷克斯：就好在这一点，泰，混沌。一涌而出，很壮观。

泰勒：老天哪，这烈酒真醇。

雷克斯：这天真他妈漂亮。

（长久的沉默。）

泰勒：我喜欢的天是有卷云的那种。

雷克斯：什么？那些不算数的小绺小绺的云彩丝？

泰勒：嗯。这时候的鲁伊多索，天是蓝的，那些轻轻的卷云飘啊飘，又轻盈又自在。

雷克斯：我知道你说的那种天。那天我打死两头公羚羊。

（这就结束了。一整场对话。还有一次——）

雷克斯：但是墨西哥小孩跟白人小孩喜欢的玩具一样吗？

泰勒：当然一样。

雷克斯：可我好像觉得他们拿沙丁鱼罐头盒当船玩呢。

泰勒：这就是我们华雷斯行动的重点所在。真正的玩具。但是，什么样的呢？枪怎么样？

雷克斯：给墨西哥人枪？绝对不行。

泰勒：他们都对汽车着迷，女人们都喜欢婴儿。

雷克斯：对了！汽车和娃娃！

泰勒：拼插玩具和建造模型！

雷克斯：球，真正的棒球和橄榄球！

泰勒：雷克斯，一切问题我们都妥妥搞定了。

雷克斯：完美。

(我是说,这俩蠢蛋到底搞定了什么天大的难题,真让我摸不着头脑。)

泰勒:你在黑夜里飞,怎么找到地方呢?

雷克斯:什么地方我都能找到。不管怎么说,我们还有星星指路呢。

泰勒:什么星?

雷克斯:伯利恒之星[①]呀!

我在上面看完了整场聚会。瞧我这女主人当的,真是轻松,躺在星空下,听小收音机里播《马槽圣婴》和《白色圣诞节》。

埃斯特早晨四点钟起床,做饭,打扫卫生。得承认贝拉和露帮了她的忙。送花的人到了,承办酒席的人又送来些食物和酒,还有穿无尾礼服的调酒师。一辆卡车送来一台巨大的泡泡机,泰勒已经在前门里装上了。我不能去想我的地毯。扬声器开始哇啦哇啦播放罗伊·罗杰斯和戴尔·埃文斯唱的《铃儿响叮当》和《我看见妈妈在亲圣诞老人》。然后,越来越多的汽车载着越来越多的人来了,都是我这辈子再也不想见的人。埃斯特给我送上来一托盘吃的,一罐蛋奶酒,一瓶新开的老杰克,真是贴心。她认真打扮过,穿了一身黑,围着镶白色花边的围裙,白色头发编成辫子盘在头上。看起来像位女王。全世界所有的人

[①] Star of Bethlehem,典出《圣经》,耶稣降生时天上的一颗特殊光体,指引来自东方的"博士"找到耶稣。

中我喜欢的只有她一个,全世界喜欢我的人可能也只有她一个。

"我那不要脸的小姑子在干吗?"我问她。

"打牌。几个男人在书房开始打扑克,她娇滴滴地问:'哟,我能玩一把吗?'"

"他们活该倒霉。"

"她一开始洗牌,唰唰唰,我就这么对自己说的。"

"我妈妈呢?"

"她到处跑着对人说,耶稣是我们的大救星。"

我用不着问她贝拉·琳怎么样,她跟老杰德·拉尔斯顿一起在后廊荡秋千。他妻子,我们管她叫猫鼬玛莎,戴着一身的钻石,很可能压得都没法走路了,发现他在搞什么鬼名堂。然后,露和薇拉的儿子奥雷尔一起走出来,他是个基因突变的怪物,个头奇高,在得克萨斯农夫队打边锋。他们四个人开始在花园里溜达,咯咯傻笑,吱哇尖叫,冰块嚼得咯咯响。溜达?那两个姑娘已经醉醺醺的,裙子绷紧,鞋跟又细又高,几乎走不了路。我冲下面对她们吼:

"下贱的骚货!白种垃圾!"

"怎么回事?"杰德问。

"不过是妈妈,在房顶上。"

"蒂妮在房顶上?"

于是我又躺下,接着看星星。我把圣诞音乐调得高高的，好压过聚会。我也唱歌，唱给自己听。时方夜半，天朗气清①。我嘴里哈着气，唱着歌，声音像个孩子。我就躺在那儿，唱啊唱。

十点钟左右，泰勒和雷克斯和那两个姑娘偷偷溜出来，在黑影里小声嘀咕着，踉跄着。他们把两个大麻袋装进我们的林肯车里，把两辆车从后面的牧场开到水渠边的田地，雷克斯的派珀小熊轻型飞机就停在那里。他们四人把袋子绑在飞机外面，然后泰勒和雷克斯爬进飞机。贝拉·琳和露打开汽车的大灯，帮雷克斯照亮跑道。尽管夜色极为晴朗，他靠星星也能看得清。

飞机装满了东西，重得几乎飞不起来。最后终于起飞了，花了老长时间才飞到一点高度。差点碰到电线，然后又差点碰到河边的棉白杨。机翼突然下降了几次，倒不是他在炫耀技术。终于他朝华雷斯方向飞去，那小小的红色尾灯不见了。我喘了口气，说了声感谢上帝，喝酒。

我重新躺下，身体发抖。要是泰勒坠机，我可受不了。就在这时，收音机播放《平安夜》，这歌总能戳中我。我哭起来，直接号啕痛哭。关于他和凯特，我说的不是实话。我很在乎。

黑暗中，姑娘们站在红柳树丛边等着。十五分钟，二十分钟，仿佛几个小时。我没看到飞机，但她们肯定看

---

① 圣诞歌曲 *It Came Upon A Midnight Clear* 中的歌词。

到了，因为她们打开了车灯，飞机降落了。

他们关了店门和窗户，因为聚会很吵闹，我一个字也听不清，但我能看到他们四个人在壁炉前。他们互敬香槟，脸上容光焕发，幸福，那景象很动人，就像《圣诞颂歌》①中一样。

大约就在这时候，我的收音机播出了那条新闻。"就在刚才，一位神秘的圣诞老人把玩具和急需的食物空投到华雷斯棚户区。但这场圣诞惊喜却因一位年迈牧人死去的悲惨消息蒙上阴影，据称他是被天上掉落的一罐火腿砸死的。更多细节将在午夜播出。"

"泰勒！泰勒！"我大叫。

雷克斯打开店门走出来。

"什么事？谁在那儿？"

"是我，蒂妮。"

"蒂妮？蒂妮还在房顶上！"

"蠢蛋，叫泰勒出来！"

泰勒出来，我把新闻里的话告诉他，说雷克斯最好赶紧逃到银城避一避。

他们又开车去送他匆匆离开。等他们回来的时候，房子里静悄悄的，只有埃斯特在收拾打扫。姑娘们进屋去了，泰勒走过来，站在我下面。我屏住呼吸，他轻声叫：

---

①*A Christmas Carol*，查尔斯·狄更斯以圣诞为主题写下的一系列故事。

蒂妮？蒂妮？我听了一会儿，然后从房檐边上探出身子。

"你想干吗？"

"从房顶上下来吧，蒂妮，求你了。"

带铁皮屋顶的土坯房

这栋房子已有百年历史，被风磨蚀得圆润，呈现出与周围硬土地同样的深棕色。这块地上还修了别的建筑：一个畜栏，一间茅厕，一座鸡舍。靠近正屋南墙的地方还蹲着一栋小土坯房。和大房子不同的是，它没有铁皮屋顶。小房子的轮廓流畅而对称，宛如一颗从地里冒出来的土灰色蘑菇。

周围有四英亩荒地。二十棵即将开花的苹果树。干枯的玉米秸秆，生锈的手扶犁。一台带弯嘴的打谷机放在一棵光秃秃的棉白杨树下，旁边是一台红色的压水机。保罗试着压了一下，水就从里面涌了出来。

窗户大都破了，门半开着。屋内阴凉昏暗，散发着雪松的味道。还有一种刺鼻的气味，出自一幅由桉树浆果和红珠子穿成的帘子。

有回声。满是尘土的松木地板上躺着一只褪色的信封。装在黄色玻璃罐中**治婴儿腹绞痛**的一枝黄①。保罗抱着宝宝麦克斯坐在一个深深的窗台上。

"这些墙有三英尺厚!这房子太棒了。我弹琴时想多大声就可以多大声。孩子们可以在外面玩,不用担心汽车。景色多美!从这里能看到桑迪亚斯山!"

"是很美,"玛雅说,"但是没有自来水,没有电。"

"我们可以接上水管……简单。我小时候在特鲁罗住的小屋就从来没有通过电。"

"可我要用那个旧木柴炉子做饭吗?"

玛雅的反对也只到这个程度。她对保罗的感情依然以感激为主。当塞米九个月大,她还怀着麦克斯的时候,她第一任丈夫弃她而去。后来,仿佛是天降奇迹,保罗出现了,不只爱她,还爱塞米和麦克斯。她决心要有段美满婚姻,要做贤惠妻子。她才十九岁,对怎么当"贤惠妻子"还毫无概念。给他递咖啡时,她会自己拿烫手的杯身,让他拿杯把。她就做这样的事。

保罗刚在阿尔伯克基的一家夜总会找到工作。他是爵士乐手,钢琴演奏者。他们正在找一处他可以白天练琴睡觉,孩子们可以在外面玩耍的地方。

"听!"玛雅说,"那是什么声音?是哀鸽吗?"他们这时正在苹果园里走着。

---

① 一种矮小的圆形灌木,多生长于北美西部。

"鹌鹑。看,在那儿!"塞米发现了。他跑起来,把它们追得躲进柽柳丛里去了。远处田野里,一只走鹃飞奔而过,消失了。他们哈哈大笑,就像在看动画片,只是这只走鹃是黑白花纹的,沉闷的棕色泥土衬得它极为醒目。

他们开车到科拉莱斯路,去朋友贝蒂和鲍勃·福勒家,如今他们在这儿只认识这两个人。鲍勃是位诗人,在一所私立学校教英语。他和保罗是老朋友,一起上过哈佛。贝蒂和玛雅相处得还可以。玛雅觉得贝蒂霸道,爱管闲事,贝蒂则发现玛雅消极而幼稚,让人受不了。贝蒂和鲍勃有四个女儿,都不到五岁。

在阿拉梅达生活的欧裔白人没有几家,福勒家是其中之一。这里绵延数英里都是农田和果园,田边生长着一行行棉白杨和沙枣树。苜蓿、玉米、豆类、辣椒。尘土飞扬的牧场上养着荷斯坦奶牛[①]和夸特马[②]。阿拉梅达镇本身由一座教堂、一个饲料仓库、一家杂货店和黛拉开的贝拉黛拉美容院构成。

他们一起坐进福勒夫妇的厢式货车,重新回去看那栋房子。大人们转着看房子的时候,福勒家的四个小女孩跟塞米和麦克斯在外面玩耍。鲍勃和保罗谈论装水管,去哪儿搞到木柴。贝蒂和玛雅谈的则是这里能不能洗涮做饭。

[①] Holstein,一个乳牛品种,原产于荷兰和德国,是世界上产奶量最高的动物品种之一。
[②] Quarter horse,美国马种,因擅长四分之一英里比赛而得名。

贝蒂说，有两个需要垫尿布的孩子，没法在这儿生活。没有电？一个烧木柴的炉子，没有自来水，没有浴室？根本不可能。多少作为反抗，玛雅坚持说完全没问题，数个世纪以来女人们就是这样生活的。实际上，还会挺有趣。

贝蒂总是无所不知，所以她知道黛拉·拉米雷斯从她父亲那儿继承了那栋房子。她甚至还知道镇上的人觉得那房子该归黛拉的哥哥皮特或姐姐弗朗西丝·加西亚所有。虽说他们不成器，可他们比黛拉年长，再说黛拉跟她丈夫已经有一栋房子了。

在贝拉黛拉美容院，黛拉越过一个女人的湿脑袋跟贝蒂说着话，用牙咬开金属发夹。贝蒂抛下她那表演学校的腔调，拖着慢悠悠的长腔，和黛拉谈论塔富亚兄弟，谈论出租苜蓿地，谈论"启智计划"[①]和海飞丝。玛雅没有说话，梳着头看《国家询问报》。她对当地的社交仪式还不熟悉。这时两个女人正在谈美人蕉分株和果树树干涂白的问题。

"听着，黛拉。"贝蒂终于说，"你知道附近有房子出租吗？"

黛拉摇摇头。"这里没有人租房子。"她将锥形纸套扣在那女人的耳朵上，在发针和发夹上套上发网。"没有，

[①] Head Start，又称"开端计划"，是美国历史上第一个由联邦政府创办的为低收入家庭的儿童提供学前教育和健康保障服务的综合性计划。

想不出来。"

"我朋友在找一个带些土地的住处。租金要低，或不要租金，作为交换，他们也许可以粉刷、安装水管，干这类活儿。清理土地，修理窗户。你知道……改善房屋状况。"

"出多少租金？"黛拉问，背对着她们。她拉下一个烘干机，罩在那女人头上，把开关飞快调到低、中、热、很热。

"我想，最多五十块……因为他们还要修理房子。你能想到什么地方吗？"

"哦，我家里人有个地方，离科拉莱斯路有一段距离。我哥哥皮特有时候去那里。去那小房子，不是大房子。但那地方现在全都归我所有。"

"有人照看房子说不定挺好。"

黛拉没说话，将开关切换到热、中、低。女人将杂志放在腿上，好听她们在说什么。

"他们可以租我家的房子，但要七十块，那地方很大。"

"七十！"贝蒂哂笑道。这时玛雅探过身子对黛拉说："我们出这个数，但我们要把整个地方都租下来，你哥哥不能住在那里。"

"哦，他不会去的，有人住那里时。他不顶什么事。"

"我们什么时候能搬进去？"

黛拉耸了耸肩。随便。

"我们准备开始打扫卫生，装窗户。等我们搬进去，我就来付房租。"

"不，"贝蒂说，"租约，先得签一张租约，他们才会做所有这些装修改进。"

接下来的几周，保罗和玛雅很卖力，安装窗玻璃，打磨地板，抹泥灰，刷漆。福勒夫妇也来帮忙。太阳落在桑迪亚斯山上时，两家人在房子外面野餐。

他们做的最后一道工序，是粉刷窗户上的装饰条。圣达菲蓝。他们还编了一首歌，《来点圣达菲蓝调》。在油漆桶里蘸刷子的时候，保罗和玛雅会停下来亲一亲，为拥有自己的新房子而开心。塞米和麦克斯在田地里奔跑，在压水机旁边的泥巴地上玩卡车和积木。

他们最后一天来刷墙的时候，房后门石阶上蜷伏着三条狗。一条长着粉红色睾丸的老牛头犬，一条长着黑舌头、生着癣疥的母狗，一只毛茸茸的小黑狗。狗的主人不见踪影。一开始它们还汪汪叫，后来就又趴下了。那只小狗很温柔，听任麦克斯头朝下抱着它在院子里走来走去。

玛雅煮咖啡。她和保罗坐在厨房里。她还没有试过用木柴炉子做饭，至今沏茶和煮咖啡用的都是科尔曼便携炉。

"你头发沾上油漆了。"她说，"真希望你不用再回去上班。"保罗已经让威利·泰特替他在俱乐部弹了五天琴了。

"我也是……只不过我们刚刚真正组建起乐队。厄尼·琼斯是我合作过的最好的贝斯手。我敢肯定普林斯·鲍比·杰克会跟我们续签的。俱乐部每晚两场都是满座。"

"老天爷，好漂亮好漂亮的房子！"那女人已经直接进了厨房的门。她五十多岁，肥得出奇，穿着工装裤和男式靴子。长而蓬乱的头发从一顶牛仔帽下钻出来。

"好漂亮的房子！以前是我的房子。我有自己的房子，瞧，就在那边科拉莱斯路对面。"她咧着没牙的嘴，笑着，指着马路对面树林里的一间小棚屋。"有人把它给烧了。嫉妒。我有个男朋友，叫罗慕洛。你们见过他吗？我那房子跟消防车一起上了电视，你们看过吗？"

她安静了片刻。一片污迹，然后几滴液体落在地板上，她尿裤子了。"你们见过皮特吗？你们见到他就对他说，他的狗在这儿。狗太多，我自己还有几条呢。皮特就是在你坐的地方出生的，我亲眼看着。"

"现在我们住这儿。"保罗说，"你现在回家，回你自己的房子吧。"

"我有自己的房子，在那边，马路对面。瓶子！"

她瞄见垃圾堆里有几个空橙汁瓶，便走到外面，开始把瓶子之类的东西往一辆购物小车里装。她推着小车，咔嗒咔嗒轧着碎石子路走了。那几条狗想跟上去，她朝它们扔了几块石头。

"把狗带走！"保罗喊。

"是皮特的狗。它们住在这里。我有自己的狗！我叫弗兰西丝。"

福勒夫妇帮他们搬进房子里。他们在松木炉火前喝香槟，玛雅在木柴炉子上做炸鸡，煮玉米。玉米松糕的底部烤煳了，但她用不了多久就能弄懂怎么用烤炉。

洗碗是个苦差事，要从外面提水烧热。不，那天晚上可能还算有趣，之后就变成了苦差事。

搬进来的第一夜，玛雅和保罗难以入眠。他们在壁炉前的纳瓦霍地毯上做爱，喝可可，坐在窗台上看月光洒在苹果树间。第二天早上，果树开始开花了！一夜之间！他们坐在阳光下，背靠在暖暖的墙壁上，两个男孩则在附近和狗一起玩耍。苹果花，咖啡，松木炉火烟的气味。

他们房子旁边那座小房子的门砰一声开了。保罗和玛雅惊得跳起来。他们前一晚并没有听到有人开车过来。奶油咖啡从破了的纱门中泼出来。门砰一声关上。

皮特从那房子里出来。一个肤色黝黑的大块头男人，一头乌黑的长发，几颗镶金的门牙，一对绿眼睛。大约四十五岁年纪，走起路来却是一副奇卡诺[①]青少年张狂的架势。他冲他们龇牙，脑袋伸到压水机下面，猛按几下手柄。水喷到他的头发和脸上，宽阔的后背抖了几下。他

[①]Chicano，指墨西哥裔美国人，带有强烈的反文化同化色彩。

吹气、喷鼻，漱一漱口，把水吐出来。站起身，他冲着他们咧嘴一笑，水从头发流到脏汗衫上。他又吐了一口，撩起汗衫下摆擦了擦嘴。

"我是皮特·加西亚。我就是在这儿出生的。"

"我是保罗·牛顿，这位是我妻子玛雅。现在我们住在这里，这里所有的房子我们都租下来了。"

"黛拉说你现在不会来这里。"玛雅说。

"黛拉！我管我自己的事，你们管你们自己的事。我在城里有房子，就是偶尔来这里躲躲我妻子。"几条狗围着他跳来跳去要求爱抚。"这条老狗叫博洛。这条蠢母狗叫淑女，这小家伙叫塞巴切，意思是西班牙语'乌黑的石头'。"他龇牙一笑。

他做自我介绍，向孩子介绍几条狗的时候，保罗和玛雅都沉默着。他回到屋里，出来时穿了件军上衣，戴了顶牛仔帽，拎着一壶托卡伊奢华酒庄白葡萄酒，还给狗放下一锅玉米糊糊。

他倒着车绕房子转了一圈，在他们坐着的地方停下。那是一辆旧哈德森，没有后车门和车窗。他坐在车里，发动引擎，从壶里喝着酒。然后，他点了支烟，甩给他们一个金灿灿的笑，挥一挥手，沿着路飞驰而去。几条狗追着车一直跑到科拉莱斯路，才气喘吁吁地折回来，跑到孩子们玩耍的地方，在正中间趴下。

保罗说："你最好跟黛拉谈谈。"

"为什么是我？你干吗不直接跟他谈？"

"说不定没那么糟糕，玛雅。实际上我很高兴有这几条狗。我上班的时候你困在这里，没有车，没有电话。我是说，万一哪个孩子出什么事……至少他可以开车送你。"

"好极了。困在这里，跟皮特一起，可这是件幸事，确实。"

"玛雅，嘲讽可不适合你。"

他们没有再讨论这件事。保罗提早离开，跟乐队排练去了。玛雅带着孩子去果园和沟渠边散步，然后哄他们午睡。她坐在后门台阶上，读书，抬头凝视群山。

大约五点钟，皮特开车来了。他把车径直停在她身边，从后座拿过一棵裸根的玫瑰。

"这叫天使的脸庞，很漂亮，很漂亮的粉色玫瑰。把它种这儿，北边，这样就不会太晒。我在山本的苗圃上班。少棵玫瑰他们也发现不了。这种土只是贫瘠的钙质层，所以你得挖一个很深很深的坑，然后放进好土和泥煤苔。"

他从车上卸下了几袋土和泥煤苔，上了车，开到他的小房子前。玛雅环顾四周，最后找到一把铁锹，开始挖坑。可她在黏土地上连一个凹痕都挖不出来。她正自言自语地嘟囔，他拿着一把镐子从墙角拐过来。不过，活儿还是让她干，他则坐在台阶上喝啤酒。他告诉她，要把根铺在圆锥形的好土上，埋土，浇水，然后再撒些土和泥煤，轻轻拍一拍，让花茎刚好露在地面上。他看着她从压水机那边提来四桶水。

"皮特！嘿，伙计！"罗慕洛和弗兰西丝从路的方向走来。弗兰西丝推着她那辆装满啤酒和购物袋的小车。罗慕洛是个瘦小枯干的男人，身穿伞兵收腿裤，脚蹬靴子，头戴飞行员帽，皮毛护耳垂下来盖住耳朵。他骑着一辆小小的儿童自行车，绕着弗兰西丝一圈又一圈地转。弗兰西丝的四条猎犬和博洛、淑女和塞巴切围着他们吠叫欢跳。三个人一起进了皮特的屋子。他们喝酒，争吵，大笑。他们玩金拉米纸牌①，喝酒。经常是喝完一夸脱啤酒，就砰地打开门，将啤酒瓶扔进弗兰西丝的购物车。憋不住要撒尿时，他们就直接尿在门外，然后再砰一声关上门。弗兰西丝蹲在外面，哗啦尿着，嘴里唱："漂亮的小家伙，人人都认得……不知该怎么称呼他，可他多像一朵玫瑰花！"整栋房子都找不到一处能让玛雅听不见他们的地方。

她说他们把她快逼疯了，那些花草快把她逼疯了，可保罗不明白。皮特总是带花草回来，几乎每天都带，保罗觉得这简直太棒了。

"有没有想过，可能是你对墨西哥人有偏见？"保

---

① Gin rummy，一种双人纸牌游戏。

罗问。

"有偏见？哦，老天爷。好吧，我就是讨厌这几个无赖墨西哥佬。"

"玛雅！这话真恶心，太有失你身份！"他深感震惊，连再见也不说，就早早出门上班去了。

她为爬藤的月月红搭了两个棚架。压水机旁边种了两丛丁香，一棵连翘。紧靠茅厕墙的是一棵凌霄花。金银花顺着系晾衣绳的杆子往上爬。一棵和平玫瑰，一棵约瑟彩衣玫瑰，一棵杰斯特乔伊玫瑰。一棵亚伯林肯玫瑰。

玛雅把每一棵都种下。她每天提水，一桶接一桶。皮特靠着墙喝啤酒，看着她干活儿。"多施肥！"他说。他已经卸下一皮卡的马粪让她撒。

现在天气回暖，在压水井旁的洗衣盆里给孩子们洗澡就很有趣。保罗每晚在工作时都会洗个澡，换上礼服。起初，玛雅在厨房地板上用澡盆洗澡，但需要提很多桶水，还会弄得一团糟乱。于是她去福勒夫妇家冲澡，之后贝蒂去杂货店买东西时，她帮贝蒂看孩子。两个女人每周去两次北四街的安杰尔自助洗衣店，两对夫妇每月几次相约聚餐。一起吃饭，以及之后喝咖啡或喝酒时，两个男人谈论诗歌、爵士乐和绘画。女人们则收拾桌子、洗碗、哄孩子睡觉，听丈夫们说话。

春季狂风开始肆虐，风沙扑打在窗户上，刮下树上的花朵。玛雅和孩子们躲在屋里。孩子们烦躁地抱怨着。她真希望有台收音机或电视机。一连几小时蹲在地上做游戏，读书，唱歌，她已经厌倦了。保罗睡得很晚，每天花很长时间练琴，弹音阶，永无止境。

狂风呼啸，木柴炉子里的热气冲进厨房。她汗湿的头发粘在额头。压水的时候，风沙抽打在她脸上，那感觉真可怕。水里满是沙土，咖啡里有沙土。豆子里有沙土。黄油掺了沙土，吃起来硌牙。沙土扑打着茅厕，她往屋里跑时，钻进她的头发和眼睛里。

"我们到底什么时候接水管？"她问。

"听着，你少烦我。我在创作新曲子呢。我们正在重新编曲，乐队真正能够配合起来了。你知道这对我有多重要。"

保罗上班去了。她花了一下午时间做了只魔鬼蛋糕。她正把蛋糕从烤箱中取出来，这时皮特敲门。

"你得多浇水。那些植物急需浇水。"

"皮特，刮这么大风，提水太费事了。"

"反正它们需要更多水。给，我给你带来一棵马樱丹和一盆百日菊。浇水时不要把百日菊叶子弄湿了，不然叶子会烂的。"

"哦……谢谢，皮特。"

说到底，风也不是那么大。她走到外面，塞米和麦克斯帮她把马樱丹和百日菊种在台阶旁边。她给新种的植物浇了水，又提了几桶水浇灌了所有的玫瑰和西红柿。等明天再给余下的浇水。

那天晚上，玛雅和保罗在壁炉前吃蛋糕喝牛奶。屋外，风沙拍打着窗户。保罗说有个坏消息。上班前他和镇上的一个水管工谈过。找有资质的水管工给浴室和厨房装水管，要花费一笔巨资。

"说不定那边有人会干这活儿。你要不去找罗梅罗家的人问问？"

第二天他出门上班后，玛雅领着孩子穿过苜蓿地来到埃莱乌特里奥·罗梅罗家。埃莱乌特里奥在栅栏边迎住她。"什么事？"他问。

"我是玛雅·牛顿。"说着，她伸出手。他没有握，只是用一双棕眼睛傲慢地盯着她。

"我们想装些水管。"她说，"你知道这地方谁会干这种活儿吗？"

"你想用水管，那干吗不住城里？"

"我们喜欢这儿。"

"你丈夫为什么不干？"

"他没时间，他是个音乐家。"

"我认识他，跟普林斯·鲍比·杰克一起演出的吧？在天际线俱乐部？他钢琴弹得不错。"

"是吗？"她很高兴，笑了，"不管怎么说，他工作很辛苦，白天得睡觉，我们真的需要装水管。"

"去问我弟弟托尼吧。他住在最后面那栋房子里。"

罗梅罗家的土地从路边埃莱乌特里奥的田地开始，沿科拉莱斯路一直延伸到北四街。这片地分为四块，每块三英亩，兄弟四人每人一块。接下来的两个农场分别属于伊格纳西奥和埃利索，跟埃莱乌特里奥的差不多。几栋平顶的土坯房建在玉米地、辣椒地和苜蓿地的正中间。房后的地里是孩子，皮卡，撞坏生锈的汽车；马，牛，鸡，狗。厨房门外的阳光中挂着一串串红辣椒。院子里总有一口大锅，用来炸猪皮油渣，炖牛杂汤，熬猪肉玉米汤。最后一个农场是托尼的，在灌溉渠对岸。他是四兄弟中的老小，只种苜蓿，用来饲养自家的马，白天的时候他屠宰牲口。他有一栋涂了灰泥的大房子，刷成绿色，装着玻璃纤维的雨篷。托尼和埃利索正在两家房子间的地上修建加油站。一栋方正的水泥建筑，带有平板玻璃窗。星期天，几兄弟的车都停在埃莱乌特里奥的地里。他们的孩子和牧场里其他小孩一起玩耍。埃莱乌特里奥家稍大的孩子常常坐在前廊，男孩梳着溜光水滑的蓬巴杜发型[①]，女孩穿着带裙撑的大裙子，涂了口红，有些拘谨。他们坐在那里喝可乐，看他们家的汽车在科拉莱斯路上兜风。女人们则待在屋里，有时会出来看看那口黑锅里炖的一大锅猪肉玉米汤。

---

① pompadour，以蓬巴杜夫人命名的一种发型，将大量头发从面部向上卷起，高高堆于额头。

烟从厨房烟囱里滚滚涌出。罗梅罗几兄弟坐在板凳上，背靠屋子外墙，面向群山，喝啤酒。天热的时候他们坐在阴凉里，天冷的话就靠南墙坐着晒太阳。

第二天上午，保罗还没睡醒，玛雅开车去了托尼家。托尼不在，他妻子罗茜请玛雅进厨房坐，自己也微笑着坐下。她说，她家铺水管的活儿，托尼肯定干得了。她自豪地给玛雅看厨房里的水槽和洗衣机，卫生间。她打开浴缸里的水，冲一下马桶。塞米和麦克斯被迷住了。"真棒。"玛雅叹息。她和罗茜喝咖啡，聊天，谈论孩子和丈夫。罗茜邀请她一起看《瑞恩的希望》，但玛雅说他们得走了，保罗差不多该醒了。

第二天下午，托尼来了。他和保罗坐在果园里的长凳上，抽烟，喝啤酒。托尼用木棍在地上画数字，保罗点头。他们握手，托尼收了一半工钱，开着皮卡走了。那笔钱是保罗和玛雅的全部积蓄。但是保罗说，就这数，还不到雇一个有资质水管工要花的三分之一。

第二天，托尼拉来一卡车管子。他和埃莱乌特里奥把管子卸在压水机旁边。那天下午，他在厨房墙壁上、地板上以及要做洗手间的房间里钻孔。第二天，兄弟两人花了几个小时在沙枣树旁边挖了一个污水池。一个又大又深的坑。麦克斯和塞米跳进去。他们爬出来，在一个个土堆上给玩具小卡车开路。

托尼没有再来。他们在商店看见他。他说到犁地的时候了。早晨，保罗和玛雅见那几兄弟在田地里烧杂草，修篱笆，轮流赶着马拉着犁耕地。几星期过去，又到种庄稼的时候了。但到那时，天气已经转暖，风也停了。在外面洗涮很宜人。玛雅和儿子都皮肤棕黑，身体结实。孩子们帮她除草、浇水。西红柿和玉米正在生长，丁香和连翘开花了！

保罗买了一张墨西哥吊床，挂在两棵苹果树之间。他上班之前，一家四口就躺在吊床上，轻轻摇晃，看草地鹨和红翅黑鹂，还有一只白胸伯劳。往远处看，往高处看，是桑迪亚斯山脉和蔚蓝的天空。一天到晚，山色变幻不定。各种棕褐，各种碧绿，各种深蓝，直到日落时分，山色仿佛燃烧成粉红，变成洋红，然后在淡紫色天空下融化为一片紫色的天鹅绒。

在哄儿子回屋睡觉之前，她会和他们一起躺在吊床上读故事。皮特搬进来的那天晚上，他们就躺在吊床上。皮特的哈德森汽车后面拉着一辆蓝色拖车，车上装着一张床，一张桌子，一个木柴炉，几箱碗碟和食物。坐在拖车里的几条狗跳出来跟两个男孩打招呼。

"皮特，这里所有的房子我们都租下了，你没有权利住在这里。"

"没有权利？我他妈就是在这儿出生的！黛拉自己有

房子，我爱住哪儿就住哪儿。"

"皮特，我们有租约。现在是我们住这里。"

"你们管你们自己的事。我管我自己的事。"

通常，男孩们睡下后，玛雅会给花草浇水，然后喝咖啡，躺在吊床上看书，直到天黑得看不见为止。但她看不进去书，他就在几码远的地方，咣当开关门，唱歌，劈木柴，冲狗吆喝。她气冲冲进了屋，点亮客厅红椅子旁边的灯笼。她想读《米德尔马契》，不去理会弗兰西丝购物车的咔嗒声，那一大群狗的吠叫声，罗慕洛的大笑声。躲进屋里的任何角落，甚至在茅厕里，她都能听到他们在醉醺醺地争吵、斗嘴、开玩笑。"伙计，真该死！"或者："老天，我要死了，浑蛋！真他妈该死！这辣椒太咸了，老兄。"一声哀叫，似乎是他们谁踢了狗一脚。"滚开，该死的母狗！"

保罗回来的时候，玛雅醒了。她点上床头的蜡烛。即使在烛光下，他脸上也显出苍白和疲惫。他带着一身香烟、陈旧啤酒和夜总会的气味。他脱掉礼服，解下衬衫上的领结和红宝石领扣。

"天哪，累死我了。星期六晚上，镇上所有的酒鬼和乡巴佬都挤进俱乐部。"他上了床，蒙上帮他早上入睡的黑色眼罩。趁他还没有戴上耳塞，她赶紧说："皮特搬过来了。真的搬过来了，带着炉子，还有所有的家具。"

"老天爷，老听你说皮特，我都烦死了。你跟黛拉把这事搞定吧。我们明天再谈。我都累死了。"他戴上耳塞。

早上，她意识到自己忘了在水壶里接水。当她去压水机那里接一桶水时，发现压不出水来。压水机没有引水。她去敲皮特的门。他刚还在睡觉，穿着污渍斑斑的内裤。

"早上好，我的阳光！"他笑了。

"嗨，皮特，你有水吗？我的水全用光了，压水机没有引水了。"

"你怎么竟然没有水？我妈妈总是存下一大锅水。哎呀，那水尝起来那么凉，那么甜。玛雅，我们的水是不是你尝过的最好的水？"

她笑起来。"是啊，这水是挺好的。皮特，你有水吗？给压水机当引水？"

"我马上来。"

她等着。塞米和麦克斯没吃早饭，饿着肚子来到外面。皮特光着脚走出来，穿了条李维斯牛仔裤，没有穿上衣。他端着一壶水，将水慢慢倒进压水机后部。

"就这点，没用，我就这些水了。"

"我去看水罐什么的还有没有水。"玛雅进了屋，又空手出来，见皮特正将一夸脱哈姆牌啤酒慢慢地倒进压水机里。压杆一吃劲，水喷涌进了澡盆。

"不管什么问题，哈姆差不多都能搞定。"他说。

"是啊。好吧，谢谢。"

给孩子们吃了饭，穿好衣服，她把孩子和要洗的衣服装到车上。去福勒家的路上，她途经托尼家。他和哥哥正在安装新汽油泵。她把车停在他们面前的砾石路上。

"喂，托尼。我们的水管进展怎么样啦？"

"进展不错！我和埃利索，我们想在下雨之前把这里的混凝土铺好。再过两三个星期我就过去，你的活儿就可以干起来了！"

保罗上班后，她在被太阳晒暖的水中给孩子们洗了澡，随后打发他们上床睡觉。她把澡盆端进屋里，把水在炉子上烧热，又提了几桶水，自己也洗了个澡。她换上干净衣服，出去躺在吊床上，小心地拿着书和咖啡。傍晚时分，弥漫着苹果树、苜蓿和马粪的气味。夜鹰在果园上空盘旋。

皮特开着车，在他房门外猛打转向，停下。跟他一起来的还有一个女人，棕红色头发，邋遢而轻佻。两人跌跌撞撞进了那栋小屋。屋里传出打架、摔瓶子、气冲冲做爱的声音。玛雅努力想看书。该死的婊子！这时皮特打起那女人来，一下又一下。她在尖叫，抽泣。一把椅子打破了窗户。麦克斯被惊醒，吓哭了，接着塞米也醒了。她把他们两个抱到大床上，给他们唱了一会儿歌，直到他们重新睡着。

早上起来，那女人不见了。皮特在压水机旁洗漱，宿醉着，眼睛浮肿。玛雅穿着睡袍走出去。

"皮特，千万别再做这种事了。你把我的孩子吓坏了。真是恶心。下次这样我就报警。"

"你管你自己的事；我管我自己的事。我上班要迟到了。"

他发动引擎时，几只狗像往常一样吠叫着。他误挂了倒挡，车往后倒，轧上塞巴切。狗发出惨叫。塞米和麦克斯从卧室窗口尖叫起来。血从轮胎下面渗出来。

狗死了。

"真该死。可怜的小狗崽。我要迟到了。玛雅，你能帮我把它埋了吗？"

玛雅和孩子坐在吊床上，安慰他们。他们从未见过死亡，难过，又好奇。她在污水池旁边挖了一个坑，把小狗用一块旧毛巾包起来，让塞米和麦克斯用土把它埋起来。

"现在给它浇水吗？"塞米问。她笑了，又笑又哭。这实在让他们迷惑。他们以前从没见她哭过。母子三人坐在吊床上哭着。之后他们吃早餐。

皮特开车回来，开的不是小汽车，而是一辆山本卡车。他把一棵垂柳丢在厨房门边的地上。纪念塞巴切。

后来保罗起床，他们吃午饭。她刚要提起皮特，厄尼·琼斯提着贝斯进了门。

"我和厄尼上班前在这儿即兴弹会儿琴。说不定巴兹·科恩也会参加。他吹萨克斯，上大学时我跟他一起演奏过，他已经很久没吹了，以前还是挺厉害的。"

"很高兴能听你们演奏。我去煮点咖啡？"

"我带汽水来了。"厄尼说。

男孩们很兴奋，听音乐时就忘了塞巴切。玛雅也听，跟着哼唱。随后她把那棵柳树栽下，又去提水给植物浇上。她正跟跄地提着两满桶水去浇凌霄花，这时巴兹·科恩开着一辆红色保时捷停了下来。

"快，我带你逃离这一切！"他微笑着。他黝黑，帅气，性感。她想，肯定是个无赖，但她还是微笑回应。

"你是巴兹？我是玛雅，保罗的妻子。进屋吧。"

他们每天下午都演奏。巴兹找借口到厨房里去，拿啤酒或喝水，或者到外面，问她怎么给西红柿架秧。她喜欢这样，有人关注。音乐停止，男人们离开时，她心中不舍。然后皮特会回家，接着就是罗慕洛、弗兰西丝和那几条狗。

到了七月，天气炎热。老鼠从托尼为铺水管钻的一个个孔中钻进屋里。老鼠们无所顾忌，整日在屋里窜来窜去。到了晚上，它们窸窣着，发出咯咯声，甚至会撞倒扫帚、打翻锅盘，发出哗啦和咣当的声音。她在炉子后面、钢琴后面支上老鼠夹子。可怕的是，夹子竟然立即奏效。刚支上几分钟，便会有啪的一响，接着是一阵细细的哀鸣，然后便是一只死老鼠。啪、啪、啪。于是她不再用夹子了。

一天晚上，她在床上躺着，一只老鼠从她脸上跑过。第二天，她在厨房和卧室几处安全的地方撒了毒药。

那天晚上，她被嘈杂的声音惊醒。她点起蜡烛，走进厨房喝水。几十只垂死的老鼠在厨房地板上打转，发出微弱的哀叫。她吓坏了，尖叫起来。孩子们被惊醒，他们也被厨房地板上那一大群如同醉酒的发条玩具般跌撞着转圈的老鼠吓坏了。她正试着把它们清扫出门，这时皮特出现了。

"老天爷！老鼠怎么了？"

"快死了。我今天下了毒药。"皮特又点燃了一支蜡烛，坐在餐桌旁。她打发孩子上床睡觉。她回到厨房时，皮特正把老鼠收到一个袋子里。这是他第一次走进她的房子。

"下毒，玛雅，你是不是疯了？要是这些老鼠到外面，博洛和淑女吃了也会死。你的孩子会看到它们，也会得病死的。这些老鼠，它们怎么你了？它们没祸害任何人。再说，一下雨它们就会回外面去的。它们不过是想喝水。"

"喝水！"

"太糟糕了，玛雅。它们又不会伤害你。"

"它们快把我逼疯了。还有你们这些人，每天晚上叫嚷吵架，还有那些嗥叫的狗。疯了。"

"我们把你逼疯？我们是你的朋友，你的邻居，我是你最好的邻居。你过来！来，过来！"他走到后廊。

"闻一闻我们的月月红！就闻一闻！"

凉爽的夜风中，玫瑰的气息甜美而浓郁。在它们浓重的芳香下就是撩人的夏季金银花。

保罗开车回来，急匆匆下了车。

"出什么事了？"他瞪着皮特。皮特穿着内裤站在那里。

"她下了老鼠药。我正告诉她，她下毒，说不定会毒死自己的孩子。我说的对还是不对？"

"对。天哪，玛雅，那样做太蠢了。"

我这是疯了，她想。她丢下他们两人，上床睡觉。

一天晚上，天气太热了，皮特和罗慕洛把桌子搬到树底下。他们玩多米诺骨牌，喝啤酒。弗兰西丝正在打扫皮特的厨房。所有的家具都搬到外面，她正把一桶桶水泼在地板上，边往外扫水，边唱《多像一朵玫瑰花》。塞米和麦克斯坐在压水机前的澡盆里。玛雅坐在澡盆旁，一手拿书，另一手在水中轻轻划着。夜鹰在果园上空掠过。埃莱乌特里奥浇过地，空气中弥漫着苜蓿的湿甜气味。

巴兹开着保时捷来了。他下了车，但是没关发动机，可以大声放音乐。斯坦·盖茨[1]，波萨诺瓦[2]。巴兹带来一大罐冰镇代基里鸡尾酒。他和玛雅坐在台阶上，用葡萄酒杯喝酒。弗兰西丝在棉白杨树下伴着《依帕内玛女孩》跳

---

[1] Stan Getz（1927—1991），美国爵士乐萨克斯演奏家。
[2] Bossa Nova，融合了巴西桑巴舞曲和美国爵士的一种"新派爵士乐"。

舞。皮特皱着眉头，多米诺骨牌咔嗒作响。代基里酒劲很大，冰凉，冰凉，好喝！巴兹提议带她和孩子上车兜一圈，玛雅说："好啊！"他们要开车到格兰德河边，那里凉快，然后再去路边餐馆买汉堡包和根汁汽水①。

很开心。一个美好的夏夜。回家后，她哄孩子睡觉，巴兹在厨房等着。

"我玩得很开心。"玛雅说。

"我也是，"巴兹说，"见鬼，多便宜的约会。给她一个小冰块，你去哪儿，她就跟到哪儿。"他们哈哈大笑，他吻了她。这让她兴奋。他又吻了她。"你需要一些爱，要有人来照顾你。"她把他拉向自己，满怀渴望。

皮特砰砰敲门。

"什么事？"

她站在厨房门后。刚才她只点了一支蜡烛。

"你干什么呢，一片漆黑？"皮特问，"糖，我要借点糖。没有糖我没法喝咖啡。"

她把糖倒进一只杯子里。老鼠在瓶罐后面四散逃开。

"给。"她把杯子从门口递出去。

"谢谢。"

皮特离开后，巴兹又把她拉到怀里，但玛雅已经冷静下来。她走开了。"晚安，"她说，"保罗不在家的时候不

---

① Root beer，用姜和其他植物的根制成的一种饮料，不含酒精，盛行于美国。

要来了。"

八月,雷雨到来。雨水打在铁皮屋顶上,闪电和雷声,真是太棒了。地里长了西红柿、南瓜和玉米。每天玛雅都和孩子们去清澈的渠水中游泳钓鱼。

但是老鼠从来没有离开,水管也一直没有安装。保罗不在家时,巴兹又经常来。

秋天,保罗在纽约找到工作。他和玛雅把所有家当都塞进那辆面包车和一辆优豪拖车。皮特、弗兰西丝和罗慕洛当天就搬进了那栋大房子。当汽车和拖车开走时,他们站在那儿不停挥手。玛雅也挥了挥手,哭了。那些花草,那些红翅黑鹂,她的朋友们。她知道自己永远不会回来了。她也知道这不是桩美满的婚姻。几年后,弗兰西丝死了,而皮特和罗慕洛仍旧住在那栋房子里。如今他们都老了。还坐在树下玩多米诺骨牌,喝啤酒。你可以从科拉莱斯路上看到那地方。一栋漂亮的老土坯房,已有百年历史。那是一栋燃烧着红艳艳的凌霄花的房子,到处盛开着玫瑰的房子。

雾天

位于闹市区的华盛顿市场一派冷清，直到星期天午夜，突然间水果店和蔬菜集市向几条街散开，柠檬、李子、柑橘，像热烈的彩旗。沿富尔顿街向更远处，是土豆、南瓜和黄洋葱暗淡的红色与褐色。

买卖与装卸一直断断续续到黎明，最后一辆运货卡车开走，希腊和叙利亚商人乘坐黑色汽车疾驰而去。到日出时分，市场上除了苹果香味，就和之前一样肮脏，空空荡荡。

在冷清的曼哈顿闹市区，丽莎和保罗在雨中漫步。她说着话。"在这里生活就像住在乡下，夏天有玉米和西瓜……四季。全纽约的圣诞树都是先运到这里。它们堆放在一起，一大垛一大垛。森林！有天夜里下雪，三条狗疯了似的狂奔，跟《日瓦戈医生》[1]中的狼一样。在这里你

---

[1] 苏联作家鲍里斯·列昂尼德维奇·帕斯捷尔纳克的长篇小说代表作。下文提及的"狼"为本作中经常出现的动物形象之一。

闻不到汽车或工厂的气味，只有松树……"她滔滔不绝，就像每次跟他说话，或跟牙医说话一样。

她希望他能看出这里的美，这座城市，她的城市。她知道他看不出来。他看着那些男人，他们正在吃生地瓜和偷来的葡萄柚，或在生锈的焚化炉中烧装橙子用的板条箱。上写**一美元六只**的古铜色 K-口粮①罐，绿色的嘉露波特酒瓶在火中闪着亮光，在雨中闪着微光。一个老头冲阴沟里呕吐，沟中紫色的水果包装套如同压扁的银莲花，在铁箅子边模糊为靛蓝色。

夜间，周围一处处街景中点缀着一堆堆火光，映照出男人们醉酒后祭祀舞蹈般的姿态。或者，黎明时分，从她的窗口望下去，一个半裸着身子的黑人男孩躺在卡车中沉睡，身下是满车厢炫目的酸橙。他并不觉得这些有任何美感可言。

雨下得大起来。他们在卖洋蓟的撒希尼父子商店门口避雨，直到雨势减弱，变为蒙蒙细雨，他们就又接着走，已经淋湿。缓慢而笨拙，就像以前在圣达菲散步，就像多年老友。

在圣达菲，丽莎的丈夫本杰明在乔治的餐厅工作，同保罗一起。乔治是个刻薄的女同性恋，她装扮成牛仔，想

---

① K-ration，美军提供的一种单兵军用口粮，完整的一份可满足一名普通士兵一天的消耗。

象自己就是格特鲁德·斯坦因①，提供的食物是托克拉斯式的。蜗牛，糖衣栗子。本杰明弹奏轻柔的爵士钢琴曲，保罗做领班。他们穿着无尾礼服。两个人都不说话。那些机智健谈的顾客个个打扮得像印度人……天鹅绒，银饰，绿松石。

两个男人深夜两点半左右回到家，带着一身茄汁虾和香烟的气味。丽莎做早餐，他们拿出小费在厨房的圆木桌上数。有一次，本杰明为一个政客弹了五遍《月光照上来》，赚了十美元。两个男人笑着给她讲顾客和乔治。

最终他们两人都被炒了。在尘土飞扬的峡谷路，保罗和乔治还真的来了场对决，就像电影《正午》中一样。他长得的确有点像加里·库珀②。她则一身男式牛仔装，涂着贝蒂·戴维斯③风格的黑色唇膏，看起来倒也像查尔斯·劳顿④。她赢了。

本杰明的情况则是，一天晚上他上场时，发现有个墨西哥人正摇着沙槌唱"如此相爱的我们哪……"。本杰明推着他那台雅马哈钢琴出了门，吃力地推上那辆大众货车。

---

①Gertrude Stein（1874—1946），美国先锋派女作家，生前长期旅居法国，对当时的文学艺术有极大影响。托克拉斯是她的终生同性伴侣。
②Gary Cooper（1901—1961），美国著名演员，凭借《正午》获得奥斯卡最佳男主角和金球奖最佳男主角。
③Bette Davis（1908—1989），美国电影、电视和戏剧女演员，两度荣获奥斯卡最佳女主角奖。
④Charles Laughton（1899—1962），英国著名戏剧、电影演员，曾主演《亨利八世的私生活》和《叛舰喋血记》。

但那是很好的一年。松木烟,欢笑。他们三人没完没了地听音乐。迈尔斯,柯川,蒙克。他们还听了查尔斯·奥尔森、罗伯特·邓肯、莱尼·布鲁斯的吱吱拉拉的磁带。

保罗是位诗人,好像根本不睡觉。整个上午,他都在什么地方写作。本杰明睡得很晚,练琴,下午大部分时间都在演奏,听音乐,戴着耳机,态度严肃得像语言实验室里的学生。

本杰明是个高大安静的男人,善良,是非分明。他对丽莎耐心,怀有父亲般的感情,只有她夸大其词(经常)时例外,他说那与说谎无异。他说话从来不用过去时或将来时。

每夜他同她做爱,都她令惊讶。他温存,顽皮,激情似火,他吻遍她的全身,她的眼睛,她的胸脯,她的脚趾。她喜欢他有力的双手放在她胸前,喜爱他用舌头让她达到高潮。她喜爱他进入她时那双淡褐色双眸中的袒露。

每夜她都以为,清晨他们的关系肯定会有所不同,在这一切之后,就像她第一次做爱之后的那种感觉……第二天她会面目一新。

云雨过后,他会在手上涂上凡士林,戴上白手套,然后戴上独行侠眼罩和耳塞。丽莎会坐在床边抽烟,回想那天发生的傻事,真希望能叫醒他。

白天大部分时间她都和保罗在一起,读书,说话,在餐桌旁争论。在她后来的想象中，那段时间一直都在下雨，因为一连几个月，她和保罗读达尔文，读威廉·亨利·赫德逊①，读托马斯·哈代，坐在也只于她头脑中存在的松木炉火前。

后来托尼出现了，本杰明的哈佛老友，富有，黝黑，英俊。他开着玛莎拉蒂把丽莎从阿尔伯克基送回圣达菲的家，冒着雨，在二十分钟之内。假如别的车不把车灯调暗，他就干脆把灯完全关掉。

他过去常开车带丽莎去乔治的餐馆吃饭，听本杰明演奏。本杰明为他的比波普老友弹得不错。《午夜旋律》《苹果玉米面饼》《确认》。

托尼穿着带皮翻领的意大利套装。保罗沉默着递上菜单。托尼正和妻子闹分手。他叹了口气："伙计……我讨厌终结……我只喜欢开始。"

"太棒了，"丽莎说，"我倒是喜欢终结。"

他们的目光在盛着解百纳红葡萄酒的水晶玻璃杯上方相遇。"……永远，永远不会有另一个你……"本杰明在弹奏。一段切特·贝克的旋律……

丽莎和托尼之间的恋情注定发生，或者托尼这么说。随便猜都知道，保罗说。本杰明什么都没说。

---

① William Henry Hudson (1841—1922)，英国作家、自然学家、鸟类学家，以写作富有异国情调的传奇故事而著名。

那时她十九岁。倒不是替她开脱,只是她正处于一个需要有人陪她好好说话的年纪。她爱听托尼说"我们是天生一对,都长着连心眉……"一类的话。

一天夜里,本杰明回到家,她说:"本,我需要说话!我需要说话!我想和你说句话!"

他看着她。他从礼服衬衫上解下领结,摘掉九颗红宝石饰扣。他脱下外套和鞋子,在折叠床上挨着她坐下。

"宝贝。"他说。(那时他常叫她宝贝。)

然后他又沉默了。他脱下裤子、短裤和袜子。他赤裸着坐在床上,疲惫,她知道他是多好的男人。

他说:"我是个话少的人。"他用那双弹琴的手捧着她的头。

"我爱你,"他说,"我全心全意地爱着你。你不知道吗?"

"知道。"说着,她背过身,哭着睡去。

一切都充满激情和痛苦,而且没错,随便猜都知道。丽莎离开本杰明,只带走了威廉·亨利·赫德逊的《远方与往昔》。她去追寻托尼和浪漫,但托尼"眼下正经历很多变化",于是她独自一人住在蒂赫拉斯峡谷中的一栋石屋中。

本杰明开车找到那栋房子。她从窗子里看他走来,叹了口气。保罗跟在他身后,面色苍白。

"嘿,宝贝……现在该朝前看了。我们去纽约。上车吧。"本杰明说。

她站在那儿，努力想思考。本杰明已经爬上大众车，保罗在门口等她收拾为数不多的几件东西，她点了支烟，坐了下来。

"老天爷，赶紧上车，好吗？"

她踉跄着跟在保罗身后。

他们一路沉默着回到家，本杰明换上礼服上班去了。他在天际线俱乐部与普林斯·鲍比·杰克一起演出。"她用我最爱的杯子给我端来咖啡……"动听的布鲁斯。

丽莎和保罗把所有东西都装进 M & B 酒品店的纸箱里。一轮神秘的月亮将荧光倾洒在桑迪亚山上。通常她和保罗会为这样的景色感到欣喜。但他们只是目睹这一场景，颤抖着站在外面。

"丽莎，好好做他的妻子。他全心全意地爱着你。"

第二天上午，本杰明和丽莎动身前往纽约。保罗挥手告别，转身朝苹果树林走去。

去纽约一路上，基本都是丽莎开车，甚至穿越芝加哥时也是。本杰明大部分时间都蒙着眼罩睡觉，只有过密西西比河时除外。真是太美了，密西西比河。

他们驶过保罗出生的小镇，看到那栋房子和谷仓。至少丽莎确定是那个地方……她可以想象保罗在绿色的田野中。淡黄色头发的孩子。红翅黑鹂。她很想念保罗。

"喂，保罗。"丽莎对他说，他来纽约的第二天，他们走在细雨中的瓦里克街……"你想跟我谈什么？"

"其实没什么……我只是不想吵醒本杰明。"（本杰明前一晚在布朗克斯的一场婚礼上演奏。）

"纽约是一个不错的选择。"他接着说，"我不敢相信现在他弹奏的方式。"

"真的！天哪……他已经工作了……六个月，就是为能加入联盟……还有脱衣舞夜总会，单场演出，格罗辛格酒店……但他一直跟一些优秀的乐手在一起。"

"但他参加过一些不错的爵士乐演出。"

"真希望你能听听他和巴迪·泰特的表演，他还跟贝西伯爵乐队所有那些资深老爵士乐手一起演出。他真是棒极了。"

"他一直很棒……他是位出色的乐手。"

她知道。

"上周我在伯德兰看到了雷德·加兰[1]。他当时站在吧台边，我跟他打招呼，他也跟我打招呼。"

她想着雷德·加兰，哼着他弹的《你是我的一切》，走在瓦里克街，手臂拂过保罗的胳膊。对保罗的渴望令她头发蒙，脚下一绊，便跳了一下，重新稳住脚步。我真坏，她心想，把注意力集中在人行道上。走路不留心，活

---

[1] Red Garland（1923—1984），美国爵士乐钢琴手。

该摔断腿。

"咱们去坐霍博肯轮渡吧！"她说，一如既往地开心。

他们穿过街道，走到那个老轮渡站。站里空空荡荡。显然是星期六的早晨。一个卖报人在睡觉，满脸胡须，手里攥着一个《时报》镇纸。杂志架上一只猫醒来，伸着懒腰。笨拙的小猫咪们，都是灰色的。

天很黑。雨水把煤灰卷进裂缝的钻石图案天窗。保罗和丽莎的脚步声响亮地回荡着，有怀旧的感觉，如同在空荡荡的旧体育馆里，或蒙大拿的火车站里，或在某个家庭危机的深夜。

雾中的轮渡，几乎看不见，如同维多利亚时代的一位优雅沉重的淑女，避开拖船和慢吞吞的垃圾驳船。轮渡吱嘎着缓慢地、小心翼翼地抵到码头上。保罗和丽莎的脚步声又在木甲板上大声回响。鸽子在即将朽坏的船顶上鸣咽，它们那闪着虹彩泛着油光的羽毛，是清晨时分唯一的颜色。

船上只有他们两人。他们笑着，换了十多次座位，在甲板上散步。船被大雾笼罩。

"保罗！这里没有纽约！没有新泽西！说不定我们正在英吉利海峡呢！"

他们站在那里，久久凝视着大雾，直到对面泽西岸上诡异地现出黄色厢式运货车，红色的火车守车。梦中的北达科他州货运场。

轮渡碰在木桩上。海鸥扑打着翅膀，随后又重新在摇晃的木头上站稳。

"快点，咱们下去吧。"他说。

"要是我们留在这儿，就不用付钱了。"

"丽莎，你为什么总是不去做对的事呢？比如你干吗不买个簸箕？"

"我讨厌簸箕。"她说，跟着他往渡轮下走。其实她经常买簸箕，但总是不小心把它们丢出去。

返途中他们站在外面，靠着带咸味的栏杆，没有互相碰触。

"我希望你能幸福，"他说，"当初本去接你……那是我看到一个男人能做出的最有勇气的事。他原谅了你。可结果却没什么改变，我看了很难过。"

她希望会晕船，希望告诉他自从来到纽约，她整天和他说话，将他的信留到黄昏时拿去屋顶上读。从那上面看，纽约的天空就像新墨西哥的天空一样辽阔。

他双手捋一捋自己浅色的头发。"我想念你，丽莎。我真的想念你。"

她点点头，垂下头，泪水像毛玻璃模糊了水面和泡沫。她的牙齿打战。

她指着雾中《世界电讯报》大楼上发光的"**世界**"霓虹招牌。

"每天早上一睁眼,我看到的第一个东西就是那个。**世界**。只是字是反的,当然。"

此时晴朗了些,他们能看见她晾在格林尼治街阁楼屋顶上的衣服。那些颜色污浊又艳丽的衣服,映衬着市政厅周围被雨水浸黑的建筑,在风中扑打着。

"看戴安娜!"她笑起来。

黛安娜的铜像在她晾的衣服正上方升起,仿佛她正要把那些都扔进哈得孙河里。

"可是,原谅我的是你,保罗。"她说。轮渡靠近码头时,发动机关闭了。即使渡轮上挤满了人,这一刻依然寂静得可怕。海水拍打木制的船身,直到船铿一声闷响停靠在码头,惊起一片四散的海鸥。

"保罗……"丽莎说,却只有她自己。保罗已经转身。他正迈开西部牛仔的大步,朝船头方向的金属门走去,着急想回返。

樱花盛开时节

他又在那里,那个送信人。自从卡桑德拉第一次留意到他,她就开始在各处见到他。就像你知道了"恶化"的意思后,就发现人人都开始说这个词,就连读晨报也能碰到它。

他正沿第六大道阔步前进,闪亮的鞋子抬得很高。一、二。一、二。到第十三街,他向右转头,扭身,然后不见了。他在送邮件。

卡桑德拉和她两岁的儿子马特正沿他们自己上午的固定路线活动。熟食店,A＆P连锁店,面包店,消防站,宠物店。有时还会去洗衣店。回家喝牛奶吃饼干,然后再出来,到华盛顿广场。回家吃午饭睡午觉。

当她第一次注意到送信人,注意到他们的路线是如何交错再交错时,她疑惑为什么以前从没见过他。她的整个生活可曾产生过五分钟的变化?那要是发生一个小时的变化又会怎样？

随后她注意到，他一路上时间卡得那么精确，一连几个街区的红灯亮时，他的脚恰好踏上路对面的路沿。他从不偏离路线，即使是难得的寒暄也是有原因、可预测的。然后她注意到她和马特的路线也是这样。比如，九点钟，一位消防员会把马特举上消防车，或把自己的帽子戴在马特的头上。十点十五分，面包师会问马特，今天大小伙子过得怎么样？再给他一块燕麦饼干。或者另一位面包师会对卡桑德拉说，你好，美人！把饼干递给她。当他们走出格林尼治街上的家门时，送信人就在那里，正抬脚走下路沿。

这可以理解，她心想。孩子需要节奏，需要规律。马特还很小，他喜欢去散步，去公园玩耍，但是到了一点整，他便会烦躁不安，需要吃午饭，睡午觉。尽管如此，她开始试着改变日程。马特严重抵触。他们得先散步，然后他才准备好去玩沙堆，或昏昏然地荡秋千。要是他们提前回家，他就会兴奋得不睡午觉。如果他们先去公园再去商店，他就会哼唧着，扭来扭去地要从篮子里爬出来。于是他们又恢复了惯常的固定路线，有时正好跟送信人一致，跟他隔着马路。没有人会挡他的路，或抢到他前面。一、二。一、二，他走在人行道中间，沿一条笔直的线走下去。

一天上午，假如他们同平时一样在宠物店只待一会儿，大概遇不上他。但商店中间摆着一个新笼子。华尔兹小鼠。几十只灰色小老鼠疯狂跑圈。它们被培育得有鼓膜缺陷，所以会不停绕圈奔跑。卡桑德拉领着马特出了商店，几乎与送信人撞了个满怀。街对面，一个女同性恋在跟关在女子监狱中的情人打电话。每天上午十点半她都在那儿。

在第六大道，他们在熟食店停下来买鸡肝，然后去隔壁取洗好的衣服。马特提着买的东西，她用一辆手推车推着洗好的衣服。为避开手推车的轮子，送信人跳了一步。

卡桑德拉的丈夫大卫五点四十五分回家。他按三下门铃，她则回三下。她和马特在楼梯扶手边等着，看他爬上一二三四段楼梯。你好！你好！你好！他们会拥抱，他会进屋。他会坐在餐桌旁，把马特放在腿上，拉开领带。

"今天怎么样？"她会问。

"老样子"，他会说，或者"更糟"。他是位作家，即将写完第一本小说。他讨厌出版公司的工作，没有时间或精力写自己的书。

"真遗憾，大卫。"她会说，然后给他们准备饮料。

"你今天过得怎么样？"

"挺好的。我们散步，还去了公园。"

"好极了。"

"马特睡午觉。我读纪德。"（她试着读纪德；通常她读托马斯·哈代。）"有这么一个送信人——"

"邮递员。"

"邮递员。"她更正,"他真让我沮丧。他就像个机器人,日复一日按照固定模式——连过红绿灯都卡好了点。让我为自己的生活感到难过。"

大卫很生气。"是,你日子确实不容易。要知道,我们都在做自己不想做的事情。你以为我喜欢教材科吗?"

"我不是那个意思。我很喜欢我做的事,只是不想非得在十点二十二分的时候做。你明白吗?"

"我想是吧。嘿,丫头——给我去放洗澡水。"

他总是这样说,是开玩笑。她便去放洗澡水,他洗澡的时候她做晚饭。他顶着黑亮亮的头发走出浴室,他们就会吃饭。晚饭后,他会写作或思考。她会刷碗,给马特洗澡,读故事,然后给他唱歌。《特克萨卡纳宝贝》和《甜甜的吻》,直到他入睡,一条口水丝带般从他粉色的嘴唇上垂下。之后她会看书或做缝纫,直到大卫说:"咱们睡吧。"于是他们睡觉。他们会做爱,也可能不做爱,然后睡去。

第二天早上,她醒着躺在床上,头疼。她等他说"早上好,阳光照",他说了。他要出门时,她等他亲亲她,说:"我不愿做的事,你也别做。"他这么做了。

去华盛顿广场的路上,她心想,某个孩子可能会从滑梯上跌下来,磕破嘴唇。后来,在公园里,马特从秋千上跌下来，磕破了嘴唇。卡桑德拉把一块面巾纸按在孩子的伤口上，拼命忍住泪水。我这是怎么了？我还想要什么？上帝啊，让我只看到美好的事物吧。她强迫自己跳出自身，看看周围，而事实上，樱花正在盛开。花是一点一点开的，但是到那一天正是可爱。接着，仿佛正因为她看到了樱花树，喷泉也开始喷水。看呀，妈妈！马特叫着，跑起来。所有的孩子和妈妈们都奔向水花闪耀的喷泉。送信人跟往常一样走过。他似乎并没留意喷泉在喷水，结果被溅了一身。一、二。一、二。

卡桑德拉带马特回家午睡。有时她也睡，但通常做缝纫，或收拾厨房。她喜欢一天中这段昏昏欲睡的时光，猫咪打着哈欠，外面公交车悠然驶过，电话丁零零、丁零零一直响着。缝纫机发出夏蝇般的嗡嗡声。

但是那天下午，阳光在镀铬的炉子上一闪，缝纫机上的针折了。街上传来刹车声，剐蹭声。餐具啪地落在沥水板上，一把餐刀划到瓷釉上，声音刺耳。卡桑德拉在切香菜。一、二。一、二。

马特醒了。她给他洗脸，留意他的嘴唇。他们喝奶昔，脸上涂着巧克力胡须，等大卫回家，按三声门铃。

她真希望能告诉他自己感觉有多糟糕，但他才是那个日子不好过的人，干着那份工作，没时间写自己的书。所以当他问她过得怎么样时，她说：

"今天很棒。樱花盛开，他们打开了喷泉，春天来了！"

"太好了。"大卫笑了。

"送信人被溅了一身水。"她补充。

"邮递员。"

"邮递员。"

"今天我们不去商店。"卡桑德拉对马特说。他们烤花生酱小饼干,他用叉子在每个小饼上压一下,好了。她准备了三明治和牛奶,把毯子和枕头放进洗衣车里。他们选了条全新的路线,沿第五大道,到华盛顿广场。很高兴看到拱门,它给树木和喷泉镶上边框。

她和马特玩球,他滑滑梯,玩沙堆。一点钟,她铺开野餐毯子。他们吃三明治,把小饼干送给路过的人吃。午饭过后,开始他并不想睡,虽然用的是自己的毯子和枕头。但是她给他唱歌:"她是我的特克萨卡纳宝贝,我爱她像爱洋娃娃,她妈妈来自得克萨斯,她爸爸来自阿肯色。"唱了一遍又一遍,直到马特终于睡着了,她也睡着了。他们睡了很久很久。刚醒来时,她吓了一跳,因为一睁眼,就看见一团团粉色的花朵映衬在蓝天下。

他们一路唱着歌往家走,在洗衣店停下去取他们那包衣服。出了店门,推着沉重的手推车,卡桑德拉惊讶地看到那个送信人。他们一整天都没见到他了。她懒洋洋地跟在他身后,走向路边。然后她放开手推车,任它顺着人行道滑行,重重撞向他的脚后跟。手推车卡住他的一只脚,把鞋都撞掉了。他愤恨地瞪着她，弯腰解开鞋带，重新把鞋穿好。她抓住手推车，他开始过马路，但是晚了，刚走到路中间，红灯就亮了。一辆格里斯蒂德斯超市的送货卡车猛然转过街角，差点撞上送信人，卡车发出刺耳的刹车声。送信人僵在那里，吓坏了，然后继续走到路边，沿第十三街而去，这时已经跑起来。

卡桑德拉和马特径直去了第十四街，然后绕道回了公寓。这是一条完全不同的回家的路。

五点四十五分，大卫按响门铃。你好！你好！你好！

"今天过得怎么样？"

"老样子。你呢？"

马特和卡桑德拉互相争抢，给他讲他们的一天，他们的野餐。

"今天很美，我们在樱花下面睡觉。"

"太棒了。"大卫笑了。

她也笑了。"回家路上，我谋杀了送信人。"

"是邮递员。"大卫说着，解下了领带。

"大卫。请跟我说话。"

天堂的夜晚

几年过后,有时你回首往事会说,这是……的开始,或者……之前……之后,我们那时多么幸福。或者你认为,等我……的时候,一旦我得到……如果我们……我就会幸福。埃尔南知道他现在就很幸福。海洋酒店满客,他的三个服务生正在以最快的速度工作。

他不是那种忧心未来或沉湎过去的男人。他把兜售口香糖的孩子从酒吧轰出去,不去想自己童年时是孤儿,也在街头讨生活。耙沙滩,擦皮鞋。

在他十二岁那年,海洋酒店开始修建。埃尔南为酒店老板跑腿,他把莫拉莱斯先生奉为偶像。莫拉莱斯先生身穿白西装,头戴巴拿马草帽,有双下巴,与眼袋很配。埃尔南的母亲去世后,莫拉莱斯先生是唯一称呼他名字的人。埃尔南,而不是,嘿,小孩,快点孩子,到街上去。早上好,埃尔南。酒店建设继续推进,莫拉莱斯先生给了他一份稳定的工作，在工人离开后打扫卫生。酒店建好后，他又雇埃尔南在厨房干活儿。屋顶上的一个房间给他住。

别人会从其他酒店雇有经验的员工，而在新落成的海洋酒店，厨师和前台服务员是从阿卡普尔科雇来的，其余员工招的都是像埃尔南这样不识字的流浪儿。他们都因为拥有一个房间——在屋顶上拥有自己真正的房间而自豪。酒店里还有给男女员工用的淋浴器和卫生间。三十年后，所有男员工仍在这家酒店工作。洗衣女工和客房女服务员都来自查卡拉或埃尔图依托这样的山区小城。这些女人一直到结婚或太过想家时才会离开。新来的女工总是从山区来的年轻姑娘。

索科罗来自查卡拉。埃尔南第一天见到她时，她站在门口，穿一身白色连衣裙，辫子上系着粉红色缎带。她手中那捆行李还没放下。她正把电灯摁开又关上。他被她那股可爱劲给迷住了，他们相视微笑。两人都是十五岁，而且都是在那一刻坠入爱河。

第二天，莫拉莱斯先生看到埃尔南正在看厨房里的索科罗。

"她真是个小美人，是吧？"

"是啊，"埃尔南说，"我要娶她。"

一连两年，他每天值两轮班，直到他们可以结婚，搬进酒店附近的一栋小房子。等他们的大女儿克劳迪娅出生时，他已经成了一名调酒学徒。阿玛莉亚出生后，他成为正式的调酒师,索科罗辞了职。再过两周就是他们的二女儿阿玛莉亚的十五岁生日派对。莫拉莱斯先生是他两个女儿的教父,他要在酒店里举办生日派对。他是个单身汉,几乎跟埃尔南一样深爱着索科罗和两个女孩,谈起她们时从不厌倦。

"她们那么迷人,那么美丽。又娇美又纯洁,又骄傲又……"

"聪明,坚强,勤劳。"埃尔南补充道。

"我的上帝……那些女人的秀发……那么,那么亮闪闪的秀发。"

约翰·艾普尔和往常一样坐在酒吧里,望着海滩上的码头。卡车和公共汽车在外面的鹅卵石路上轰隆隆驶过。约翰怀抱着啤酒,喃喃自语。

"闻到那些可恶的尾气了吗?真是吵死人。现在一切都完了,埃尔南。再没有天堂,我们这座沉睡的小渔村到头啦。"

埃尔南的英语很好,但有些东西,像约翰说的话,进不了他的耳朵。他只知道,这话他一遍遍地听了很多年。约翰再次假装把他的空杯一饮而尽时,埃尔南没有理会他的叹息。下一杯酒别人可以给他埋单。

"没有到头,"埃尔南说,"是一座新的巴亚尔塔港[①]。"

[①] Puerto Vallarta,墨西哥太平洋沿岸一座著名旅游城市。

几十个豪华度假村正拔地而起，一条崭新的高速公路已经完工，那个大型机场刚刚开放。每天有五六趟国际航班，而不是一周一次。埃尔南并不为这座小镇失去昔日的宁静感到遗憾。那时这里是唯一像样的酒吧，他是酒吧唯一的服务生。他喜欢如今有这么多服务生来帮忙。现在他回到家时甚至还不觉得累，可以和索科罗共进晚餐，看看报纸，说一会儿话。

越来越多的人走进酒吧。埃尔南打发梅莫去厨房叫打杂的小伙子们来帮忙，再加几把椅子。酒店的客人大多是记者或《巫山风雨夜》[①]剧组的演员和工作人员。他们大多数都坐在酒吧里，与从城里雇来的"群众"演员厮混，当地的墨西哥人和美国人。游客和来度蜜月的人寻找艾娃、伯顿和丽兹。

那时，广场上每周放映一部墨西哥影片。没有电视，所以镇上的人没觉得《巫山风雨夜》的演员阵容有什么了不起。但大家都知道伊丽莎白·泰勒是谁，她丈夫理查德·伯顿参演这部影片。

埃尔南喜欢这些演员，喜欢导演约翰·休斯顿。这位老人总是很尊重索科罗和他的女儿们，同她们讲西班牙语。他在城里遇到她们时，总是脱帽致意。索科罗让她的

[①] *The Night of the Iguana*，上映于1964年的美国电影，下文提到的"艾娃""伯顿"和"丽兹"分别指本片主演艾娃·加德纳和理查德·伯顿，以及时为伯顿妻子的伊丽莎白·泰勒。

兄弟从查卡拉附近的山上送来拉伊西亚酒，那是专门给休斯顿先生准备的月光龙舌兰。埃尔南把酒存在吧台下面一个巨大的蛋黄酱罐中，尽量分成小份慢慢供应，而且在休斯顿先生注意不到时尽可能频繁地减少酒量。

墨西哥的律师和银行家正在拿天真无邪的金发女郎苏·莱恩练英语。两个离婚的美国女人，鲁比和阿尔玛，正跟摄影师们调情。她们两人都很富有，在水边悬崖上拥有房产。她们总以为能在海洋酒吧找到浪漫，但遇见的通常是出海钓鱼的已婚男人，或者现在，是记者或摄影师。没有哪个男人愿意留下来。

阿尔玛温柔美丽，可是到深夜时，她的眼睛和嘴巴便变得一片瘀紫，声音变作抽泣，就像她只是希望你能打她一顿再离去似的。鲁比年近五十岁，拉过皮，染过发，身上拼拼补补。她很风趣好玩，但一番狂饮后，就会变得刻薄，之后走路也一瘸一拐，再之后埃尔南就得找人送她回家。约翰·艾普尔过去陪她们坐。阿尔玛替他叫了一杯双份玛格丽塔。

路易斯和维克多在门口站了好一阵，等大家都注意到他们。他们轻快地走进酒吧，挑了个显眼的地方坐下。他们黝黑帅气，都穿白色紧身裤，白色敞领衫。光脚，一只脚踝上戴条亮闪闪的脚链。亮白的笑容，湿淋淋的黑发。"*Ratoncitos tiernos.*"——温柔的小老鼠，妓女们称呼这些性感的年轻人。

刚认识他们的时候,埃尔南已经在海洋酒店的厨房里干了。那时他们还是孩子,向游客乞讨,抢劫醉酒的人。他们最早是从库利亚坎来的,互相称呼"坎帕",意思是哥们儿。

有很多年,路易斯和维克多夜里都在船上的行李包下面睡觉,整个白天坑蒙拐骗。埃尔南理解他们,不对他们加以评判,哪怕他们偷东西。他们对待女人的方式也不让他感到震惊。但他会评判那些女人。一天,他看到维克多在码头上接近阿玛莉亚。她穿着校服,格子裙,白罩衫,将书本紧紧搂在刚发育的胸前。埃尔南冲出酒吧,飞奔着过街。"回家去!"他冲阿玛莉亚说。对维克多,他说:"你再敢和我任何一个女儿搭话,我就宰了你。"

赫尔南将马提尼倒入钢化玻璃杯,把杯子放在梅莫的托盘上。他走出吧台,站到那对年轻人面前。

"怎么回事,看到你们两个人来酒吧,我怎么这么紧张呢?"

"放轻松,老兄。我们是来见证两个历史性事件的。"

"两个?一个肯定是托尼,另一个是贝托。贝托怎么了?"

"他来跟拍电影的人一起庆祝。他拿到《巫山云雨夜》的一个角色了。真正的钱。钱。"

"真的吗!那可真不错。这么说他现在不仅仅是沙滩牛郎了。演什么角色?"

"演沙滩牛郎!"

"就看看他怎么搞砸吧。另一件大事我已经知道了。托尼钓上了艾娃·加德纳。"

"那算不上大事。瞧。那才是大事!"

一艘崭新漂亮的克里斯·克拉夫特游艇劈浪而来,冲入港口,摇荡起夕阳照亮的洋红色水面。托尼站起来挥手,放下"艾娃号"的锚。一个小男孩划着一只小船去接他。

"天哪。她真给他买了?"

"船是登记在他名下的。昨晚上,她就一丝不挂地躺在吊床上等他,船证贴在她的奶头上。你猜他先做了什么。"

"去看船呗。"

三人正哈哈大笑,美丽的艾娃步伐不稳地从楼梯上下来,向所有人微笑。她独自在一个卡座里坐下,等候托尼。人人都看着她,仰慕她,却没人过去打扰她,埃尔南很欣慰。我的顾客有教养,他想。

埃尔南回到吧台,动作麻利,好赶上进度。小可怜。她羞涩,孤独。他哼起佩德罗·因方特[①]电影中的曲子《富人也会哭》。

那对恋人见面亲吻时,埃尔南也跟别人一样看着他们。闪光灯如烟花般在整个房间闪烁。美国人都知道她,

[①] Pedro Infante(1917—1957),墨西哥歌手、演员,职业生涯跨越了墨西哥电影的黄金时代。

全镇人都爱托尼。他现在十九岁左右。一头长发挑染成一缕缕金色，琥珀色的眼睛和天使般的微笑。他一直在船上卸货，装货，蹭车坐，一直在攒钱，想有朝一日自己买艘船，好带游客去滑水。

传闻各不相同。有人说一切是在玩掷骰子时发生的，还有人说他付给迪亚戈现钱，让他每天开船载着电影明星到密斯马洛亚的拍摄地。他的金色眼睛对着她的绿色眼睛凝视了大约三天后，她开始在休息时跟他一起坐船游览，直到有一天，托尼说，幸运女神终于向他微笑。梅莫说托尼最下贱，一个男宠。

"看看他，"埃尔南说，"他恋爱了，不会伤害她的。"

房间另一侧，一位年长的美国女人经过吧台，路易斯冲她喊：

"女士，请过来跟我们坐坐吧。我是路易斯，这是维克多。帮我们庆祝我的生日。"他说。

"哦，我很乐意。"她很惊讶，笑着说。她点了饮料，拿出一把钞票付给服务员。得到他们的关注，她笑得很开心，把买的东西都拿出来给他们看。

路易斯已经不当沙滩牛郎了。他开了一家小小的服装店，是当下的流行。他出售殖民时期的绘画和前哥伦布时代的艺术品。没人知道他那些东西是哪儿来的，或者是谁创作的。他教美国女人做瑜伽，那些女人也买下他所有的衣服，什么颜色都有。很难说路易斯是爱女人还是恨女人，他让她们感觉良好，用这种或那种办法赚走她们每个人的钱。

梅莫问埃尔南，女人们是不是花钱与他们发生关系。谁知道呢？他怀疑路易斯带走她们，带回自己家，趁她们醉过去的时候抢劫她们。女人们羞愧得没法跟别人说。埃尔南并不同情这些女人，她们是自找的。独自旅行，喝酒，遇到第一个街头混混就将自己拱手相送。

贝托与大约十五岁的嬉皮女孩奥黛丽走进来。丝一般的金发，女神一样的脸庞。记者们的镁光灯一阵猛闪，令这位金发女演员愈发郁闷。奥黛丽动起来时如蜂蜜一样，双眸就像雕塑的盲眼。

维克多来到吧台与人说话。埃尔南问他奥黛丽吃了什么药。

"速可眠、吐诺尔之类的呗。"

"不是你卖给她的吧？"

"不是，谁都能在药房买到催眠药。这些药能让她乖巧又安静。"

贝托正和剧组的人坐在一起。他们为他祝酒，试着说西班牙语。他微笑着喝酒。贝托脸上总挂着刚在公交车上醒来时的那种蠢蒙的表情。

休斯顿先生向埃尔南比画着要拉伊西亚酒。埃尔南自己把酒送过去，很好奇导演对奥黛丽说话时为什么如此生气。休斯顿先生谢过埃尔南，问候他的家人，然后告诉埃尔南，奥黛丽是一位挚友、出色的舞台剧女演员的女儿。奥黛丽去年离家出走了。

"想象一下她母亲的感受。奥黛丽失踪时，年龄比你的两个女儿都小。"

奥黛丽恳求休斯顿先生不要透露她的行踪。

"贝托爱我。终于有人只是爱我这个人。现在贝托有工作了。我们可以找间公寓。"

"你嗑了什么药？"

"你真傻，我这是瞌睡。我们要有孩子了！"

她站起身，吻了吻老人。"求你了。"说完，她走过去坐在贝托身后一些，自己轻声哼着歌。休斯顿先生僵硬地站起来，撞翻了椅子。他站在贝托面前，开始讲话，然后摇了摇头，大步走出酒吧。他穿过马路走上码头，坐在那里抽烟，望着水面。

埃尔南注意到，那些记者、女人以及剧组人员都认识维克多。许多人停下来跟他说话。维克多经常去男洗手间，在美国人进去之前或之后。他是镇上主要的大麻贩子，还有几个顾客暗地里从他手上买海洛因。但这次不一样。事后没人到外面的沙滩上散步。

埃尔南听说过，货是从阿卡普尔科来的。唉，巴亚尔塔港如今也有自己的可卡因了，他心里想。

萨姆·纽曼坐的出租车停下来，他向埃尔南挥手致意，穿过庭院去登记入住，让人把行李送上去。他走到托尼和艾娃·加德纳面前，拥抱托尼，吻了吻艾娃的手。他走向吧台，一路上在一张张桌边驻足，握手，亲吻他认识的女人，结识新人，他们明显都很开心。他是位帅气随和的美国人，娶了位比他年长的富有女性，对他不太约束。他们住在耶拉帕海岸。每隔几周，萨姆就来镇上采买物资，放松一下。他说，在天堂里生活太累人了。他坐在高脚凳上咧嘴笑着，递给埃尔南一袋胡安·科鲁兹咖啡。

"谢谢你，萨姆。索科罗一直盼着她的咖啡呢。"埃尔南为他调了杯饮品，双份巴卡第兰姆酒和提瓦坎矿泉水，"你是坐，帕拉丁号，来的吗？"

"是的，很不幸。船上挤满了游客。还有约翰·兰利，你猜他说什么了。"

"我们在同一条船上。"

"他总是这么说。这次他说了句新的。船过电影片场时，有位女士抓住他的胳膊问：'先生，那是密斯马洛亚吗？'兰利将她的手从胳膊上拿开，用他那装腔作势的英语答道：'女士，对您而言，那是密斯特马洛亚[①]。'除了托尼的船，还有什么新鲜事？"

赫尔南告诉他，贝托进入电影业，奥黛丽是离家出走的，怀了孕，还嗑药。他邀请萨姆参加阿玛莉亚的十五岁生日派对。萨姆说他当然去。埃尔南很高兴。

[①] 地名 Mismaloya 中的开头 "Mis" 发音与英语中的"女士"（Miss）相同，此处兰利用谐音说俏皮话，故而将地名开头改成"Mr."，意为"先生"。

"休斯顿先生也要来。他是个了不起的人,一个有尊严的人。"

"你知道这一点,真酷。我是说,就算不知道,他也的确是个了不起的人,一位名人。"

阿尔玛走上前,吻了吻萨姆的嘴唇。约翰·艾普尔退回吧台前,萨姆给他买了杯双份玛格丽塔。

路易斯和那位美国女人正坐上出租车离开。维克多和几个记者坐在一起。埃尔南不知道该拿维克多怎么办。他绝对不想让人逮捕他,但也不想让他在海洋酒吧卖毒品。今晚他会问问索科罗。她总是很清楚该怎么做。

"萨姆,请带我去见见艾娃·加德纳吧,"阿尔玛说,"我想请她住在我家。"她和萨姆去找那对浓情蜜意的情侣。去的路上,萨姆停下脚步和维克多说话。他们相互点头,说话时都低着头。

休斯顿先生回到店里,坐在"属于他"的宽大卡座里。理查德和丽兹到了。他们走到哪里,哪里就像从窗户外扔进了一枚手榴弹。闪光灯爆烈,人们呻吟,尖叫,高喊:"啊!啊!"椅子刮擦翻倒,玻璃碎了一地。奔忙的脚步声,奔跑。

这对夫妇向四周微笑,挥手,仿佛在谢幕,然后坐进休斯顿先生的卡座中。丽兹向埃尔南飞了一个吻。他已经在托盘上为她准备了一杯双份玛格丽塔,给不喝酒的伯顿准备的是提瓦坎矿泉水,给导演的是掺了纯龙舌兰酒的拉伊西亚酒。鳄梨沙拉酱和辣番茄酱,她喜欢里面加很多蒜。她正在骂人。埃尔南喜欢她,她热情而风流。她和伯顿都喜欢放声大笑,尽情享受着,彼此,当下,生活。

渐渐地,酒吧空下来,人们回去更衣,准备就餐。他们或步行,或坐上酒店外几十辆出租车中的一辆。维克多跟五六个人步行离开,向北去了,去城里的"下等"区。萨姆和阿尔玛与托尼和艾娃一起坐阿尔玛的吉普车离开。

鲁比、贝托和奥黛丽都在熟睡。约翰·艾普尔主动提出开鲁比的车送他们回家。埃尔南知道约翰惦记的是鲁比的酒柜和冰箱。可至少看样子他还能开车。梅莫和劳尔扶他们到酒吧外上车。

酒吧里还剩下两位老人,正用大肚杯喝着马德罗白兰地。他们摆出棋盘,下起棋来。一对度蜜月的年轻夫妇,在码头上散过步,进来要了冰镇果酒。

埃尔南擦净吧台,摆好酒瓶,换上新酒。梅莫已经在厨房边的椅子上睡着了,但仍坐得直,像立正一样。埃尔南眺望海面和棕榈树,听丽兹、伯顿和约翰·休斯顿说话。他们在争论,大笑,引用那部电影中的台词,或者也许是别的电影中的台词。他去给他们换上新酒水时,丽兹问他,他们是不是太吵了。

"没有,没有,"埃尔南说,"听爱自己行当的人谈工作,是件很开心的事。你们真幸运。"

他坐在吧台后,脚搁在凳子上。劳尔给他端来牛奶咖啡和甜面包。他一边看报,一边把面包泡在咖啡里。现在会有段静谧惬意的时光。也许过会儿有些人会在睡觉前再来喝一杯。之后他就会走回家,路不远,索科罗会在家里等他。他们会一起吃晚饭,谈谈他们白天和晚上是怎么过的,谈谈女儿们。他会把所有的流言都讲给她听。他们会争论。她总是替女人辩护,为阿尔玛和鲁比难过,没有人保护她们。他会对她讲维克多和毒品,好像连萨姆都在跟他谈毒品的事。他们上床,索科罗会为埃尔南揉背。他们会为什么事而开怀大笑。

"上帝,我真幸运。"他大声地说出来。他尴尬地向四周看看。没人听到他的话。他微笑着说:"我非常幸运!"

"埃尔南,你一个人闷得慌了?在那边自言自语吗?"伊丽莎白·泰勒高声问他。

"我想我妻子。再过四个小时我才能见到她!"他们要他推荐一家餐馆,他告诉他们去教堂后面的那家意大利餐馆。游客绝不会去那里,他们觉得来墨西哥吃意大利菜太过疯狂。但那里安静,饭菜又好。

他们走了,之后那对蜜月夫妻和下棋的人也上楼了。厨房门外,劳尔躺在梅莫对面睡着了。他们身着黑色齐腰短上衣,系着红色腰带,留着小胡子,如同一对装饰物,巨型的旅行者人偶。

埃尔南自己也快睡着了,这时听到出租车门甩上的声音。路易斯和那位美国女人下了车,她醉得东倒西歪。潘乔过去帮路易斯扶她上楼回她的房间。路易斯没有下来。

几分钟后，又有一辆出租车门砰的一声，一个女人大叫："你这蠢货！"随后艾娃·加德纳只穿了一只高跟鞋走进来，她穿过院子走上楼梯时，脚步声就像在打嗝。同一辆出租车的门又砰的一声，埃尔南惊讶地看见萨姆赤着脚，没穿上衣。一只眼周围有大片乌青，嘴唇肿胀，还破了道口子。

"她的房间是哪间？"

"顶楼，第二间，朝海的那边。"

萨姆上楼，又改了主意，下了楼，伸手接过埃尔南递给他的酒。他说话好像嘴里含着麻药，嘴唇肿得十分厉害。

"埃尔南。你谁都不能告诉。不然我的名声就会碎成渣。你眼前这个人丢脸极了，彻底无地自容。我羞辱了她！哦，天哪。"

又一辆出租车，又砰的一声。托尼跑进来，满脸泪水。他飞奔上楼，咚咚擂着她的门。"*我的生命！我的梦想！*"旁边其他门都开了。"小点声，你这笨蛋！闭嘴！闭嘴！"

托尼下了楼，拥抱萨姆，向他道歉，跟他握手。他像孩子一样抽抽噎噎地哭着。

"萨姆，去跟她谈谈吧。你能解释，我不会说英语。告诉她当时屋里太黑了。跟她解释解释，求你了！"

"我说不准,托尼。她真的很生我的气。好了,你只要进去吻吻她,让她看到你那鳄鱼眼泪就行。"

埃尔南插话了:"我不知道出了什么事,但是我敢打赌,到明天,这位女士甚至都不记得今晚发生了什么可怕的事情。可千万别提醒她!"

"想法不错,我们的好人,埃尔南。"萨姆陪托尼一起上楼,用一张信用卡拨开艾娃的房门,然后轻轻把托尼推入房间。他等了一会儿,但托尼没有出来。

萨姆站在卵石铺地的庭院里,举着信用卡,对着一个无形的摄像机说:"嗨,大家好!我是萨姆·纽曼……环球旅行家,享乐主义者,花花公子。无论我走到何处,美国运通卡不离左右。"

"萨姆,干什么呢?"

"没什么。我说,埃尔南……你得发誓。"

"凭我母亲的坟墓发誓。说吧,原原本本地告诉我。"

"哦……天哪。就是我们到了阿尔玛家,她让厨师为我们做晚饭。我们在她家露台上又喝了些酒。放着音乐。托尼酒量不行,平时滴酒不沾,可我才刚开始。但那两个女人都已经醉了。天很黑,我们都随便躺在她那张水床沙发上,这时候阿尔玛拉起托尼的手,好吧,就把他拖进卧室里去了。艾娃只是看着星星,我吓坏了,然后她注意到他们不见了,像炮弹一样坐起来,拉着我跟她一起去找他们。嗯,他们正躺在阿尔玛的床上,裸着,干得正欢呢。

我以为艾娃可能会用什么钝器砸他们俩,可是没有,她只是笑嘻嘻地牵着我回到露台。哦,天哪,我怎么就不顶用了呢?我真是丢人,恶心。艾娃·加德纳,在上帝和所有人面前也毫不遮掩地脱掉衣服,躺在沙发上。哦,天哪,救救我。我的朋友,那女人美艳绝伦!她肤色如同奶油糖果布丁,全身。她的胸部是人间天堂。那一双腿,天哪,她就是他妈的阿尔巴公爵夫人!不,她就是赤足天使[①]!于是我扯掉自己的衣服,躺在她身边。她就在那里,艾娃,温暖,活生生的,用那双**我认识**的碧绿的眼睛凝视着我的双眼。可是,我的阴茎不见了,飞去了蒂华纳,我的蛋蛋也飞去了俄亥俄。而这位伯爵夫人,这位女神,做了能做的一切。但没任何用处。我都要羞死了。我道歉,就像他妈的**白痴**一样说:'哎呀,真不好意思,这是因为我从小就一直疯狂地爱着你!'我的嘴唇就是被她打的。接着,托尼出现了,开始发疯似的打我。就在这时那该死的厨师走进来,打开灯,说:'晚餐上来了。'我给了厨师些钱,让她去帮我叫辆车,我穿上裤子,跑到外面。厨师找到出租车,回来了。我上了车,接着艾娃也跟着上了车。托尼跟在我们后面,在街上追,但她不让那家伙停车。艾娃·加德纳。我真想崩了自己。"

托尼轻轻跑下楼梯,来到吧台边。

[①] Barefoot Contessa,艾娃·加德纳主演的同名电影中的女主人公,一位西班牙女舞者。

"她原谅我了,她爱我。她现在睡着了。"

"那我们回去吃饭吧?"萨姆咧嘴笑。托尼生气了。过了一会儿,他说实际上他也饿得要死。梅莫已经醒了,全听进耳朵里。他说他也饿了,他们该去厨房做点早饭。

维克多一个人到了,在此时已经暗淡的灯光下,坐在远处的一张桌子边。劳尔给他端上热巧克力和甜面包。维克多从不喝酒,也不吸毒。埃尔南相信他现在肯定很有钱。劳尔告诉维克多,路易斯还在楼上。"我等他。"他说。

梅莫从厨房出来,正好有几个人进来喝餐后酒。托尼走过去与维克多一起等路易斯。托尼也喝巧克力,埃尔南给他送去几片阿司匹林。托尼没有向维克多提起晚上的事,只是谈论他的新船。

萨姆来到吧台,点了一杯掺白兰地的咖啡酒。他双手捂着头。埃尔南把酒递给他,说:"你也需要来片阿司匹林。"

路易斯下楼,拎着那女人的购物袋。三个朋友窃窃私语,像青春期男孩一样大笑。他们离开了,迈大步轻盈地跑过酒吧敞开的窗户,笑声随波涛声荡漾着,轻松无邪。

"那咔嗒咔嗒的是什么响?沙球?"

"是牙。路易斯拿走了那女人的假牙。"

埃尔南拿起萨姆的空杯子,仔细擦着杯子在桌上留下的圆印。

"我该回家了。想要点冰块敷在你嘴唇上吗？"

"不用了，没事。谢谢。晚安，埃尔南。"

"晚安，萨姆。明天见。"

梦幻之船

房子的地板上铺着洁白的细沙。早晨,玛雅和女佣碧亚把沙子耙开扫一遍,检查有没有蝎子,再把沙子扫平。之后那一个小时,玛雅会对儿子们喊:"别踩我的地!"仿佛那是刚打过蜡的油地毡。每过六个月,独眼路易斯就会赶着骡子驮来一袋袋沙子,无数趟到海滩运回被海水冲上来的亮闪闪的新鲜白沙。

那房子是栋帕拉帕棚舍[①],棚顶是用棕榈叶盖成的。有三片棚顶,因为棚舍有个高高的矩形结构,两头各接一个半圆。这房子具有维多利亚时代古老渡船的威严,因此得名梦幻之船。棚内凉爽,顶部宽阔,高高的铁木房柱,横梁用木薯藤捆扎固定。这房子如同一座大教堂,尤其在夜晚,透过棚舍间相连处天窗般的缝隙,星星或月亮

[①] Palapa,一种墨西哥传统棚屋,用棕榈叶或树枝做成屋顶。

闪闪发光。除了顶楼下方的一间土坯房外，棚内没有别的墙体。

巴兹和玛雅睡在顶楼的床垫上，由棕榈树叶脉编成的大阁楼。天冷的时候，本、吉斯和内森睡土坯房里的上下床。通常，他们睡在宽敞客厅中的吊床上，或睡在外面的曼陀罗花旁边。那棵曼陀罗繁花怒放，累累的白色花朵笨重地低垂着，到夜里，月光或星光给花瓣染上银子般的乳白色微光，令人迷醉的芳香弥漫全屋，飘散到外面的潟湖上。

其他的花大都没有香味，不会招蚂蚁。九重葛和木槿花，美人蕉、紫茉莉、凤仙花，还有百日菊。紫罗兰、栀子花与玫瑰的芳香令人眩晕，引来各色蝴蝶，生机勃勃。

晚上，玛雅和邻居泰奥多拉提着灯笼巡视花园和椰林，杀死一列列爬得飞快的切叶蚁①，把煤油倒进蚂蚁窝。这些蚂蚁吃她们种的西红柿、青豆、生菜和鲜花。泰奥多拉教玛雅要在新月时栽种，满月时修剪，要是芒果树不挂果，就将一罐罐水挂在芒果树的矮枝上。泰奥多拉七岁的儿子胡安尼托上午到玛雅的学校里读书，只有山上的咖啡豆成熟时节除外，那时候他每天都得干活儿。

本和吉斯，一个七岁，一个六岁，算术和拼写水平处于一年级和四年级之间。吉斯酷爱分数和小数，这些对

---

① 一种通称"leafcutter ant"的蚂蚁，是南美洲、中美洲、墨西哥及美国南部部分地区的特有物种。它们可以切割并加工新鲜的植被，栽培真菌。

本和玛雅来说却像谜一样。本什么书都读，从儿童读物到《白色尼罗河》这样的成人书籍。每天上午，男孩们坐在宽大的木桌前上课。他们光着棕色的脊背，俯在印着大理石花纹的习字本上，写写画画，叹气，擦掉，叽叽咯咯地笑。读书，写字，做算术。地理。与胡安尼托一起学西班牙语阅读和写作。

那房子建在河岸上一片椰林的边缘。河对岸是海滩和耶拉帕完美的海湾。从海滩爬上岩石，翻过那座山坡，就到了村子，坐落在一片小湾之上。海湾被高耸的群山环抱，所以没有通往耶拉帕的道路。骑马走小路穿越丛林，到图伊托，到查卡拉，需要好几个小时。

那条河一年到头变幻不定。有时水很深，呈绿色，有时只不过是一条小溪。有时，随潮汐变化，海滩会密闭起来，河流变成潟湖。如今是最美好的时节，有青鹭和白鹭。男孩们一连几个小时划着独木舟扮演海盗，捉小龙虾，撒网捕鱼，为对面海滩上的过路人摆渡。就连内森都能很稳当地划独木船了，而他才刚四岁。旱季的时候河里根本没有水。孩子们就跟村里的男孩踢足球，骑着瘦马赛跑。开始下雨后，河里来水了，有时还会有激流奔涌，冲来粗大的花枝，橘树枝，死鸡，有一次还有一头牛。浑浊的河水打着漩儿，喘着粗气吸吮着沙子，冲破滩岸，盘旋汇入碧蓝色的海洋。一天天过去，河水变得清澈甘甜，温暖的石底水塘中灌满了水，可以在里面洗澡、清洗东西。

傍晚时分，泰奥多拉头顶一个大锡盆，经过他们的房子向河边走去，盆里碗碟咔嗒咔嗒响着。她身后隔几步跟着多纳西亚诺，背着一把砍刀，头戴一顶印着"**阿卡普尔科**"的草帽。泰奥多拉是寡妇，多纳西亚诺是她的情人，但他在城里还有妻子和家庭。他们天黑后会回来，碗盘咔嗒响着，步子更慢一些。多纳西亚诺早晨上山采摘咖啡之前，会蹲在河对岸，躲在勒颈无花果①或开黄花的纸树阴影中，等鹿来河边喝水。虽然他经常杀鹿，把鹿肉分给村里人，可实际上玛雅只亲眼见过一次。他从树后一跃而出，砍刀上光亮一闪，砍下了母鹿的脑袋。鹿头跌进沙中，鲜血喷涌，幼鹿仓皇而逃。

巴兹和玛雅辛勤修补篱笆，阻挡驴和猪，也常给园子浇水除草。旱季，碧亚和路易斯从河上游或者村子的水井里挑来一桶又一桶水。路易斯、巴勃罗和巴兹捡柴火、砍木头，让炉火整天烧着。

"在人间天堂过的这日子，真是艰苦。"巴兹说。

玛雅想知道，他们能在天堂里坚持多久。晚上，她在桌前看书，巴兹躺在吊床上抽大麻，眺望着大海。

"你没事吧，巴兹？"

"我很烦闷。"他说。

也许，要是他们能有座农场，真正的农场，或者能开

---

① strangler fig，一种热带森林植物，它们的种子在其他树木的缝隙中发芽后，根部和主体会吸食其他树木的养分，直至它们最终死亡。

办一所真正的学校就好了。问题是，巴兹什么都不用干。他从来都不需要工作。他父亲曾是波士顿一位富有的医生。巴兹帅气、聪明，曾是安多弗、哈佛和哈佛研究生院的优等生。在医学院读二年级时，他开始吹萨克斯，去听迪兹和大鸟、雅基·比亚德、巴德·鲍威尔。他沉迷于海洛因，因使用吗啡被医学院开除。他娶了波士顿的一位富家女瑟茜，戒了毒。他们周游世界，在新墨西哥州定居。在那里，他吹萨克斯，在美国和欧洲参加保时捷赛车。为了找事干，他开了一家公司，买下密西西比州以西的第一个大众汽车专营权，几乎立刻成了百万富翁。他不再玩赛车，不再吹萨克斯，和瑟茜离了婚。他和玛雅相爱，一场婚外恋。

"给我一个活下去的理由吧，你和孩子。"他就是这样向她求婚的。玛雅那时居然觉得很浪漫。他们结了婚。他接受了本和吉斯，他们又生了内森。直到他们婚后一个月，她才知道他重新吸起海洛因来。你要是有钱，海洛因是很容易藏的，因为你总能买得到。

他戒掉毒品时，他们的生活很美好。他们彼此相爱，有漂亮的孩子。他们富有而自由，开着他们的小飞机在美国和墨西哥各地旅行。

但最后，毒品成为巴兹活下去的唯一理由。不久孩子们就会长大，能够意识到他吸毒。他们所见的人只有接头者和毒贩，以及跟过来的警察。海洛因是他们每天、每时每刻的焦点，对他们两人都是。搬到耶拉帕是他们唯一的机会。

一点一点地，情况似乎开始好转。耶拉帕也许会是一个家。巴兹开始划着船去海湾内钓鱼，捕捉马鲛鱼或红鲷鱼。他在礁石附近自由潜水，带牡蛎和龙虾回家。本和吉斯也越来越经常陪他一起去。不合逻辑的是，玛雅那么怕孩子们被椰子砸到脑袋，却不担心他们坐着那条小小的敞舱船出海。没错，有时海上会涌起危险的大浪，还有鲨鱼和与小船嬉戏的蝠鲼。水下有魟鱼、海鳝。但是到家时他们带回鱼、蛤蜊和龙虾，还有关于海豚、座头鲸和巨型锯鳐的故事。玛雅喜欢听巴兹和儿子们讲他们出海的事，争执，夸大其词。吉斯最擅长捕鱼，有耐心，有决心。本则善于观察，能找到精致的海螺或隐匿于岩石之间龙虾的蓝色触须尖。

一年后，巴兹搞来一台发电机，架设在岬角上。他们把潜水氧气瓶充满，用渔枪在水下捕鱼。渐渐地，有更多村里的男孩们学习潜水和捕鱼，开始以此谋生。塞法利诺和巴勃罗置办了自己的船和氧气瓶，在镇上卖鱼。镇上开了一家小餐馆。龙科和巴兹合买了一台发动机和一艘玻璃钢船。他们航行到更远的地方潜水，一直到那几座岛边。傍晚，当他们返航泊船时，他们的叫喊和欢笑荡漾在海面上。

一天天、一月月在摇荡的节奏中悠然流逝。天近拂晓时公鸡啼鸣,伴着第一缕阳光,上千只笑鸥飞过房子,飞向河的上游。在冷灰色的椰树映衬下,一群群鹦鹉闪烁着炫目的绿光。一条不同的尼罗河,绿鬣蜥在河中岩石上晒着太阳。猪在泥水中哼哼,从查卡拉来的马在小径上喷着响鼻。马刺。轻柔的海浪昼夜私语,椰树伴着大海的节奏沙沙作响。每天中午,"帕拉丁号"都会停泊在海湾,十二名游客会涉过轻柔的海浪走到海滩上。要是那条河的水不太深,他们会蹚过去,或让内森摆渡过去。有人骑马沿河而上,或穿过村子,爬升到瀑布前。本和吉斯有时会像村里的孩子一样当向导。游客经常向内森问路,可他不会说英语。要是他们想过河,他就只会指着他的独木船说:"坐!"他们就会坐下,牢牢抓好。他则神气地站在船尾,用篙撑,或者用桨划,棕色脸颊上那对淡蓝色的眼睛目光严肃,金色的鬈发闪闪发光。

三点钟的时候,"帕拉丁号"会离开,只剩下六七家外国人和村里那两百人。狗吠声,砍木柴声。天黑了,蟋蟀和雨蛙震颤的鸣叫,然后是猫头鹰的呼号。

丽兹和杰伊住在斜坡上的房子里,经常下来。他们是多年老友,在新墨西哥州时就认识。夫妻俩会喝木槿花茶或洋甘菊茶,抽大麻,看落日将海湾映成一片粉红。玛雅会烤鱼或烤鸡肉,配上菜豆和米饭,还有园子里新摘的蔬菜。特别是在雨季,他们会熬夜玩拼字游戏或大富翁,或打金拉米纸牌。本和吉斯有时在丽兹和杰伊家过夜,做软糖，睡在星空下的一张水床上。丽兹和杰伊是织匠；男孩们用碎毛线编了上百只"上帝之眼"①。

他们每半年就得续签一次旅游护照。玛雅带孩子们跟利兹和杰伊去边境办手续，快去快回，但巴兹通常去新墨西哥州出差，一去就是几周。同商业伙伴谈生意，处理税票，签署租赁合同。最初，他每次去都会买海洛因，但一次比一次少。一周飘飘欲仙，一周病恹恹。玛雅告诉碧亚和泰奥多拉，他得了"登革热"。有一次，泰奥多拉带来一种茶给他治病，竟然奏效了，一夜之间，所有戒断症状都消失了，虽说那药是治登革热的，一种疟疾。用木瓜叶、洋甘菊和马粪泡的茶。第二年，终于有一次，巴兹出门，回来时戒了毒，没有买毒品。就是那一次，他买回来了潜水氧气瓶。一天天一月月过去，从前的世界似乎开始远去。接头者、毒贩和警察，恐惧仿佛已在遥远的过去。

全家人都强壮健康。没有糖果或汽水。没有人从树上或礁石上摔下来。极偶尔有人生病的时候，玛雅和丽兹会查一查《默克医疗手册》和《医师案头参考》，必要时用抗生素。

吉斯喉咙痛得厉害，注射氨苄西林也没有好转。玛雅带他坐"帕拉丁号"到巴亚尔塔港，又带他飞往瓜达拉哈拉的一家诊所。那里的医生切除了他的扁桃体，留他住

---

① 常见于墨西哥、秘鲁等地，用纱线在木制十字架上编织出图案，作为装饰品或宗教物品出售。

了几天院。等他好转后，玛雅和他度了三天假。他们乘出租车和公交车游遍全城，在集市和商店逛了几个小时，买礼物和生活用品。吉斯热爱电话和电视。他们打电话叫客房服务，点了汉堡包和冰激凌，去看了场电影，看了场斗牛表演。埃尔·科尔多维斯[①]本人就在他们住的宾馆下榻，还给吉斯签了名。

后来，走出电梯时，她看到毒贩维克多站在大厅里。她想把吉斯赶回电梯去，但电梯门关上了，维克多就在面前。他出狱了。多年来他总能找到巴兹，在新墨西哥州，在恰帕斯州。有几次他坑了巴兹好几千美元，但碰到这种事，钱是追不回来的。那是因为玛雅去买海洛因，却没有验货。都怪玛雅，巴兹狠狠扇了她一巴掌，把她打倒在地上，脑袋都磕破了。有一次，巴兹在危地马拉犯了毒瘾，恶心难受，维克多逼他在地板上爬到自己面前，才把毒品给他。

很近，他总是站得么近，都能闻到他的气味。深肤色，几乎黝黑，干瘦，凶蛮。他曾是流落墨西哥城街头的孤儿。他们第一次见到他是在阿卡普尔科。那时他还是个小白脸，一个帅气的沙滩牛郎，笑声浑厚，白牙亮闪闪。一天夜里，他把一个老太太的钱和珠宝全部偷走，还拿走了她的假牙。

[①] El Cordobés，意为"科尔多瓦人"，是著名西班牙斗牛士贝尼特斯·佩雷斯（Benítez Pérez）的绰号。

在电梯前，维克多抓住玛雅的胳膊。"巴兹在哪儿？"

"在阿吉吉克，"她说，"我们住在阿吉吉克。"她也抓住吉斯的手腕，盼望他不要说话。"不要来，维克多，他现在戒了。"

"哦，我会找时间顺路去看看……给我点钱，玛雅，这样我就不跟你们一起吃饭了。我只有一——……给我点钱，玛雅。"

她把钱包里的钱都给了他。五万比索。"再见[①]。"

第二天上午，玛雅和吉斯飞往巴亚尔塔港，及时赶上"帕拉丁号"。"帕拉丁号"的广播里播放着喧闹的滚石乐队，游客们喝着朗姆酒，欢声笑语，拥吻，呕吐。海面波涛汹涌。他们终于驶到那片白色礁石，看到耶拉帕海湾，吉斯很高兴。周围到处有鹈鹕潜水；海豚和船比赛。巴兹、本和内森在海滩上向他们挥手。

玛雅和吉斯一边同时说着话，一边拆礼物包装。蝴蝶网，游戏玩具，一架潜望镜，一只望远镜，一个地球仪。花生酱！巧克力棒！他们给胡安尼托带回一把刀，一只关在木笼里的金丝雀。给玛雅和泰奥多拉一盒盒的花苗和蔬菜苗，泰奥多拉一定要立即种上，因为今晚是新月。

巴兹帮她们种，挥镐子挖坑，用桶从河里提水。种完后，他们坐在外面。本躺在吊床上，坚持说借着星光看书

[①] 原文为意大利语。

也能看得清楚。吉斯拿着望远镜站在篱笆边，注意到海湾中游着一群荧光鱼，大叫起来。"快呀咱们去游泳！"

后来巴兹告诉她，在荧光鱼周围游泳是很危险的，因为光会引来鲨鱼。但是那天夜里，他们戴着面罩和脚蹼在鱼群间潜泳，踩着水看鱼儿排列成的挂毯般的图案。本和吉斯消瘦，浑身哆嗦着躺在沙滩上，轮流举着望远镜看星星。在海里动荡的波浪中，巴兹和玛雅拥抱，带盐的身体交缠在一起，湿淋淋地，向着温暖的夜空欢笑。后来他们躺在沙滩上，挨着儿子们，望远镜在他们手中传来传去。巴兹抚摸着玛雅的手臂，一只手轻轻放在她的肚子上。

"肯定是个女孩，"他说，"你还是这么娇小。"

玛雅用胳膊肘撑着坐起身，亲吻巴兹咸咸的双唇。

"现在有宝宝我很开心。多幸运的宝宝啊！"

那时候，那一刻，她相信他们的宝宝会降生在一个美妙安全的世界。

吉斯提醒他们说，他们从瓜达拉哈拉带回喝可可用的棉花糖。巴兹在客厅地板上那个大铜盆里生了火；玛雅在科勒曼便携炉上煮热巧克力，然后用木质搅拌器打成泡沫状。已是深夜一点，可他们还是把内森叫起来，一起喝热巧克力。

接下来的几天男孩们没有上课，而是由巴兹带着，和胡安尼托捉蝴蝶——它们在密封罐里颤颤地扑打着翅膀，死后被压在玻璃板下的脱脂棉中。他们真正需要却没有买的，是一本蝴蝶书。

一天清晨，巴兹和男孩们带着三明治和木槿花茶，去河的上游，寻找那种霓虹绿与黑色相间的蝴蝶，他们曾在通往查卡拉的小路边的淡紫色马樱丹花上看到过。内森恳求也要一起去，所以碧亚生完炉火，打过水之后，玛雅对她说，那天余下的时间她可以休息了。碧亚怏怏离去，她本想和内森在一起，或留在美丽的园子里。

玛雅耧过地，躺在吊床上，看海鸥向上游飞去。她不时起床看一看菜豆，再躺下，沉入慵懒的遐思之中。一只鹰腾空飞到勒颈无花果上方，远处河岸上，几只兀鹫围着一头鹿的尸体扑打着翅膀。

房子里只有自己的感觉很惬意。她躺在曼陀罗的芳香之中，直到听到"帕拉丁号"的汽笛声。她下了吊床，在炉子里添了几块木头。她用长叉烤青椒，用削皮刀给它们削皮。青椒辛辣刺鼻。眼泪涌出来，她用手背擦拭眼睛。

维克多出现得悄无声息，毫无征兆。河水太深，蹚不过来，他肯定是走沙滩，沿小径过来的。他那双昂贵的鞋子因步行落上尘土。玛雅闻到他的汗味和古龙水的气味。她没说话或思索。她抄起削皮刀刺向他的肚子。鲜血涌出，顺着他的白色鲨鱼皮裤子流下来。他冲她哈哈笑，抓起一块抹布。

"给我拿条绷带。"

她没动。他凭着小偷的直觉，径直走向放急救箱的篮子。他在仍然流着血的伤口上涂了酒精，紧紧包扎起来。血把白纱布洇成红色，衬着他坚实的黑皮肤。

他爬上顶楼，下来时换了一条巴兹的裤子，一件印着"**维护精神健康**"的T恤。那是一件礼物，一个玩笑。他给自己倒了一杯拉伊西亚酒，在她旁边的一张吊床上伸展着躺下来，用一只这时已光着的脚摇晃自己。

他说："别担心，不过是皮肉伤。"

"走吧，维克多。巴兹已经戒毒了。我快生孩子了。别打扰我们。"

"我等不及要见巴兹老伙计了。"

"他很晚才会回来的，你会误了船的。"

"我等着。"

他们等着，维克多躺在吊床上，玛雅依然站在炉子旁边，手里依然握着刀子。"帕拉丁号"汽笛响起，出海了。

他们回来了，欢笑着走在小径上。啊，多漂亮的蝴蝶。但是本和吉斯的头发和腿上都招了木蜱虫。他们跪在草地上，玛雅给他们捉虫子，有些还得用烟卷烫才能赶出来。之后几个男孩拿着肥皂去河里洗澡。

巴兹和维克多坐在桌旁，轻声说着话，合吸一支大麻烟卷。

"你见到维克多惊讶吗？"巴兹问。玛雅没有答话，她剁肉切洋葱，准备做塔可。

"她很惊讶，"维克多说，"十分热烈地欢迎了我。"

她打发男孩们带着些青椒和一张纸条去丽兹和杰伊家,纸条上问,孩子们能不能在那里过夜。孩子们很高兴,带着望远镜和蝴蝶网,准备第二天早晨用。

黄昏渐渐降临。泰奥多拉和多纳西亚诺端着她的碗盘从门口经过。她的鸡咕咕叫着钻进灌木丛和树林间安顿下来过夜。晚饭后,玛雅清理过桌子,把内森抱进土坯房间里。她点亮一盏灯笼,检查床上有没有蝎子。内森的眼睛快睁不开了,他在河边玩得累坏了,但她不停地给他唱歌,抚摸着他的头发,即使在他睡着以后。《云车,你飞下云端》《红河谷》。她自顾自唱着,泪水浸湿了枕头。

巴兹在铜盆里生起旺火;两个男人盘腿坐在火盆旁,喝咖啡,抽大麻。玛雅端着一杯拉伊西亚酒坐在餐桌旁。巴兹说她肯定很累,该上床歇着,她便顺从地离开。"愿天使伴你入梦。"维克多说。

海浪冲击着远处的海滩,门外河水拍打着河岸。什么地方有人在砍木头,还有人在弹吉他。她努力不去听那些声音下面他们的说话,但还是忍不住。

"我想你还欠我五千块呢,美元。"巴兹说。

"天哪,这样对我可不公平。那事,真坑人……那笔买卖我自己也亏了一万块。我就是为这才一直找你。我可以补偿你,瞧瞧我搞到了什么东西。"

"什么,一些可可颜色的墨西哥垃圾货?"

"怎么会。这盒子是密封的。密封的。里面是玻璃瓶,纯正的药用吗啡。一瓶十毫克。仔细瞧瞧,伙计,密封的。咱说的可是实打实的爽。兄弟,这就当是我对你的道歉吧。"

寂静。她不想听,不想看。她又喝了些拉伊西亚酒,用枕头捂住头,可还是没忍住,爬到阁楼边往下看,就像人们出神地盯着一场火灾,一场致命的事故。她看着,尽管他们脸上那种表情让她恶心。火光下的两张脸都枯槁得像骷髅。那是瘾君子马上要过毒瘾的表情,欲火般的焦渴,贪婪的表情,至极的需求。他们紧挨在一起,帮对方绑住手臂。维克多在火上加热汤匙。"少来点,伙计,这种货是没掺过的,不像我们以前习惯的那些。"巴兹先抽一针,试了一遍又一遍,最后终于找到静脉。针管里充满了回血,他按下芯杆。绑带从他的胳膊上脱落。他的脸变成石头,眼神欣悦,眼睛半睁半闭。他的身体似乎也变成了石头,但他慢慢地摇晃,微笑着,那种伊特鲁里亚人墓碑上人像的色迷迷的笑。他在呻吟,轻轻地,像在吟唱。维克多看着他,咧嘴笑着,然后也抽满了一针给自己打进去。药力起效的那一刻,维克多向前栽进火中。玛雅尖叫起来,但巴兹没有动。她往下一跳,离地很远,膝盖着地。她的膝盖磕到了,泪水刺痛双眼,像个擦破膝盖的孩子。一股烧焦的头发和皮肤发出的恶心臭味。她抓住维克多,把他的脑袋猛地按进沙子中。他死了。巴兹这时躺下了。他呼吸浅弱,脉搏缓慢。玛雅叫不醒他。她给他盖上一条纳瓦霍毯子。她吹灭灯笼,在黑暗中坐着。玛雅颤抖着,在桌边久久坐着,孤独一人。

她去看了看内森。他睡得很沉。她亲亲他潮湿的咸咸的头发。回到客厅,她把针头和吗啡盒藏在一个罐子里。她清空了维克多的口袋,把他的钱包和身份证在余下的煤火中烧掉。她把他的眼镜用印着**"维护精神健康"**的T恤卷起来,放在阁楼上。

她抓住他的脚,把尸体拖到屋外,拖过草地,拖到大门外。然后她在月光下休息。小路上有一列爬得飞快的切叶蚁。玛雅歇斯底里般咯咯笑着,但随后安静下来。她拖着他走过一片灯芯草,拖到河岸边,最后终于把尸体搬进船里。他身上散发着一股皮肉烧焦和毒品的臭味。她干呕,吐了起来。她推那只独木船,却没推动。最后,她手脚着地,用肩膀顶,小船终于慢慢滑进水中。她哗啦扑进冷水中追着那只船,跳了进去,用力拉开他的胳膊和腿,拿出船桨。她划开桨,独木船平稳地滑行,微风吹动她被汗水浸湿的头发。到达河口时,她收起船桨,祷告能碰巧赶上即将来临的海浪。船被一个浪头高高抛向空中,又啪一声落下来,疯狂地打着转。她拼命地划着,哼着歌让自己镇静,左一下右一下地划着。

独木船在海湾中间,这时正流畅平稳地向外海滑去。薄雾笼罩着月亮和星星,所以天很黑,但是海浪拍打着渐渐退后的海滩,闪烁着霓虹银色。村里只有一盏小灯亮着。她双手磨出了水泡，但还是不停地划，划过那片白色的岩石，划过岬角。她一直划到村里的灯光消失，感觉到船被海湾外的急流向南拖去。她拉起维克多的尸体往外推，小船打着转，摇晃起来。终于，她把尸体推了下去，它在水中重新变得轻盈，但片刻之后沉入水中。

她的肺像火烧一般，心脏因恐惧怦怦直跳，划着桨，与急流交战，奋力想回到海湾内。一旦进入海湾后，她不得不时时停下，听听自己身在何处，谛听着，寻找波涛扑向沙滩时发出的低语。薄雾已化作云朵。天太黑了，她的手这时已经鲜血淋漓，她没办法将独木船靠岸。船翻了；她丢了船桨。之后她在水下游着，直到挣出船外。她挥舞着胳膊，抽噎着，意识到自己能站起来。清凉的白色泡沫在她周围旋转。她躺在沙滩上，直到有力气蹚水过河。河水似乎很温暖，从海里出来之后，她感觉河水很重。几只螃蟹，一只乌龟，撞到她的腿上。一群群鲦鱼像雨滴一样碰得她脚踝发痒。

她走到小径上，出于习惯，跟着一列切叶蚁走进园子里。即使在黑暗中，她也看得出它们已经吃掉了紫罗兰和玫瑰。菜园里进了两头驴，她把它们轰出去，关上大门和谷仓门。她咯咯笑起来。房子里，巴兹已经移到吊床上。内森安静地睡着。天依然黑着，但是公鸡已经开始打鸣了，驴开始嘶叫。

玛雅哆嗦着包扎满是血泡的手，巴兹醒了，直挺挺地坐起来，晕头转向。

"盒子在哪儿？"

"放好了。"

"盒子在哪儿？"

"在蓝色的罐子里。"

"维克多在哪儿？"

"他死了。吸毒过量。"

"维克多在哪儿？"

"他走了。上楼去睡吧。"

巴兹走出去，到花园远处的角落里撒尿。天空正在变成淡紫色。他双腿僵硬地走回来，爬上梯子，爬进阁楼里。他手里拿着那个盒子。

玛雅将铜制的大火盆拖到房子外的小径上，把依然发着红光的木块和灰烬倒入流水中。她用沙子擦洗那只火盆。

回到屋里，她生火烧水，用干爽的绷带把手裹好。由于手上带伤，做什么都吃力，很不灵便。耙沙子，扫沙子。她笨拙地、坚决地扫着客厅的沙子，直到扫得平整，好像没人在那儿待过一样。

碧亚到的时候，内森还没醒。玛雅已经换过衣服，梳好头发，正坐在桌旁喝咖啡。

"夫人！你病啦？还有你的手！出什么事了？"

"碧亚，真是可怕的一夜。先生病得很重，可能是登革热。我陪他熬了一夜,从梯子上跌下来,戳着手了。"

毒瘾一复发,谎言也复发了。恐惧回来了。

怀疑来了。那些外国佬肯定是喝醉了,碧亚想。我可怜的内森!

"那墨西哥男人呢?"

"他走了。"

碧亚出门,进了园子。

"船也不见了。"她干巴巴地说。

"我不是跟你说过了……真是可怕的一夜。"

"哎呀,还有玫瑰!被蚂蚁吃掉了!"

玛雅不耐烦起来,打断了她。

"拜托,去给内森穿好衣服,带他去村里吃早饭。到晚饭的时候再把他带回来。我需要休息。我担心肚子里的宝宝。"

"你没有出血或肚子疼吧?"

"没有,但我累坏了。拜托,替我抱着内森。"玛雅以为自己可能会尖叫,抽泣,呕吐,可她一直很镇静,摇晃着内森,他现在醒了,为丢失小船而伤心痛哭。路易斯沿着小径跑来,他的砍刀在阳光下熠熠闪光。天已经热了。

"真想不到,太太。龙科发现你的独木船撞在岬角上,在鹚鹕岩上撞碎了。"

"那男人呢?说不定淹死了!"有这么多新闻去给村里人讲,碧亚来了精神。

"不,他是走着离开的。"玛雅说,"我想独木船就是没系好,被水冲走了。河水涨高了。内森,我们会买个新的,买个更好的。"看在上帝的分上,请走吧,都走吧,她心里想。

"不喜欢他那模样。浪荡汉……满是坏水。"碧亚压低声音对路易斯说。满是坏水,西班牙语对瘾君子的说法。

玛雅躺在芒果树下的吊床上,刚要睡着,丽兹微笑着出现在大门口。早上好!她穿着粉红色直筒连衣裙,很漂亮,她那头红发在强烈的阳光下噼啪作响。

"进来,丽兹。我起不来,太累了。"

两个女人拥抱,丽兹拉出一张皮椅放在吊床边。她闻起来很干净。

"你真干净!"泪水沿玛雅的脸流下来。

"怎么了,亲爱的?哦,是宝宝吗?你没有流产吧?"她握住玛雅的手。

"没有。是巴兹。昨天一个毒贩来了,巴兹又开始吸毒了。"

"玛雅,他戒了很长时间。他会再戒的。耐心些。他爱你,爱孩子们。他是个出色的男人,有美好高尚的心灵。而且你非常爱他……耐心些。"

丽兹说话时,玛雅点着头,浑身颤抖,牙齿咯咯作响。

"我想回到真实的世界。"她说。

丽兹指着碧绿的棕榈树,指着天空。"这就是真实,玛雅。你只是累坏了。休息上一整天。杰伊带你的孩子和胡安尼托上山,越过瀑布到那座果园去了。"

两个女人喝茶。丽兹抚摸着玛雅的头发,拍拍她的肩膀。"别担心,"她说,"会没事的。"后来,玛雅睡着了,丽兹离开了。

听到"帕拉丁号"的汽笛声,玛雅惊醒了。它是抵达还是离开?我不知道自己是要抵达还是离开!为什么我在最糟糕的时候还开玩笑,像妈妈那样?

"帕拉丁号"驶出海湾,驶向大海。闷热的午后,玛雅又在吊床上躺下。她想,不,不会没事的。对她来说,恐惧和凄凉的感觉很熟悉,就像回家。就像灰烬。

我的生活是本敞开的书

你知道，科拉莱斯仅有的那栋不是用土坯盖的房子。那栋白色的三层农舍，周围有比房子还高的棉白杨树林。房子坐落在一块两英亩的土地上，毗邻格斯家那块放牧着黑安格斯牛群的田地。如今她已经搬走好几年了，但大家还是把那房子叫作贝拉米宅。克莱尔·贝拉米搬进去之前，不管谁住着，那地方都叫桑切斯家。桑切斯是一九一〇年建这栋房子的牧场主。

全镇的人都眼巴巴等着，看到底是哪个可怜的傻瓜买了这栋房子。就算价格不到一千块，还是禁不住替她惋惜。当然，假如她没有把房子卖掉，如今她就发大财了。随便什么人本来都能告诉她，压水机快不能用了，还有白蚁和线路问题。没有人想到屋顶也塌陷了。原先是个挺好的屋顶。

克莱尔不过三十岁，离婚了，带着四个孩子。最大的十岁左右，最小的婴儿还不会走路。她在大学教西班牙语，兼做些家教。每天早上送大孩子去上学，送小婴儿到卢佩·巴尔加斯家照看。她自己把整个屋子粉刷了一遍，修了围牲畜的栅栏，种了蔬菜，建了兔子窝。当然他们并不吃那些兔子和鸭子，只由着它们乱跑，还养了一头山羊和一匹小马。两条狗，十来只猫。出来，到后面来……你能把这房子看得一清二楚。

她在家的时候你会看得更清楚。她家那些高大窗户上都没挂窗帘。我这儿有双筒望远镜。是看鸟用的，那边那棵枯死的老棉白杨上住着红冠啄木鸟。她也喜欢鸟，到了晚上，所有的红翅黑鹂都出来了，她常倚在格斯家的栅栏上看。那些鸟衬着绿草和黑牛，你能见到的最漂亮的景象。

那房子就像一个活的娃娃屋。孩子们到处乱跑，她的孩子，邻居的孩子。树上、马车上、三轮车上、小马背上，跑进洒水器喷出的水中。房子的每扇窗户里都有猫。晚上，你能看到她和儿子们坐在桌旁。给小的洗完澡后，打发他们上床睡觉，给本和吉斯读书。然后她洗漱，给动物喂食。餐厅的灯会一直亮着，她要学习几个小时。要是我或阿诺德起来把狗放出门，十二点、一点，她还都没睡……有几次她趴在桌子上睡着了，脑袋枕在打字机上。但是早上六点她就又起来了，给动物喂食，然后叫孩子们起床，准备上学。她加入了家长教师协会，本和吉斯参加童子军和四健会①。本跟着汉迪小姐学小提琴。镇上人都一直盯着她,几乎要断定她很能干,是个相当不错的母亲。

可是后来,她竟然跟凯西家那小子搞上了。迈克·凯西,一个坏小子。他和他兄弟皮特一直都很坏。辍学,偷盗,嗑药。就在厄尔的杂货店外面,明目张胆地抽大麻。他们的老爹老妈就是两个老酒鬼。我跟你说,真是可怜。迈克起码还给家里搭把手。做做饭,打扫打扫卫生。大多数时候他只是弹吉他,或是做小船。模型船,从头做起,完美到极致。他可真有的瞧。头发又长又脏,还戴了一只耳环。穿着背上有骷髅头的摩托装,带把很旧的大刀。我是说,真该看看他那副样子。简直太吓人了。

她要是跟个好男人来往,我们也都理解。可这档子事太变态了,更糟糕的是,他还不满十九岁。而且她从来懒得遮遮掩掩。他们大白天一起走到沟渠边,她和凯西,带着孩子和狗,还有一只喜欢游泳的猫。周末,他们把铺盖和炉灶装进他那辆皮卡,开车跑去天知道的什么地方。

她仍然学习到很晚,只是他也在那里写东西或弹吉他。然后她房间里的灯会亮起来,我猜是他们的房间。有几次,满月的时候,我看到他们出来,爬到屋顶上,树顶上。一清二楚,谁都没法不看他们。

一天晚上,我看到他扛着一个很重的麻袋进了屋。最

---

① 4-H Club,创立于1902年的美国非营利性青年组织,旨在通过大量实践学习项目来发展年轻人的品德、生存能力和领导技能。

后竟然是墓地里那个粉红色的大理石天使。十分古老，有人特地到这里来参观它。我打算给杰德打电话，他是州警，可阿诺德说，再等等看。果然她极为生气，挥舞着胳膊，大喊大叫。当晚他又把它给送回去；只是放回坟墓的时候弄反了，天使的脸朝着山。到现在还那样。

贝茜认为应该有人跟她谈谈。那小子以前住在拿撒勒，进过两次拘留所。他说不定随时会翻脸，害死那几个可怜的孩子，或者更可怕。她甚至还把那个婴儿交给他照看。她不在家的时候，他让本和吉斯在野地里开他的皮卡，用他的气枪打罐头盒。我们都担心得要命，真的要命。虽然我们没跟她谈，但告诉马蒂·普赖斯和卢佩·巴尔加斯，不要让孩子去她家玩。

我们有个片子，就是遇见凯西那天下午拍的。前一天，内森在清渠里学会了游泳，他想把它记录下来。那是第二个炎热的夏日，我躺在毯子上看着孩子们，听着乌鸦的叫声，透过变焦镜头观察蜻蜓。几十只蜻蜓，亮晶晶的霓虹蓝，阳光透过翅膀上的花纹变成淡蓝色，疾飞，盘旋，天青色身影掠过碧绿的水面。

这时，一艘满张着船帆的西班牙三桅船从蜻蜓间滑过。一艘做工精美的船，约十八英寸长。那是凯西的。就在那天早上，我还看到过他的兄弟皮特在北四街一个电话亭里，手里拿着喷枪。凯西只是看上去坏，一身怪异的装扮,穿着皮衣,背上饰有骷髅头。对我来说,他一直有种魔力,如同《黑人奥菲尔》中的人物。或者从远处看,衬着白色沙丘或树林中的粉色的柽柳,衬着河床上潮湿的红沙,如同一个滑稽小丑。

他蹲在水渠边,让孩子们拿他的船玩,讲他怎么做的船。过了一会儿,他礼貌地将船从他们手中拿走,用T恤擦干,又用他的黑夹克包好。他脱掉裤子,扎入水中,蜻蜓四处飞散。他的身体很漂亮。他有一张内战时代的脸庞,有种山野气,有些憔悴,一双游移的凹陷眼睛,一张阴郁的嘴巴,一口蛀牙。他跟我们一起回家吃饭,然后就住下了。那天晚上,他领我看一扇活板门,从那里能爬上屋顶,爬上一根探到棉白杨树梢之间的壁架上。能看见整个小镇,俯视下面沉睡的黑牛。树上的猫头鹰。就在屋顶上,我们成为恋人。清晨,我们俩在我的床上醒来,我已经了解他,十分熟悉。没有过渡。我下了楼,他正和孩子们一起烙饼。早饭后,三个大些的孩子跟他一起去水渠边。

我努力回忆我们谈过什么,可想不起来。我很健谈,我的孩子们也是。跟凯西一起时,我们无言地做事。一天到晚,在台地上挖陶罐碎片,喃喃或叹息,每当发现鲍鱼壳、绿松石和大片陶器,我们便大叫一声。钓鱼线静静浮在水中。无声地穿行在绮丽峡谷中,攀上阿科玛。凯西造船时,小宝宝乔尔会入迷地坐在那里,看哥哥们给凯西帮忙。晚上，我学习、批改论文，凯西画画或弹吉他。我抬眼一瞥时，他也会抬眼一瞥。

我们经常去我们的悬崖边宿营。那地方离镇子不远，但路不好走，需要很久才进得去。陡立的红色峭壁，兀立于山谷之上，向南可以眺望很远，越过66号公路，越过阿科玛。很奇怪，那里没有印第安人到过的迹象。那真是一块圣地。四周都是天空，所有神圣的景象都一览无余：桑迪亚斯山，赫美兹山，格兰德河。我们探索，攀爬，看雄鹰衬着夕阳。披着绿色棘刺的豪猪。黄昏时的夜鹰，深夜间的猫头鹰。孩子们误认成土狼的野狗。我们看到美洲狮猎杀一只鹿。真美，真的。除了杀死那只美洲狮的猎人之外，没有其他人去过我们的悬崖。我们没有见过那个猎人，但报纸上登了他和美洲狮的照片。后来我们寻找足迹，找到鹿的足迹，美洲狮的足迹，然后是狗的足迹和人的足迹。在溪水旁。

过了八个月我才开始思索。厄尔店里的老太太们对我们怒目而视，我没有理会；珍妮·考德威尔在她家后廊用双筒望远镜盯着我们看，我们也都只是大笑。贝蒂·博耶告诉我，我和凯西是小镇的丑闻。后来吉斯告诉我，普赖斯家不许孩子们来我们家玩了。我坐在后廊。我搬到科拉莱斯是为了开始新生活，把孩子们好好养大。在一个宁静的小镇，成为社群的一部分。我打算拿到博士学位，教书。我只想做个好老师，好妈妈。假如我将来想找男人，那人应该有终身职位，头发花白，善良。瞧瞧现在。

凯西在洗碗，他大声问我在干吗。

"思索。"

"天哪，克莱尔，千万不要思索。"可我已经开始了。

"凯西，你得离开。"

他拿起吉他，说一声"回见"，就离开了。这对我，对孩子们，都很痛苦。更痛苦的是，我们发现一座祖尼人的坟墓时，他不在，在圣费利佩看鹿舞时，他也不在。

一个叫玛琪的研究生一直约我一起出去玩。她是山峦协会和单身贵族俱乐部的成员，甚至还加入了单亲家长俱乐部，可她连家长都不是。

凯西又渐渐回归我们的生活。大多数时候他不留宿，我们也不是情人，但他经常来。他和男孩们正在挖一个养鸭的水塘。我去图书馆的时候，他就来照看孩子们。快到期末考试了。周末我们去水渠里游泳，或去悬崖上玩。乔尔学会走路了。

我记得在电话上对本和吉斯说，那天是个红字日[①]，不管那是什么意思。我的最后一场期末考试，下午还要去提一辆新买的大众露营车。我已经告诉玛琪，说要跟她一起去庆祝一下。去德裔美国人俱乐部参加舞会。没有知识分子，没有学者。只有放荡的人，她说。

[①] Red-letter day，指具有特殊意义或发生重大事件的日期、节日或假期。

我把新厢型车开回家。孩子们很兴奋。车里有内置床、冰箱和炉子。乔尔立刻抱着毯子和玩具上了车,爬进爬出好几个小时。凯西开车带上所有的孩子去兜风,我在家做晚饭,换衣服。超短裙,长耳环。孩子们因为我出门都非常沮丧,于是我意识到,我早该这样做。我告诉凯西,我要去德裔美国人俱乐部。我说我会很晚回家,过些时候会给他打电话问问情况。我记得喷了香水,回到楼上。

德裔美国人俱乐部相当糟糕。吵闹的迪斯科,然后是穿吊带皮短裤的德国波尔卡乐队。手风琴。我们与科特兰来的喷气机飞行员和桑迪亚来的技术员一起跳舞。炸弹生产商。我来这里干吗?我给家里打了四五次电话,但都占线。肯定是话筒没挂好。我们有只聪明的猫,经常把电话拨拉下来,这样它就可以听到声音说,您的电话没有挂好。过了一阵,我开始开心地玩起来,跳舞,喝啤酒。谁都看得出我酒量不行。玛琪穿着银线织的连身裤,看样子比我还要傻。她不见了,最后我跟一个名叫巴克的飞行员玩在一起。他有种军人式的帅气,像老黑白片中的理查德·韦德马克[①]。

我猜凯西那小子肯定发疯了,横冲直撞的。他正开着

[①] Richard Widmark(1914—2008),美国电影和电视演员、制片人。

那辆皮卡，如同飞出地狱的蝙蝠，在沟渠边的路上来来回回，在渠边打着转，尘土飞扬，乌鸦惊叫，贝拉米家三个可怜的孩子坐在驾驶室里。肯定没错，我说，于是给州警打了电话。杰德肯定去商店跟厄尔谈过，警车在五分钟之内就到了那里。警灯，警笛，一通忙乱。凯西开始加速逃跑，但随后停下，下了卡车。他看起来像个疯子。他跟厄尔爬上河岸，低头看着水中，好像想知道鱼是不是咬钩了。厄尔走开，冲他的对讲机说话，接着凯西和孩子们跟在他身后进了贝拉米家。我拿起毛衣和手电筒，匆匆出门，走过格斯家的田地。

她出门了，开着那辆新厢型车，去西班牙裔美国人俱乐部庆祝学期结束。她就是教那个的，西班牙语。他们一起吃晚饭的时候，凯西发现乔尔不见了。那宝宝刚会走路。他们喊他，找遍整栋房子，然后又到外面找，结果发现了他那双红色的小网球鞋。那双红色的小鞋子，真是看了最让人伤心的东西。我说，光着脚不可能走远，但杰德说，沟渠并不远。他说，没别的办法，只能把水渠抽干。他给消防队志愿者打电话，而且要求调遣更多警力。

男人们都去了沟渠。凯西和男孩们正在树林里搜寻。很多人从镇上赶来，所以我让阿诺德把教堂的大咖啡壶带过来，到厄尔的店里去拿些一次性塑料杯和奶油。厄尔送来一箱可乐，凉的。我打发阿诺德回家，去冰箱里拿了一些金枪鱼通心粉砂锅菜，还有两个莓果派。贝茜是从来不甘居人后的。她回家拿来鸡肉，一整只火腿和土豆沙拉。卢佩·巴尔加斯端来满满一盆的玉米粉蒸肉。看到有人落难，镇上人都协力帮忙，还是让人心里暖洋洋的。还有那些志愿者们，那些正在排干沟渠的人，正是需要给种的庄稼浇水的农民，那是一年中最需要浇水的时候。但是没有一个人抱怨。只是做任何人都会做的事情。

我说，我们得找到孩子的妈妈。我一直在想凯西那小子的脸色，煞白，抖得连话都说不出来。他说她去庆祝了。他们搬到这里一年了，克莱尔·贝拉米还一次都没出去玩过。凯西看上去惊恐而愧疚，就是那种表情，愧疚。她去哪儿？说不定他谋害了那对母子，掩埋了尸体，却没被我看到，虽说那几乎不大可能。说不定他们死在阁楼上了。我在电话簿上找西班牙裔美国人俱乐部。没有这地方。给大学打电话，打听到她几个教授的名字。他们也都没听说过这个俱乐部，但听说宝宝可能淹死了，他们都很震惊。他们给了我她学生和朋友的号码，但是他们都没有听说过任何庆祝活动，于是我真的担心起来。

他的枪放在哪儿？要是他觉得无路可逃，朝人群开枪怎么办？这样的报道到处都能看到。我想我最好告诉贝茜。我们留下梅布尔·斯特罗姆，让她继续按克莱尔·贝拉米的电话簿给人打电话，我们则仔仔细细搜查屋子。我们翻遍所有的抽屉和壁橱，但没有找到枪。不过在她房间里，她那些画就无遮无拦地摆在外面。赤身裸体。一丝不挂。就在那儿，任由那些无辜的可怜孩子们观看。还有些诗，说什么丝滑的胸部之类的胡扯。简直伤透我们的心，所以我们直接把所有的诗和画都给撕了。贝茜说，你得承认，她把屋子收拾得挺干净的。这倒是事实。

直升机和搜救警犬差不多同时到达。吵得吓人，呼呼的风声，汪汪的狂吠。贝拉米家的孩子们从沟渠边飞奔回来，看直升机降落在他们家的后院，警犬们嗅着他们的小红鞋。我对他们说，你们的小弟弟很可能已经淹死了，你们却玩得这么带劲，真不害臊。他们严肃了大约两分钟，内森甚至都哭了，可接着又跟在警犬后面在田野上飞跑。那时一群群人已经聚集起来，于是我和贝茜在厨房里忙活起来。克莱尔·贝拉米的很多朋友来了。梅布尔肯定给克莱尔电话簿上的每个名字都打了电话。她以前任教的学校里的两名修女。大约十来个格兰德河高中的学生，穿着晚礼服和无尾礼服，径直从毕业舞会上赶来。她的教授们来了，她的前夫来了，他开的那辆车原来叫莲花牌。所有的孩子们都跑去看那辆车。他是跟一个法国女人一起来的，那女人跟修女们讲法语。后来又有一位前夫出现了。这真惊得我们目瞪口呆。他是和他母亲一起来的，一看就是很强势的女人。真讨厌她在我房子里东瞧西看。第一位前夫刚刚从意大利回来，和第二位前夫从没见过面。但他们真是客气，握了手，其中一个说，好吧，没办法，只能等。

他们本来有很多事可做的，但是我忍住没说。两个样子很凶的墨西哥人来了。然后又来了两位和蔼的女士，她们是第一任婆婆的熟人。接着又来了几位教授。当大嘴巴的贝茜说，不仅担心婴儿淹死了，说不定克莱尔·贝拉米自己也遇害了时，他们真的着急起来。

男人们疲惫地从沟渠里回来。凯西带着孩子们回来，照顾他们吃饭，然后带他们上楼睡觉。男人们都吃了饭，然后出去抽烟，传着喝一瓶酒，就像在聚会一样。屋里的人们吃饭，闲聊。杰德走过来，问我遇害这鬼话是怎么回事。我告诉他，俩人谈过一阵，又分手了，说凯西以前常躲在树林里。凯西下楼时，杰德和副手威尔特把他带到缝纫室里待了大约一个小时。他们出来时，杰德问："你们联系到她了吗？"然后他和威尔特又回树林去了。凯西走到我面前，怒气冲冲。我都要吓死了。但他只说了句："你这卑鄙的婊子！"就从后门出去了。

我和巴克回家，到他的住处，穿过他的健身脚踏车、划船机和杠铃，到他的水床。事后他说："哇，真好。你觉得好吗？"我说："挺好。我得给家里打电话。"电话依然忙线。巴克说他饿坏了。"你不饿吗？"哦是的，我也饿。我们去了洛马斯的那个卡车休息站，吃牛排和鸡蛋，大笑着。心情愉快。我开始喜欢他了。天快亮了。运报纸的卡车来了，司机丢下一摞报纸。巴克去买了一份，看了看体育版。我只扫了一眼头版,看见了底部的标题:**科拉莱斯婴儿恐溺亡——水渠抽干**。标题正下方写着乔尔·贝拉米。那是我儿子。

巴克把我送回我的厢型车,我闯过一个个闪烁的红灯,闪烁的黄灯,朝家里飞驰。我没有哭,但胸中充斥着风一般的恸哭。马上进入科拉莱斯地界的时候,就在"死人弯道"上,我听到后面有动静,和一阵窸窣的声响,这时乔尔说:"嗨,妈妈!"他爬过座位,爬到我的腿上。车子打着滑急刹住了。我坐在那里,抱着他,嗅着他。终于,我不再发抖,开车走完剩下的路回家。

那一夜余下的时间就像一场梦,我并不是说恍惚。而是扭曲,音画错位。人们聚焦,失焦,跳出情境。我们的田地变成一个巨大的噩梦停车场。一名警察挥舞着手电筒把我引到一个地点。贝蒂·博耶在后廊喝醉了:"欢迎来到《这就是你的生活》[①]!"

首先看到珍妮·考德威尔在洗碗,凯西在擦碗。看到乔尔,凯西呻吟一声,差点晕倒。我和贝蒂扶他坐下。他抱着乔尔,摇晃着他,依然在呻吟。我们家挤满了人,陌生人。不,不全是陌生人。人们跑来跑去,大喊婴儿找到了,没有出事。但在最初的宽慰和喜悦之后,似乎出现了一种不好的反应。仿佛大家都被骗了,瞧瞧,现在都已经

---

① 美国真人秀系列纪录片,主持人会在参与者家人、朋友、同事等人面前带领他们回顾自己的生活。

凌晨四点了。有个农民说，另外两次排干水渠的时候，至少还都发现了尸体。平心而论，大家都因为疲惫和担心而急躁不已。但是看起来纯粹为乔尔平安无事而感到开心的，只有凯西、塞西莉亚修女和卢德修女。或者说，没有暗示整件事都该怪我的只有他们。就连我自己的孩子也责怪我。他们早就知道我哪儿都不该去。我不想谈论我的前夫托尼和约翰，也不想谈论我的前婆婆。我没有理睬他们恶毒的评论。整个西班牙语系都来了，甚至连系主任邓肯博士都在。自从出了第一大街那件事，他就一直对我抱有怀疑，但那是另一个故事。我是个很注重隐私的人。好吧，至少我还在巴克家冲了澡，吃了早饭。实际上，我很精神，但就连这看起来也让人们不高兴。

最糟糕的是银行的奥格尔斯比先生。我以前从没见过他，如果我透支，就是他打电话给我："喂，克莱尔，我是奥格尔斯比，银行的。宝贝，最好往卡里存点钱。"奥格尔斯比先生来我厨房里做什么？还有两个女人，自从给吉斯举办迎接宝宝派对之后就没见过，那都是九年前的事了。

终于，警察打发所有人离开。但他们没走，跟我和凯西在餐桌前坐下。山羊和小马从窗口伸进脑袋。凯西说，我去喂喂它们。警察对他说，你待在原地别动。好像谁犯了罪似的。我离开时乔尔在哪儿？厢型车门开着吗？不，我从未说过西班牙裔美国人。从两点到四点我去过哪儿？

巴克姓什么？我告诉他们我给家里打过电话，大约七次。

"那么，小姑娘，"杰德说，"你如果不知道家里出了什么大麻烦……干吗一遍遍打电话呢？"

"就是打个招呼。"我说。

"打个招呼？你凌晨三点钟给保姆打电话，就只为打个招呼？"

"对。"

凯西笑了，他看起来十分开心。我也冲他一笑。

"老天爷。"警察说，"得了，威尔特，咱们离开这疯子窝，去找点东西填填肚子。"

妻子们

　　劳拉每次想到黛卡，总仿佛看到她置身于舞台布景中。黛卡和麦克斯还是夫妻时，劳拉就见过她。早在劳拉嫁给麦克斯多年之前。那是在阿尔伯克基高街的房子里。博带她去的。穿过大敞的门走进一间厨房，里面是肮脏的锅碗瓢盆，几只猫，打开的罐子，几盘黏黏的软糖，敞着盖的瓶子，几个中餐外卖盒。穿过一间卧室，撞上一堆堆衣服、鞋子，一摞摞杂志、报纸，网眼的毛衣晾干架，几只轮胎。光线昏暗的舞台中央是一面凸窗，上面挂着烟渍斑斑、磨脱了边的橘黄色百叶窗。黛卡和麦克斯坐在皮椅上，面对摆在凳子上的小电视。两人之间的餐桌上放着一只堆满烟头的特大号烟灰缸，杂志上躺着一把刀子，一堆大麻，一瓶朗姆酒和黛卡的玻璃杯。麦克斯穿一件黑丝绒浴袍，黛卡穿一件红丝绸和服睡袍，一头黑长发散下来。他们俩看起来都很有魅力。很有魅力。他们的仪态让你感到身体上的冲击，如同一拳重击。

黛卡没有说话，但麦克斯说了。他睫毛浓密，眼皮沉重，因嗑药而恍惚的黑眼睛深深凝视着劳拉的双眼。他用刺耳的声音说："嘿，博，怎么回事？"之后的事劳拉都不记得了。也许博要借车或借钱。他当时正要去纽约，借住在他们家。博是个萨克斯乐手，是她推着婴儿车在榆树街上散步时偶然结识的。

黛卡。出身贵族的英国女人和上流社会的美国女人为什么都取像布吉、玛芬这类名字？难不成她们一直沿用奶妈给取的小名？NBC有个新闻记者叫可吉。可吉可不是出身于俄亥俄州的上流家庭。她来自一个富裕的古老世家，费城？弗吉尼亚州？黛卡姓"毕……"，是波士顿的显贵。她曾是社交名媛，读的是韦尔斯利学院，因为与犹太人麦克斯私奔，被剥夺了部分继承权。多年后，当劳拉的家人听说她与麦克斯私奔后，也剥夺了她的继承权，但当他们得知他多有钱以后，态度又软了下来。

那天晚上十一点左右，黛卡打来电话。劳拉的儿子们已经睡下。她给他们留了张便条和黛卡的电话号码，说她很快回来，以防哪个会醒。

劳拉心说，黛卡家看起来总是像舞台，是因为她从不锁门，有人按门铃或敲门时她也从不起身应门。因此，你只能径直走进去，但见她坐在舞台右侧，原地不动，笼罩在昏暗的灯光中。在她坐下、开始喝酒前的什么时候，她已经点燃炉子里的松木、壁龛中的蜡烛和烧煤油的灯笼,柔和的灯光反射在她垂落的丝绸般长发上。她身穿刺绣精美的绿色和服睡袍,身形依然动人。只有走到近处,才会看出她已年过四十,因酗酒而皮肤浮肿,眼睛发红。

那是一栋古老土坯房中的一间大房间。火光映在红色瓷砖地上。白墙上挂着几幅霍华德·施里特①的画作,一幅迪本科恩②,一幅弗朗兹·克莱因③,几尊精美而古老的圣徒雕像。约翰·张伯伦④的雕塑上挂着内衣,角落的婴儿床上挂着一件考尔德⑤动态雕塑的真品。留心看的话,你还会看到圣多明哥和阿科玛的精美陶罐。古老的纳瓦霍地毯隐在一摞摞《民族》《新共和》《斯东周刊》《纽约时报》《世界报》《艺术新闻》《疯狂》等杂志和比萨盒、巴卡餐馆外带盒之下。铺着貂皮的床上堆满衣服、玩具、尿布,还有几只猫。房间内到处躺着包着草编袋的空巴卡迪朗姆酒罐,有时被猫拍打得直打转。黛卡椅子旁边还放着一排满着的酒罐,另有一排放在床边。

---

① Howard Schleeter(1903—1976),美国现代派画家,有"艺术家中的艺术家"之称。
② 即理查德·迪本科恩(Richard Diebenkorn,1922—1993),美国画家,以抽象风景画著称。
③ Franz Kline(1910—1962),美国抽象表现主义画家。
④ John Chamberlain(1927—2011),美国抽象表现主义雕塑家、画家,尤以钢铁创作的雕塑作品著称。
⑤ 即亚历山大·考尔德(Alexander Calder,1898—1976),美国雕塑家,动态雕塑(mobile)的发明者,代表作有《龙虾陷阱与鱼尾》。

黛卡是劳拉认识的女酒鬼中唯一不把酒藏起来的人。劳拉不承认自己喝酒，但是她藏酒瓶。这样她的酒就不会被儿子们倒掉，这样她就看不到酒瓶，不需要面对它们。

如果说黛卡总是置身舞台，坐在那把大椅子上，头发在灯下熠熠发光，那劳拉可以说格外擅长出场。她立着，身穿长及地面的意大利绒面革大衣，高雅，肆意，侧身审视着房间。她三十出头，因漂亮而比实际上更显清爽年轻。

"你他妈到这儿来干吗？"黛卡问。

"是你给我打的电话。实际上，还打了三遍，赶紧来，你说。"

"我说了？"黛卡又倒上些朗姆酒。她在椅子下摸索一阵，又拿出一个杯子，用和服擦了擦。

"我给你打电话了？"她给劳拉满上一大杯，劳拉在桌对面的一把椅子上坐下。劳拉点上黛卡的一支黛丽卡多雪茄，咳嗽着喝了一口。

"我知道是你，黛卡。除了你没人叫我'水桶屁股'或'肥屁股傻瓜'。"

"那肯定是我。"黛卡笑了。

"你说，马上过来，情况紧急。"

"那你干吗过这么久才来？天哪，我现在是完全断片了。你现在喝得还多吗？哦，是啊，明摆着。"

她又为两人斟上朗姆酒。两人都喝了。黛卡笑起来。

"嗯，不管怎么说，你还是学会喝酒了。我记得你俩刚结婚的时候。我要给你倒马提尼，你说：'不用了，谢谢，我喝酒头晕。'"

"现在还晕。"

"真是奇怪，他的两任妻子都沦为酒鬼。"

"更奇怪的是，我们竟然没有吸毒。"

"我吸过，"黛卡说，"吸了六个月。我就是为了戒掉海洛因才喝酒的。"

"吸毒让你跟他更亲近吗？"

"没有，但吸上后我就不在乎他了。"黛卡伸手去够一套复杂的立体音响，把柯川的磁带换成迈尔斯·戴维斯。《几分忧郁》。"这么说我们的麦克斯进监狱了。墨西哥的监狱，麦克斯会应付不了的。"

"我知道，他连枕套都要用熨过的。"

"天哪，你真没脑子。你估计的情况就是那样吗？"

"是啊。我是说，如果他连枕套都那么挑剔，想想其他一切会有多难吧。但我是来告诉你，这事阿特在处理，他要捎钱把他捞出去。"

黛卡呻吟起来。"天哪，我都想起来了。猜猜钱是怎么捎过去的？卡米尔带去的！博和她一起坐飞机去了墨西哥城。他从机场给我打电话，我就是为这才给你打电话的。麦克斯要娶卡米尔！"

"哦，天哪。"

黛卡又给两人倒上朗姆酒。

"哦，天哪？你这淑女劲真让我倒胃口。你大概还会寄给他们水晶吧。你同时抽着两支烟呢。"

"你给我们寄过水晶。巴卡拉牌水晶杯。"

"我寄过吗？肯定是开玩笑。不管怎么说，卡米尔告诉麦克斯，他们要去阿卡普尔科度蜜月，就跟你们一样。"

"阿卡普尔科？"劳拉站起身，脱掉外套往床上一甩。两只猫跳了下去。劳拉穿着黑丝绸睡衣裤和拖鞋，她踉跄着，要么是因为激动，要么是因为喝了朗姆酒。她坐下来。

"阿卡普尔科？"她伤心地说。

"我知道这会让你生气。很可能是去米拉多酒店的同一个套房。九重葛和芙蓉花的香味会飘进他们的房间。"

"那些花没香味。会飘进来的是晚香玉。"劳拉双手抱头，思索着。

"条纹。太阳透过木制百叶窗投下一条条光线。"

黛卡大笑，又打开一罐朗姆酒满上。

"不，米拉多酒店对卡米尔来说太安静、太古老。他会带她去一家时髦的海滨汽车旅馆，有带吧台的游泳池，凳子在水下，椰汁杯子里插着小伞。他们会开一辆带流苏的粉红色吉普车在镇上兜风。承认吧，劳拉。这让你气坏了。一个愚蠢的小文员。粗俗的小骚货！"

"得了，黛卡，她没那么差。她年轻，跟咱俩分别嫁给他的时候一样大。她算不上蠢。"

这傻瓜真是好心肠，黛卡心想。她以前肯定对他很好。

"卡米尔就是蠢。天哪,你以前也很蠢,但是我知道你爱过他,还给他生儿子。孩子们很漂亮,劳拉。"

"可不是吗?"

我是傻,劳拉想。黛卡很聪明。他肯定很想念黛卡。

"我以前十分想生个宝宝。"黛卡说,"我们努力了很多年,很多年。为这事还吵架,因为我太执迷,我们俩都怨对方。后来那个叫丽塔的妇产科医生给他生了个孩子,当时我恨不能宰了她。"

"你知道吧,她把全城调查了一个遍,专门挑了他。她只想要个孩子,不想要情人。叫萨福,这算什么名字,是吧?"

"真怪。但更怪的是,我们离婚这么多年,我今年都四十岁了,竟然怀上了。一天晚上,一个该死的晚上,不,也许只有倒霉的十分钟,在蚊子嗡嗡叫的圣布拉斯,我和一个澳大利亚水管工做了。中了。"

"你就是因为这才给宝宝取名墨尔本吗?可怜孩子,干吗不叫珀斯?珀斯多好听。"劳拉晃悠着站起身去看那孩子。她微笑着给他盖好被子。

"他长得真高。漂亮的姜黄色头发。他好吗?"

"他很好。是个漂亮孩子,好得不得了。已经开始说话了。"

黛卡站起来,有点磕绊地穿过房间去察看孩子,然后去洗手间。劳拉喝完杯中酒,起身准备回家。

"我要走了。"黛卡回来时,劳拉对她说。

"坐下,再来一杯。"她倒上酒。一想到得重新满杯多少次,就觉得她们喝酒用的杯子小得可笑。

"你好像还没意识到情况有多严重。我呢,现在都挺好,生活不用愁。分到一大笔离婚财产,另外还有家里的钱。你的孩子们能继承什么呢?这个女人会把他搜刮干净。你没弄到孩子的抚养费,真是笨蛋。笨到家了。"

"是啊。我本以为我可以养活我们的。我以前从来没有工作过。他习惯每天八百美元的开销,还总是撞车。于是我只拿到孩子们以后上大学的学费。你想知道真心话吗?当时我以为他大概也只能活那么久。"

黛卡拍着膝盖哈哈大笑。"我就知道你那么想!那个叫什么的她,也不要孩子的抚养费。你办完离婚后,老律师特雷布打电话给我,想知道为什么我们三个女人都有麦克斯的巨额人寿保险单。"

黛卡叹了口气,把原先放在桌上的一支粗粗的大麻烟卷点上。烟卷发出噼啪的爆裂声,小小的火苗在她那件漂亮的和服上烧出三个大洞。其中一个恰巧在一片意大利形状的朗姆酒污渍的正中。她拍打着,咳嗽着,直到把火苗熄灭,把大麻烟递给劳拉。劳拉吸了一口,也弄出一阵小雨般的火星,把她的丝绸上衣烧出几个破洞。

"至少他教给我怎么剔掉大麻籽。"透过烟雾,黛卡戏谑地说。

"这样说来,"黛卡接着说,"他出狱后就会戒掉毒品,在阿卡普尔科好好活着。我把一生中最美好的岁月都给了他,可看看现在。他在阿卡普尔科好好活着,跟一个路边小馆的服务员在一起。"黛卡此时已经口齿不清,流着鼻涕哀号:"我一生中最美好的岁月!"

"见鬼,黛卡,我把一生中最糟糕的岁月给了他!"两个女人发现这话滑稽得要命,她们拍打着对方,捂着肚子,跺着脚,狂笑不已,把烟灰缸都打翻了。劳拉端酒要喝,却洒在了睡衣前襟上。

"说真的,黛卡,"劳拉说,"说不定这真是件好事呢。我希望他们幸福。他可以带她见世面,她会崇拜他,照顾他。"

"把他骗个精光。她是个妓女还是什么?俗气的服务员。"

"你真是过时了。我想她更可能是倩碧的售货员。你知道她曾经是丽浪多海滩的选美小姐吗?"

"你有格调,水桶屁股。精明、贤淑的贱人。摆出一副纯粹为这对新婚夫妇高兴的样子。大概还会冲他们抛撒大米①。那现在告诉我,想到他们在阿卡普尔科,你的真实感觉是什么?想象。此刻夕阳西下。太阳投下一个绿色圆点,正在渐渐消失。播放着《夏日浓情》,萨克斯和沙

---

① 在婚礼上抛撒大米,是对新婚夫妇的祝愿,希望他们的生活繁荣、多子。

槌无数的震颤。不，播放的是《肉桂色的肌肤》，而他们还在床上。她晒过太阳，滑过水，累了，还在沉睡。热腾腾汗淋淋的交欢。他躺在那里，完全贴着她的后背。他轻吻她的后颈，探过身，轻咬她的耳朵，喘息。"

劳拉重新倒酒，却洒在衬衫前襟上。"他对你这样做过？"黛卡递给她一条毛巾，让她自己擦干。

"水桶屁股，你认为全世界只有你有耳垂吗？"她咧嘴笑起来，现在开始享受，"然后他会用手掌摩擦你的乳房，对吧？你会呻吟，转向他。然后他会抓住你的脑袋按进……"

"住嘴！"

此时她俩都很沮丧。她们以酩酊大醉之人那种费力的小心缓慢的动作抽烟和喝酒。几只猫绕来绕去地过来靠近她们，却被心不在焉地踢开。

"至少在我之前没有人。"黛卡说。

"埃莉诺。她仍然给他打电话，三更半夜。哭个没完。"

"她不算数。她是他在布兰迪斯大学的学生。特鲁罗一个干柴烈火的下雨周末。她的家人打电话告诉了系主任，于是爱情故事与教育事业一起终结。"

"莎拉呢？"

"你说莎拉？他姐姐莎拉？你还没那么傻，水桶屁股。莎拉是我们最大的情敌。但我从来没有明说。你觉得他们真的做过爱吗？"

"没有,当然没有。但是他们那么亲密。极其亲密。我觉得没有人能像她一样爱慕他。"

"我那时候嫉妒她。天哪,我真是嫉妒她。"

"黛卡,听着!哦,等一下,我要尿尿。"劳拉站起身,摇晃着,跌撞着穿过房间进了卫生间。黛卡听到她摔倒了,头撞到陶瓷马桶上。

"没事吧?"

"没事。"

劳拉回来了,手脚并用地爬回椅子上。

"生活真是危机四伏。"她咯咯笑着,脑门上已经鼓起一个青色的大包。

"听着,黛卡,没什么可担心的。他绝对不会娶卡米尔。他那样说可能就是为哄她过去。但是他不会娶她。我赌十亿。你知道为什么吗?"

"知道,我明白。莎拉老姐!她永远过不了莎拉那一关。"

黛卡刚才一直用橡皮筋把头发扎得很高,发辫在头顶上高耸,像一棵歪歪扭扭的棕榈树。劳拉的发髻散了,一大把头发从脑袋一侧跌落下来。她们相视傻笑,烧出破洞的衣服都湿了。

"没错,莎拉真的很喜欢你和我。你知道为什么吗?"

"因为我们有教养。"

"因为我们是淑女。"她们重新倒上酒,互相敬酒,哄笑着,踢着地板。

"没错,"黛卡说,"虽说此时此刻我们的状态并不是最好。那告诉我,你是不是也嫉妒莎拉?"

"不,"劳拉说,"我从来没有过真正的家人。她让我感到有了一个家。我现在还是这么感觉,而且她爱我的孩子。不,我嫉妒的是毒品贩子。朱尼,贝托,威利,纳乔。"

"是的,所有那些漂亮小浑蛋。"

"他们总能找到我们。已经戒了一年半。贝托又在恰帕斯找到我们,在山上的教堂脚下。圣克里斯托瓦尔教堂。他的镜面太阳镜上流着一道道雨水。"

"你知不知道弗兰基?"

"我知道弗兰基。他是最恶心的。"

"有一次他被抓了,我看到他的狗死了。他甚至让他的玩具贵宾犬都染上毒瘾。"

"有一次在耶拉帕,我捅了一个毒贩。真的,我甚至都没让他觉得疼。可我觉得刀刃捅进去了,看到他流血了。"

这时黛卡哭起来,悲伤的抽泣,像孩子一样。她放上《查理·帕克与弦乐合奏》。《四月的巴黎》。

"麦克斯和我是四月去的巴黎。那段时间一直下雨,真可恶。劳拉,我们都曾经很幸运,可毒品毁了一切。我是说,在短时期内我们拥有女人期望的一切。好吧,我认识他的时候,正是他的黄金岁月。意大利,法国,西班牙。马略卡岛。他做什么都能成功。他会写作，吹萨克斯，斗牛，赛车。"她又给两人倒上朗姆酒。

劳拉口齿不清。"我认识他的时候，他很……"

"你差点就说，他很幸福，对吗？他从没有幸福过。"

"不对，他幸福过，我们幸福过。谁都没有像我们那样幸福。"

黛卡叹了口气。"可能是吧。见到你们在一起，我那样想过。但对他来说，那还不够。"

"有一次，我们在哈莱姆。麦克斯和一个搞音乐的朋友去卫生间嗑药。那人的妻子隔着餐桌看着我，说：'我们的男人去那边了，去会湖底夫人了。'也许我们错了，黛卡。也许是出于狂妄，总想要对他而言很重要。也许这个姑娘，叫什么来着？也许她只是陪着他。"

黛卡一直在自言自语。她大声说："没人能对我这么重要。你遇到过可以与他媲美的男人吗？有他的头脑？他的机智？"

"没有，没有一个男人会那么善良，或那么可爱，比如他听音乐会流泪，睡前会亲吻儿子道晚安。"

此时两个女人都在抽泣，擤着鼻涕。"我真的很寂寞。我试着去见男人。"劳拉说，"我甚至加入了公民自由联盟。"

"你什么？"

"我甚至去了'黄昏的欢乐时光'。但是所有男人都让我烦。"

"没错。麦克斯之后，别的男人都让人烦。他们老说'你知道'，或一个故事讲好几遍，笑声太大。麦克斯永不让人厌倦。麦克斯永不招人烦。"

"我交往过一位儿科医生。一个很体贴的男人，戴领结，放风筝。完美男人。爱孩子，健康，英俊，有钱。他慢跑，喝冰镇桃红葡萄酒。"

两个女人转着眼睛。"好吧，于是我安排好一切。孩子们睡着了，我穿上白色雪纺裙。我们坐在露台上的桌子旁。点了蜡烛，放着斯坦·盖茨和阿斯特鲁德·吉尔伯托的波萨诺瓦。龙虾。星星。这时候，麦克斯出现了，把他的兰博基尼一直开到草坪上。一身白色套装。他向我们微微招一招手，进屋去看孩子，说他喜欢看孩子们睡觉之类的屁话。我失控了。把冰镇桃红葡萄酒罐摔到砖地上，把一盘盘龙虾摔了，啪，啪，一盘盘沙拉，啪。让那男人马上走。"

"他就照做了，对吗？"

"没错。"

"瞧，劳拉，麦克斯就绝不会离开。他会这样说：'亲爱的，你需要一些爱。'或者他也开始摔盘子碟子，直到你俩都哈哈大笑起来。"

"是啊。实际上，他出来时差不多就是那么做的。他摔了几个杯子和一个插着小苍兰的花瓶，但抢下了龙虾，我们就吃起来。沾了沙子。他只是咧嘴笑着说：'那儿科医生也算不上什么进步。'"

"从来没有像他这样的男人。从不放屁或打嗝。"

"不,他也放屁打嗝,黛卡。经常。"

"好吧,可我从没为这讨厌他。你来这里只是让我难受,回家去!"

"上次你赶我回家,还是在我家里呢。"

"是吗?见鬼,那我回家。"

劳拉起身要走。她跌跌撞撞走向床边,去拿外套,她站在那里,想找到方向。黛卡走到她身后,抱住她,用嘴唇轻触她的脖子。劳拉屏住呼吸,没有动。桑尼·罗林斯正在演奏《以你特有的甜蜜方式》。黛卡俯身,吻在劳拉的耳朵上。

"然后他用手掌轻抚你的乳头。"

她对劳拉这样做着。"然后你转向他,他双手捧着你的头,吻你的嘴。"但是劳拉没有动。

"躺下吧,劳拉。"

劳拉一绊,滑倒在铺着水貂皮的床上。黛卡吹熄了灯笼,也躺下来。但是两个女人都把脸转开。都在等对方像麦克斯那样抚摸自己。漫长的沉默。劳拉轻声啜泣,但黛卡大笑起来,拍着劳拉的屁股。

"晚安,你这肥屁股傻瓜。"

很快,黛卡睡着了。劳拉悄悄离开,回到家,赶在孩子们睡醒之前,冲澡,换好衣服。

圣诞节，一九七四年

最亲爱的泽尔达：

很抱歉你的假期正赶上我们这么忙乱的时候。圣诞节、学校，等等。我现在当老师——要改学期论文，排演圣诞戏剧。我们房子很小，只有两间小卧室。房东以为我只有两个儿子，所以他来的时候，我的一个儿子就得藏起来。本在车库里睡（他都十九了！），吉斯十七岁，还得睡在客厅沙发上。乔尔有一间小卧室，其实就是个壁橱，另一间我住。我知道你会说你很乐意睡地板，但是本有个从新墨西哥州来的朋友，叫杰西，已经在客厅地板上睡了。我很希望见到你，但就目前情况来看，那会让大家都不方便。很高兴了解你的新生活。

爱你的玛吉

"现在这信写得够不够坚决？"玛吉把信誊了一遍，放进信封，之后放到外面，等邮递员来取。

"泽尔达姑妈到底是谁？"乔尔问。

"你爸爸的大姐。确实块头大。我只见过她一次，在罗德岛的一次受诫礼①上。她女儿梅布尔在加州大学上学，但她所在的群居公社有规定，不接纳父母。我偶尔会碰见梅布尔，她人很好，可她现在是同性恋，害怕告诉她妈妈。总之，泽尔达不能来这里，就这样定了。"

可是不管怎么说，六天后泽尔达还是来了，带着一棵吉祥树和三磅重的熏鲑鱼。梅布尔去机场接了她，把她送过来，说稍后见。玛吉态度僵硬地跟泽尔达打过招呼，把她介绍给乔尔，乔尔帮她把几个包送到玛吉的房间。泽尔达跟他上楼，打开行李。

本、吉斯和杰西在车库里打扑克。立体音响中播放着《跳跃的杰克闪电》。

"我拿她怎么办？她要是留下过圣诞节可怎么办？"

杰西舒展一下身子，靴子从床上探出来。"玛吉，想让我离开吗？我是说，早点离开——我打算在圣诞节前走的。"

"不，当然不。我们说过欢迎你。问题是我都告诉过她不欢迎她。不管不顾的讨厌鬼。"

---

① Bar mitzvah，为年满13岁的犹太男孩举行的成人仪式。

乔尔敲敲门走进来。

"妈,开心点,猜猜泽尔达姑妈在干什么?"

"天知道。"

"洗盘子呢。我们找了个不错的犹太保姆。"

"可我想要的是日本小男仆。"玛吉还是笑了,跟他进了屋。

泽尔达变成一个全新的女人。自打离婚以来,她体重减了七十磅,打了耳洞,做了绝育手术。"我准备好要历险了!"她说。玛吉咯咯笑,想象剃了毛的私处。泽尔达下定决心要开开心心,见人就拥抱,不停说"太棒了!""好极了!"之类的话。

吉斯搬到楼上乔尔的房间,乔尔则搬到楼下的沙发上睡,沙发旁边地板上放着杰西的睡袋。玛吉睡餐厅里的吊床。她没时间也没精力招待泽尔达。梅布尔也没有,她在学校里忙着重新组装一个大众汽车发动机。但是泽尔达打定主意要开心度日,也的确做到了。她逛冈普家居饰品店,逛爱马格宁和成本价加。她乘索萨利托渡轮,坐缆车,在杰克伦敦广场吃午饭。其余的时间,她刷盘洗碗,不仅洗用过的,还把橱柜里所有锅碗瓢盆统统洗了一遍,在架子上重新摆好。她给冰箱除霜,熨衣服。杰西在客厅里写曲子、弹吉他的时候,不许她进去打扫。她也不许他在她刚打过蜡的厨房地板上走。吉斯称他们为一对冤家。但玛吉承认,一切还过得去。放学后她疲惫地回到家,锅里炖着肉馅卷心菜。泽尔达准备了开胃小菜,为开心时刻买来奶酪和葡萄酒,每天晚上都如此。(她丈夫卖过开心时刻什锦零食。)

本自己做首饰,放学后到电报街上兜售。后来他把四五个街头艺人带回家。做玻璃的格雷格总会来。吉斯的女友劳伦每晚都来,还常带着别的女孩,慕名来见新墨西哥州来的那位高高瘦瘦、一头长发的帅小伙儿杰西。常客中还有李,一位奇卡诺自行车手,皮衣上的拉链如俄罗斯雪橇一般铮铮作响。李吹口琴,拍邦戈鼓,与梅布尔调情。他没意识到梅布尔是同性恋,而梅布尔也为泽尔达的缘故纵容他,与此同时,她还在线轴形咖啡桌底下与她那位留一头小碎鬈发的情人大麦克蹭着大腿。大麦克唱歌,梅布尔和杰西弹吉他。

泽尔达姑妈容光焕发,开怀大笑,被大麻呛住。吉斯和劳伦坐在餐桌旁做功课,下国际象棋,玛吉则批阅论文,备第二天的课,不时呷上一口占边威士忌,那酒是跟开心时候才喝的啤酒和葡萄酒分开放的。

乔尔和朋友们上楼下楼。音响和收音机,电视、吉他、邦戈鼓、口琴和电动橄榄球。洗衣机、烘干机和弹珠机。玛吉在页边空白处写笔记,为钱和房东发愁。为买圣诞礼物,她已经花光全部薪水;为缴房租,她又把最后一件祖尼首饰也卖掉了。她紧张,疲倦,想念自己的床,担心它会永远散发着雅诗兰黛的气味。

"真受不了!"泽尔达说,玛吉走到火炉边,在她身边坐下。泽尔达脸色通红,满眼含泪,听着梅布尔和大麦克演唱《躺下吧,女士》。她擤一擤鼻涕:"我再也不想回家了!"杰西冲玛吉咧嘴一笑,玛吉瞪了他一眼。他让她把壁炉上的卡车钥匙递给他。他打开前门,空气凉爽,雨静静地下着。皮卡双离合一踩,倒出车道。玛吉也来到外面,带上那条叫查塔的狗,走进空荡荡的湾区捷运停车场,人和狗走路时都不绕开水洼。查塔先听到了卡车声,步子慢下来。

"女士,跟我一起走吗?"

"嗨,杰西。当然。我就是出来喘口气。"

"你早知道我会带上你的,上车吧。不行,查塔,不带你。狗狗,下去。"过了两个街区才把狗甩掉。

奥克兰西南部,一连开上几英里,街上都空无一人。离开家的感觉真好,他一直不说话,她喜欢他这样。她刚开始讲泽尔达的事,就被他打断了。

"我不想听泽尔达的事,也不想听你孩子或学校的事。"

"那我就没有什么可讲的了。"

"好。"他伸手到座位后面,掏出一瓶占边威士忌,呷了一口,递给她。

"你这喝法让我害怕,杰西。十七岁就当酒鬼未免太早。"

"我少年老成。三十五岁就疲惫不堪也未免太早。"

最后他们开到奥克兰西部的美国邮政仓库。一大片一大片停放的拖车，每辆车上都标着联邦不同州的名字。

"你们怎么进来的？"管路易斯安那州的男人问了一句，但接着分拣邮件去了。杰西和玛吉从一个州逛到另一个州。她想找到纽约；他去了怀俄明州，密西西比州。她学会拼写的第一个单词。约翰叔叔教她的。一阵风绕着新墨西哥州的拖车刮起来，但没有声音，只有信件发出鸟儿扑打翅膀的声音。他们看那男人默默分拣邮件，仿佛与他隔着一扇玻璃窗。"最好离开这儿。"管新墨西哥州的男人说。他们进来时并没有看到"**请勿入内**"的牌子。他们开车离开时，一个小个子警卫走出岗亭，示意他们停车。

"从车上下来。"他说。他们下了车，警卫见他们个子都很高，结结巴巴地说："回卡车上去！"他开始对着步话机讲话，伸手去摸枪。杰西一打转向，飞驰而去。嗖，一颗子弹打中保险杠。"真该死！"玛吉大笑起来。一场冒险。

他们回到家时，大家都已经睡下了。杰西径直钻进火炉旁边的睡袋里，这时只剩下木炭。玛吉还有几摞论文要批，她呷着占边威士忌提神。

忙碌的圣诞节。杰西和本在电报街卖首饰。虽然下雨，生意还不错。玛吉和乔尔都在各自的学校待到很晚，练习圣诞节目。玛吉模仿《圣诞颂歌》写了一出戏。斯克鲁奇[①]在海沃德有一家二手车车场。小提姆是个好斗的截

[①] 斯克鲁奇，和后文的小提姆都是狄更斯《圣诞颂歌》中的人物。

瘫病人。戏很好玩，很热闹。

泽尔达姑妈购物。晚上她帮助玛吉烤面包，包礼物，喋喋不休地讲她崭新的自我形象，说要寻找一段新的感情。玛吉沉默不语。泽尔达以为玛吉只是伤心，说一切最终都会好起来的。

"我弟弟很快就会觉悟的。你们是多好的一对，我永远忘不了你们在马文受诫礼上的那一幕。多幸福！还有你那身套装，是诺雷尔牌吧？"

"是瑞格牌。"那套衣服确实很好。

"而且他过去总是同时点两支烟，一支递给你。"

玛吉笑了。"他那是跟约翰·加菲尔德[①]学的。"只有谢利·伯曼[②]演得更好——他忘了把烟递给那个女人，而是紧张地把两支烟一起放到嘴边。他会觉悟的？某一种感觉[③]。味觉、嗅觉、听觉、触觉。

"我已经和我的各种感觉说再见了。"玛吉说。

泽尔达微笑着，像往常一样说了句"太棒了"。只是偶尔，她才会忍不住做出自然反应。你们都没有拖鞋？你们早上就喝酒？你们没有马桶刷？

他们都去参加了乔尔学校举办的圣诞演出。泽尔达和

---

① John Garfield（1913—1952），美国演员，以饰演忧郁、反叛的角色著称。
② Shelly Berman（1925—2017），美国演员、作家、喜剧演员。
③ 原文为"sense"，有"觉悟"和"感觉"双重含义。

玛吉从第一个节目《听啊，天使高声唱》开始就湿了眼眶。杰西和本好几次跑到外面抽大麻。吉斯和劳伦不停站起来跟以前的老师说话，与朋友们交谈。

四年级女生穿着超短裙，戴着驯鹿头饰出场，伴着马文·盖伊的《让我们热起来》，她们跳起扭摆舞，演出达到高潮。观众发出惊呼声。接着五年级表演《梨树上的鹧鸪》。本忍不住咯咯笑，引得大家也笑起来，想象那一大堆礼物会在罗素街的家里造成的混乱。法国母鸡，鹅，跳跃的绅士。

乔尔的班级表演最后一出幽默短剧，也是最精彩的节目。内容很简单，就像一段芭蕾舞。男孩们在打雪仗，乔尔和另外两个男孩变成了雕像。他们冻住一般，一动不动，而达里尔扮演的雪人开始融化，越来越小，直到圣诞精灵把他们重新变回来。乔尔扮演的雕像的棕眼睛第一次闪过之后，直到最后找到家人之前，就没有眨动过。

节目表演结束，圣诞老人和校长贝克夫人在鼓掌欢呼声中走上舞台。《普世欢腾》高声播放，他们开始分发礼物。玩具卡车。芭比娃娃。大额的政府济贫项目资金。片刻之内，整个舞台上挤满了人，大多是十几岁的孩子，但也有不少成年人。简直就像阿尔塔蒙特摇滚音乐节。乔尔被推倒在地，磕破嘴唇，流血了。本和杰西跳上舞台，本抱起乔尔，杰西把乔尔的卡车从抢走它的男孩手中夺回来。贝克夫人扑了粉的假发被挤歪了。她冲着麦

克风尖叫:

"这些礼物只发给我们的孩子!只给孩子!混账东西,还回来!"

"咱们离开这里。"玛吉带路,杰西拉着乔尔的手。

"来点冰激凌怎么样,玛吉?你埋单我快递。"

"杰西——我看上去冻住了吗?"

"是啊,冻了那么久。击个掌。"啪,啪。

泽尔达姑妈的最后一晚。圣诞树是杰西和乔尔去马丁内斯砍的。树芬芳,美丽。玛吉很放松。她卖掉铺在卧室里的纳瓦霍地毯,又买了些礼物,有足够的钱,暂时不用担心。她和泽尔达聊着天,给枣夹馅,这是一种家庭传统,但这东西从来没人吃,就像圣诞晚餐中的腌西瓜皮。

吉斯和劳伦在餐桌上穿蔓越莓,其他人在吵吵嚷嚷地装饰圣诞树。本和乔尔总想把所有东西都挂到树上,吉斯和玛吉则喜欢简简单单。杰西不理解他们为什么没有冰凌。因为本和乔尔去年挂过冰凌。

杰西说:"我恨不得赶紧回家。"他两天后就要离开,搭便车回新墨西哥州的家过圣诞节。他踩到树下的一只猫,一声尖叫。狗狗查塔只是逛来逛去,湿淋淋的,总是碍事。三位街头艺人在火炉边烤干身上的衣服,帮别人递装饰品和灯泡。厨房里,梅布尔和大麦克做软糖和神明糖①。从成本加价买来的蜡烛像泽尔达姑妈一样光彩熠熠。

"我等不及要把假期讲给我的心理分析师听了。"泽尔达说。玛吉想知道她会说什么。泽尔达没有对梅布尔做出任何评论。

有人敲门。是隔壁邻居琳达,请求用一下淋浴。她讨厌月经期间用浴缸洗澡。杰西说,她月经次数肯定很多。不,我觉得她只是喜欢过来,尤其是当这里有什么事的时候。好吧,见鬼,玛吉,为什么不干脆请她过来?

又有人敲门。是约翰和伊恩,玛吉教书学校的两位老师。她接过他们的大衣时,李骑着哈雷摩托驶上车道,黑皮衣像潜水衣一样滴着水。玛吉给所有人做了介绍,安排两位老师在桌边落座。

"你们来得正好,赶上和泽尔达道别。"泽尔达端来一盘饺子形馅饼,小甜饼,糖果和夹心枣。一位街头艺人递给伊恩一支装在骨雕烟嘴里的大麻烟。

"天哪,玛吉,你竟然当着孩子的面抽大麻?"

"我不抽。我倒希望自己抽,没有宿醉,不会发胖。我很高兴我的儿子都不喝酒。"

"不是故意搅乱聚会的。"因为刚刚抽过大麻,约翰的腔调很滑稽。他的胡子上沾了蛋酒。

"哦,欢迎你留下来,"泽尔达说,"再来点蛋酒吧。"

---

① Divinity,一种奶油蛋白软糖。

伊恩和约翰呷了一口,清了清嗓子。

"玛吉,我们早就想和你谈谈。"约翰说。琳达冲完澡从楼上下来,穿着珊瑚色的雪尼尔浴袍,湿发编成辫子。

"枣!我很喜欢你的夹心枣,玛吉。"

"吃吧。带些回家。"

"别客气。"吉斯说。泽尔达和琳达走进客厅。

伊恩开口,嗓音低沉老成,玛吉一听他说话就心烦。他是学校里年龄最大的老师。

"是关于戴夫·伍兹的事。"

"老天。"玛吉说。在地平线学校,她是唯一要求出勤,而且给学生打分数、不只是评及格与否的老师。

"一切可能的机会我都给他了。他的英语和西班牙语都不及格。如果你们来就是为这事,我是不会再考虑的。"

"这太冷酷了,玛吉。你怎么能生活得如此散漫,当老师时却又如此严厉呢?我们对待个别学生应该有针对性。"

"可个别学生在我的两门课上都没有及格。"

"你好像不信奉我们学校的办学理念。"

"理念?一年三千块,校园漂亮,大麻不错,作业不做?"吉斯在桌子底下踢了踢玛吉。

"没必要心存敌意。我们是怀着诚心来你这里的。"伊恩说。

"来点神明糖。"梅布尔传递着托盘,轻盈滑动。约翰的目光聚焦在她那没戴胸罩的形状优美的乳房上。玛吉真希望没有那么多的食物、饮料,以及普遍的慷慨大方。琳达光彩照人,慵懒地坐在两位艺术家中间,她的袍子下摆张开,露出那双鲁本斯风格的大腿。

"这叫什么来着?"约翰问梅布尔,手指上粘着糖果。

"神明糖——里面有坚果。"梅布尔慢吞吞地说。

"在我听来像是路德教会主教。"泽尔达戳一戳玛吉,狂笑起来。她们俩咯咯傻笑得直不起腰,眼泪都出来了。伊恩拿起玛吉的一支烟。

她真希望他能复吸,那样他就自己买烟了。至少这两位老师对戴夫·伍兹不及格的事已经失去兴趣,正在听梅布尔和大麦克唱歌。又是《躺下吧,女士》。玛吉走进厨房,把占边酒倒进她的蛋酒里。本和李看劳伦又切下几块糖果。

"别担心,明天我放火把学校烧了。"李笑了。又一声敲门声。

"听起来像突击搜查。"杰西说。差不多。是房东。本和吉斯将大家打发到车库里,但损坏已成事实。他已经看出有人住在车库里,嬉皮士们在抽大麻。

她说:"我们有几个朋友来这里度假。"但他谈的是被糟蹋的花园。

"糟蹋?大部分地方我都种了东西,打理两年了,是雨水把它糟蹋的。"

"我要卖掉这房子。这个街区只剩四栋白人的房子了。"

"那你干吗不直说？用不着编排些胡话理由来怪罪我。"

"我不租，当然不只是因为'胡话'理由。"

玛吉出了口气。"请马上离开。"说着，她给他打开门。她喝掉酒，又在自己的蛋酒里倒进些威士忌，回到餐厅。她在伊恩和约翰旁边坐下。

"对不起，我刚才太没礼貌了。戴夫是我们最聪明的学生……真希望你们把他的数学和科学也判不及格。照现在的情况，他什么大学都考不上。他知道他能学得更好，不至于不及格的，而且我认为他会学的。"

"再来点蛋酒？"泽尔达问。

"不用了，谢谢。明天有课。玛吉，圣诞节的戏剧准备好了吗？"

"没有，但会很精彩的。"

大家都走了，或转移到了本在车库里的房间。乔尔躺在沙发上，杰西躺在睡袋里。灯已经熄了，可他们还在说话。楼上，泽尔达和梅布尔在争吵，随后梅布尔脚步很重地下了楼梯。

"好了，我告诉她了。"说完，她离开，甩上了门。玛吉洗碗，把剩菜放起来，扫地，直到哭声停下来，才轻手轻脚地去楼上的浴室。

"玛吉！"

泽尔达在床上坐起来，一道道泪水叠加在亮闪闪的伊丽莎白·雅顿护肤品上。

玛吉拥抱她。"你一定很累吧。我是累了。好了——"但是泽尔达紧紧搂住她不放，她那光滑的脸颊滑进玛吉的头发里。

"梅布尔！我的孩子。现在我该怎么办？"

玛吉挣脱开，去洗手间，擦去脸上的乳液，用金缕梅酊剂浸湿两张面巾。

"来，让我用这个给你敷敷眼睛。别哭了。"她坐在床沿，用另一块面巾捂住自己的眼睛。

"我的女儿，"泽尔达说，"你不可能理解的。"

"也许吧，好像说我哪个儿子成了同性恋我都不在乎似的。话又说回来，假如他们中有一个成了警察或克里希那教徒，说不定我会一枪崩了自己呢。"

泽尔达又哭起来："我就是太——"

"你很难受。梅布尔没事的。你有安眠药吗？"

"有安定。"泽尔达指指她的化妆盒。

玛吉把药片和水递给她，自己也吃了一片。她为泽尔达整理一下枕头，熄了灯。借着贝金斯商店招牌映进来的光，泽尔达的模样看上去又苍老又恐惧。

"你还好吧？"

"不好。我觉得又苍老又恐惧。"

玛吉抱着她，吻吻她湿滑的额头。"但我真高兴你来了。"

走到楼下,玛吉意识到自己既忘了脱衣服,也忘了洗脸。太累了。她从壁橱里拿出毯子,斟上一杯波旁威士忌,爬上吊床。想起香烟,又下了床,又上床,用毯子把自己围好,把酒杯和烟灰缸放在地板上,安顿停当,她准备为自己好好哭一场。

"我的老天爷。"杰西在客厅说。他坐起身,把睡袋往肩上一甩。

"你去哪儿?"

"去卡车上睡。还从没见过你自怜呢。"

他走了,她不哭了,抽了支烟,喝掉杯中的残酒。拉辛的《费德尔》,第二幕。他走了!她笑话自己,起身去厨房的水槽里洗了脸,把那瓶占边酒藏到洗衣机里,等早晨喝。

该死,已经早晨了。还有两天的课。演戏。圣诞节。我坚持不下去了。我能坚持下去,必须得戒酒。这么快就又搞砸了。明天开始减量。过几天杰西就走了。这样会更容易。其实并不会。明天放学后我要去给乔尔买收音机,给劳伦买书。泽尔达要走了——谢天谢地!我的床!我甚至好几星期都没和乔尔说过话了。我是个差劲的妈妈。为了儿子们我要好起来。上帝啊,我真糟糕。这栋房子真糟糕。

她在杯子里斟满葡萄酒，掸尘土，擦家具，走到哪儿就把酒杯和酒瓶移到哪儿。她扫地，拖地，给地板打蜡。乔尔继续睡，就连挪动沙发时也没惊醒。她冒着雨去倒垃圾，从琳达家采来一大把粉红色的一品红。琳达卧室的窗户砰一声打开。"你到底搞什么名堂？才早上四点！"窗户又轰一声落下。该死，有些人只有在喝过第一杯咖啡后脑子才正常。回到屋里，玛吉把花儿在一个黄铜花瓶里插好。好了。看起来好些了。她把画摆正，打开圣诞树的小灯。她磨碎了些奶酪，现在做奶酪通心粉，放学后买收音机和书。

"你干吗擦窗户？才早上五点钟，妈。"吉斯已经穿好衣服，睡眼惺忪。

"嗨，睡不着。窗户都被壁炉的烟熏黑了。你怎么起这么早？"

"野外考察。我把酒瓶放起来吧。你没法去学校了。妈，别干了，跟我一起吃早饭吧。"

他把酒瓶拿到楼上。她知道他会藏在浴室墙后面的槽隙里。她烧上水，准备冲咖啡，榨橙汁，热香肠和法式吐司。她和吉斯看报纸，没有说话。泽尔达脸色苍白，提着行李下了楼。玛吉给她做了早餐。吉斯和她们拥抱道别后离开，正赶上梅布尔来送她妈妈去机场。三个女人喝着咖啡，没有任何寒暄。

泽尔达和梅布尔离开的时候，天还黑着。玛吉站在外面，颤抖着冲贴着"**姐妹情谊力量大**"的保险杠挥手道别。她走进屋，又为乔尔和本烤了几片法式吐司。他们吃饭时，她想起洗衣机里的酒瓶。杰西从外面走进来，说："早饭我自己来吧。"

高速公路上雾气迷蒙，她担心泽尔达的飞机无法起飞，担心自己会撞上别的车，后来又开始担心自己根本没有上高速。出口。上山，转弯。摩门教堂像《绿野仙踪》中的城堡一样发出神奇的光芒。庞大的电话亭，白色的光。她给地平线学校打电话，告诉他们她的车出了故障。可能也得取消下午的课。不，排练不取消——她不去大概也没问题。不用了，谢谢，汽车协会的人马上到。她开车下山到麦克阿瑟，那里没有雾，但她依然很害怕。她跟在一辆53路公交车后面，一直跟到奥克兰市中心，每隔一个街区就停下来，等公交车乘客上下车。到了市区，她在电报街跟着一辆43路公交车开回家。她醉得太厉害，看不清路。

她把外套和书包丢在前门内，爬上楼梯到了自己房间。屋里很暗，窗帘拉上了。杰西睡在她的床上。"嘿，这是什么意思？"她问，他没动。她从他身上爬过去，立即倒头睡去。可他醒了，转向她，踢掉靴子："你好，玛吉。"

奥克兰，小马酒吧

某些声音完美而特别。网球，高尔夫球，一击中的。高飞球落入皮手套中。击败对手的砰然一击，萦萦不绝。一记完美的撞球，一声清脆的撞边球，跟着三四下闷声滑擦和连续的咔嗒声，让我眩晕。壳粉在球杆尖上爱抚般扭蹭。无论怎么看，台球都具有色情意味。通常映在自动点唱机幽暗闪烁的灯光中。

圣地亚哥的板球比赛。红色的阳伞，绿色的草地，白色的安第斯山脉。威尔士亲王乡村俱乐部的红白条纹帆布椅。我签过柠檬水账单，给身着礼服的服务生付过小费，为约翰·威尔斯鼓掌。板球拍完美的击打声。夏季，我穿白色，小心不要染上青草的绿渍，同那些身穿格兰治学校灰色法兰绒裤子和蓝色西装外套的男孩调情。喝茶，吃黄瓜三明治，计划去比尼亚德尔马过周末。

在小马酒吧，我记得，坐在酒吧凳子上，身旁是自行车手，那感觉与在草坪上一样，觉得自己是个异类。他手腕处、胳膊肘、膝后区都刺着合页文身。

"你脖子上需要刺上合页。"我说。

"你屁股上需要拧上螺丝。"

女儿们

我保持自己信念的勇气？我一个念头连五分钟都保持不了。就像皮卡的车载收音机。我的思绪会向前飞驰……韦伦·詹宁斯[1]，史提夫·汪达[2]……砰！撞上一道防畜栏，那是得克萨斯州克林特的一位牧师。你的生话[3]一文不值！笑话？生活？40路公交车一天一个样。有的日子，车上会出现乔叟、达蒙·鲁尼恩[4]笔下的人物。一场勃鲁盖尔[5]式的盛宴。我感觉与所有人都很亲密，与他们融为一体。我们是一幅绣着生动旅行图的壁毯，而后又是一

---

[1] Waylon Jennings（1937—2002），美国乡村歌手。
[2] Stevie Wonder（1950— ），美国黑人歌手、作曲家。
[3] 原文为"laff"，和后文的"laugh"（笑话）及"life"（生活）发音相近，主人公没有听清单词，借此表现牧师的口音。
[4] Damon Runyon（1880？—1946），美国记者、小说家，擅长方言写作。
[5] Pieter Bruegel（1525—1569），著名画家，以描绘乡村地区的景貌和人物著称。

阵妥瑞氏综合征①的流行,我们无人幸免,仿佛被困在一只热气腾腾的胶囊中,永远。有时候大家都很累。全车人都精疲力竭。沉重的购物袋。笨重的手推车,婴儿车。喘着粗气登上车门口台阶,睡过站,人们拉着扶杆,耷拉着脑袋,软塌塌地晃荡着,如同倦怠的海草。或者每个人脑袋上都长出东西。一排又一排,站着,挤在一起,大家脑袋上都长出头发来。不是绿色的柳树、桉树或苔藓,而是十亿绺,头发细丝。朋克发型,蓝夫人发型,潮湿的爆炸头。啊,我面前那个男人却根本没头发。脑袋上连细小的毛囊都没有。我感觉眩晕。一个小女孩上了公交车,身穿圣伊格内修斯学校的校服。有人,是奶奶——*孩子,别乱动*——把她的发辫编得紧绷绷的,勒得眼睛都倾斜起来,发辫上扎着白色蝴蝶结,用的是真正的缎带。她坐在司机后面。清晨的阳光在她完美的发缝上闪烁着,在她脑后形成一圈光环。我喜欢这孩子的。我拍拍、摸摸自己的头发,这头粗糙的短发,摸上去像萨摩耶或松狮犬的毛。白牙,好孩子,咬它!

我本该去干穿珍珠项链的活儿。给医生打工,怎么说呢,整天都是生死攸关。我轻盈穿梭于病人之间,像真正的慈悲天使。或者食尸鬼。嗯,B医生嘛……毛病多

---

① Gilles de la Tourette,一种抽动综合征,患者会不受自主控制地发出声音,或者耸肩、摇头晃脑等。

先生[1]的这些骨髓检查结果，有意思。真的，他就叫这名字。现实比我的想象更诡异，而我的想象确实会因透析机而兴奋不已。现代医学的突破。能挽救生命，可到傍晚时分，它就变成没脑袋的塑料吸血鬼，将血液吸走。病人脸色越来越苍白。机器发出哼哼的吸吮声，偶尔啧啧一响，仿佛笑出声来。

到傍晚时，我恨不能掐死丽娃·奇伦科的女儿。我不知道她叫什么名字。没有人称呼她托曼诺维奇太太。她是托曼诺维奇先生的妻子。丽娃的女儿。伊莲娜·托曼诺维奇的母亲。她有我们女人都有的毛病，像是从草原来的人猿。但在其他时候，也是这个女人，丽娃·奇伦科的女儿，令我佩服，崇敬。要是我能像她那样该多好，接受现实，就是接受。接受便是信念，亨利·米勒说。我也想把他掐死。

昨天透析中心举行圣诞晚会。无论怎么看，都是一次令人愉快的聚会，一场庆祝。所有患者和家属都来了。洛基·罗宾逊来了，自从他接受过器官移植，还没人见过他，他看起来很好。透析患者之间有种情感纽带，就像在戒酒互诚会或地震幸存者之间的那种。他们意识到自己身处死缓，比起普通人来，他们彼此间表现出更多的温情和尊重。

---

[1] 原文为"Mr. Morbido"，与西班牙语单词"morbido"谐音，意为"病态的"。

我忙着料理自助餐和潘趣酒。很不错,食物很多。没有添加盐。丽娃·奇伦科的女婿托曼诺维奇先生站在桌子一头帮忙,热情地同所有客人打招呼。饭好!酒好!

以前我把人看作动物,那样要健康得多。托曼诺维奇先生,一头汗淋淋的海牛。此时他们都有疾病。带状疱疹或中毒性休克。托曼诺维奇先生脸色通红,浅蓝色的腋下一片镰刀形状的汗迹,肯定是高血压。可能还有肾小球硬化症和肾功能衰竭。他的妻子,丽娃·奇伦科的女儿,那头牦牛……等待她的是子宫切除手术,她的痛处在子宫。

丽娃·奇伦科本人是疾病奈何不了的。你总能听人谈起一些小老太太。那是因为大块头老太太都死掉了,只有八十岁、体重二百八十磅的丽娃是个例外。一沓沓红色天鹅绒褶皱从她轮床的塑料边上涌出来。鲜红的血液嗡嗡循环。静脉注射液匀速滴入她那台地一般的胳膊中。她那模样很像圣诞老人。白发白眉,双颊红润,下巴上钻出白毛来。她对女儿凶巴巴地说俄语,女儿则为她打扇,拿一块凉布帮她舒展眉头,用哀婉的声音唱俄语歌给她听。她在病房和饭厅间来回奔忙,每次回来都给她母亲的红盘子里添点吃的。瑞典肉丸,羊角面包夹火腿,烤牛肉,芥末蛋,芦笋,乳蛋饼,布里奶酪,橄榄,洋葱调味酱,南瓜饼,香槟,红莓汁,咖啡。这一切都悄无声息地消失在丽娃·奇伦科的极为漂亮的小嘴里。

"B医生在哪儿?"托曼诺维奇先生总是问。我都为他工作两年了，也从来不知道他在哪儿。他真是在清除史克雷伯纳分流管中的凝血吗？在午睡？还是去守灵了？"他在做手术。"我说。

丽娃·奇伦科的女儿每次给母亲盘子里盛食物时，都会抚摸一下自己的女儿伊莲娜的头发，劝她吃点东西。她用俄语说："吃吧，女儿。"①伊莲娜的父亲也时不时走过来，说：

"你不舒服吗？"②

他们说的是："表现好点，你这个小贱人！"不，当然不是。他们说的是："吃吧，我的小公主。"

女儿伊莲娜坐在餐厅里唯一的椅子上。一把难看的塑料椅子，完全不对头。我真想把它扔出去，去给她再租一把，买一把，赶快。她脖子很长，从侧面看，弯曲的轮廓如同一头患白化病的恐龙，一条大理石眼镜蛇，一只患厌食症的小灵犬。你瞧，我才有毛病。把她说得奇形怪状。她可是我见过的最可爱的人。淡绿色的眼睛，头发像白色蜂蜜，像梨子的内里。她十四岁，穿着白衣服，戴着如今流行的蕾丝无指手套。一双骨感的小手放在膝头，就像你在瓜达拉哈拉吃的整只白色小鸟一样……肉桂放太多了。她穿着露脚的白色蕾丝长筒袜。脚踝上跳动的静脉如蓝色的花饰。她母亲抚摸她浅色的头发。伊莲娜往后一缩，完

---

① 原文为俄语。
② 原文为俄语。

全不理会母亲。她父亲做同样动作时,她没有同他说话,但露出一口精巧洁白的牙齿。

B医生终于到了。一片喧哗。患者及他们的家属蜂拥围住他。他们崇拜他。他神情疲惫。托曼诺维奇先生让妻子帮他翻译。他一直等着给B医生看伊莲娜在夏威夷拍的照片。伊莲娜在斯卡格药店举办的父亲节作文比赛中获过奖。一篇文章:《我的父亲是最棒的!》,奖励是她和父母去夏威夷的旅行。她母亲当然不能丢下丽娃·奇伦科。伊莲娜也参加过斯卡格药店举办的母亲节作文比赛,但只得了优秀奖,奖品是在夏威夷拍照用的那台宝丽来相机。伊莲娜站在一只天堂鸟旁边。伊莲娜头戴夏威夷花环站在梯田中的甘蔗林里。没有沙滩照,她讨厌太阳。

B医生微笑说:"你真幸运,有这样一个才华出众的漂亮孩子。"

"上帝真好!"丽娃·奇伦科的女儿总是这么说。上帝把他们从俄罗斯带到这里来。上帝给了她母亲透析机。

B医生看着伊莲娜,她坐在那里,高昂着头,神情不屑。雪花纷然飘落。她抬起那只白皙的小手,给他握,还是吻一下?那手在空中一弯,悬着,弯着。她化作一幅埃及雕饰带。B医生盯着她。他呆住了。

"你吃饭了吗?"他问。上帝啊。那孩子都好几年不吃饭了。B医生去迎接患者和客人。伊莲娜将伸出的手朝衣帽间一指。托曼诺维奇先生急忙跑过去拿起她的毛皮大衣，帮她穿上。她母亲走过来，给她扣上外套，把头发从皮毛中拿出来，她抚摸伊莲娜的头发。伊莲娜没有往后缩，也没有说话。她转身就走。她父亲抚着她的后腰，她身体一僵，停住脚。他移开手，打开门，跟在她身后出去了。

我收拾饭厅。大多数客人已经走了，或正要走。透析患者还需要一个小时才能结束。有人在呕吐，有人睡着了。录音机中播放着《远远在马槽里，无枕也无床》。我外婆最喜欢的圣诞颂歌，但以前却把我吓坏了，因为她总是告诉我，不要做马槽里的狗。我还以为那只狗把小耶稣给吃了。

食物刚刚好。除了安娜·费拉莎用两只特百惠大碗带来的那些之外，什么都没剩下。太失败了。草莓果冻和蔓越莓，苦得要命。我把大碗就放在那里。那颜色在一摞红盘子旁边很悦目，圣诞红。

只剩几名护士和技术人员还没走。B医生在他办公室里打电话。那个大房间中间的圣诞树上挂着几百只小灯泡，它们汩汩涌动，比COBE II型血细胞分离机声音还大，像在给树输血。你闻得到青松的气味。丽娃·奇伦科已经入睡，可她女儿依然在给她扇着风。最后她终于停下来，站起身。她浑身僵硬酸痛。骨质疏松。绝经后骨质流失。她给丽娃盖上一条柔软的披肩，然后走进餐厅，这时我正提着满满一袋垃圾要走。我意识到丽娃·奇伦科的女儿还没吃晚饭。她吻吻我的脸颊。"谢谢你们的聚会！圣诞快乐！"她的眼睛和女儿的一样，是绿色的。快乐的眼睛，不是受虐待儿童或宗教狂热分子的蠢笑。快乐的。

我倒掉垃圾，跟一位技术人员聊了会儿天，谈生理盐水，谈在哪儿可以给他妻子买件毛衣。我检查了电话答录机，看有没有什么信息。对了，为拉特尔订购静脉输入营养液。接线员梅奇问我明天是否有空。有啊！上帝真好，梅奇。她笑起来。他对我可不算好。

我去拿外套。我想起蔓越莓果冻，意识到丽娃·奇伦科的女儿会吃，她会喜欢的。

雨天

哎，一到下雨天，这个戒酒所就满员。我厌倦了在街上流浪，你懂吗？我和我老婆子去过露天看台……那里挺好——可安静了，而且地方很大。后来下雨了，她哭起来。我不停问她，怎么了，宝贝？怎么了？你知道最后她说什么吗？"烟头都给雨淋湿了。"见鬼，于是我打她。她发了神经，警察把她关进局子，把我弄到这里。没酒喝我受得了。麻烦的是，我一清醒就开始想事。酒鬼比大多数人想得更多，这是真的。我喝酒就是为堵住那些话。见鬼，假如我当鼓手，会怎么样呢？我上次来的时候，这里有本《今日心理学》，讲贫民窟里的醉汉。事实证明，酒鬼想事更多。说这些人在测试中比正常人得分更高，记忆力也更好。只有一件事他们得分低，做得一塌糊涂，但是什么事我想不起来了。

我们兄弟的守护者

有些人死了，就消失了，仿佛石子落入池塘。日常生活重新恢复平静，同往常一样继续。还有些人死了，却流连很久，要么是因为他们激起公众的遐想，像詹姆斯·迪恩[1]，要么是因为他们的灵魂拒绝离开，就像我们的朋友萨拉。

萨拉是十年前去世的，但只要她的孙子孙女说些机灵或傲慢的话，大家就会说："她就跟萨拉一个样！"每当我看到两个女人边开车边一起大笑，真正的大笑，我总以为那是萨拉。当然，每到春天种植的季节，我总会记得我们在佩雷斯商场垃圾箱里捡来的无花果树，想起我们在东湾为那棵微型珊瑚蔷薇大吵的那一架。

我们国家刚刚开始打仗，因此我现在又想起她。对我

---

[1] James Dean（1931—1955），美国演员，好莱坞青春偶像，擅长塑造叛逆阴郁的形象。24岁时因车祸去世。

们的政客，她会比我认识的任何人都更加愤怒，更加直言不讳。我想给她打电话，她总会给你些事做，让你觉得自己还能做点事。

虽说我们都一直怀念她，但她死后不久，我们就不再谈论她是怎么死的了。她是被人杀害的，手段残忍，脑袋遭"钝器"砸扁。她曾经交往的一个情人一直威胁要杀她。她每次都报警，但警察说帮不上忙。那男人是牙医，酒鬼，比她小约十五岁。尽管他多次发出威胁，而且殴打过她，但是没有找到凶器，也没有证据证明案发时他在犯罪现场。他从未受到起诉。

朋友谈恋爱了，你知道是怎么回事。好吧，我想我这话是对女人，强大的女人，上年纪的女人说的。（萨拉六十岁了。）我们说能为自己做主有多好，说我们生活很充实。可是恋爱呢，我们仍然想谈，仍然承认它。当萨拉在我的厨房里开心地笑着转圈，说："我恋爱了，你相信吗？"我为她高兴。我们都为她高兴。莱昂很有魅力，受过良好教育，很性感，能说会道。他让她快乐。后来，我们和她一样，原谅了他。失约，恶言恶语，不体谅，一个耳光。我们希望一切都好。我们仍然都希望相信爱情。

萨拉死后，她儿子埃迪搬进她的房子。每星期二我帮他打扫房子，于是就成了我在为萨拉打扫房子。太难了，刚开始的时候，站在她洒满阳光的厨房中，所有植物不见踪影，而记忆仍在。聊八卦，谈论上帝，谈论我们的孩子。客厅里摆满了埃迪的CD、收音机、电脑，两台电视，三部电话。（电子设备这么多，结果有一次电话铃响，我竟然抓起了电视遥控器。）他那些不配套的劣质家具代替原先宽大的亚麻布沙发，以前我和萨拉常盖着一条被子，面对面躺着，聊啊聊啊。有一次，在一个下雨的星期天，我们都情绪低落，竟然看电视上的保龄球赛和《灵犬莱西》。

我第一次来打扫卧室时，那景象太可怕了。靠近她以前放床的那面墙上仍然残留着溅上去的血点和凝结的血块。我感到恶心。清理完血迹，我走到花园里。看着我们一起种下的杜鹃、水仙和毛茛花，我笑了。种毛茛的时候，我们不知道该种哪一头，于是决定一半头朝下埋，另一半头朝上埋。所以我们还是不知道，到底是哪些长了出来。

我回到屋内，吸尘，铺床，看到埃迪床底下有一把左轮手枪和一支霰弹猎枪。我僵住了。要是莱昂回来怎么办？他是疯子。他也会杀掉我。我把两把枪都拿出来。我的双手颤抖着，努力想弄明白该怎么用。我希望莱昂出现，那样我就可以一枪崩了他。

给床底下吸过尘以后，我又把武器放回去。我讨厌自己的感受，想努力想点别的。

我假装自己在演电视节目。清洁女工警探，类似女版的神探可伦坡①。笨头呆脑,嚼着口香糖……用羽毛掸子除尘,其实是在寻找线索。她打扫的房子总是碰巧发生谋杀案。她在厨房拖地板,无人留意,而嫌疑人则在几英尺外打电话,说出能为他定罪的话。她偷听着,在放亚麻桌布的橱柜里发现带血的刀子,小心不掸去拨火棍上的灰尘,好保留指纹……

莱昂很可能是用高尔夫球杆杀的她。他们就是因高尔夫相识,在克莱蒙特高尔夫俱乐部。我正在擦洗浴缸,听到花园门吱嘎一响,一把椅子刮擦木质露台的声音。有人在后院里。莱昂!我的心怦怦直跳。透过彩色玻璃窗,我什么也看不到。我爬进卧室,抓起那把左轮手枪,又爬到通向花园的落地玻璃门后。我向外窥视,准备开枪,只是手抖得太厉害,就算开枪也不会打中。

是亚历山大。天哪。老亚历山大,坐在一把阿迪朗达克休闲椅上。嗨,亚尔!我喊了一声,把枪收起来。

他捧着一个种着粉红色小苍兰的陶制花盆,他原先一直想把它送给萨拉。他只是想过来在她的花园里坐会儿。我进屋给他倒了杯咖啡。萨拉无论白天晚上都喝咖啡。还有美味佳肴,汤或是秋葵汤饭,上好的面包、奶酪和油酥点心。不像埃迪常备的温切尔甜甜圈和冷冻通心粉晚餐。

亚历山大是位英语教授。他可以把杰拉德·曼利·霍

---

① 美国电视剧《神探可伦坡》中的角色,是洛杉矶警察局的一名凶杀案侦探。

普金斯的"露出里面金子般的朱砂"[1]滔滔不绝地讲上几个小时。他和萨拉相识四十年,两人早年时都是怀抱理想的社会主义者。他一直爱着她,会恳求她嫁给他。我和洛雷娜曾经求她答应他。"好啦,萨拉……让他照顾你吧。"他很善良。高尚而可靠。但是,如果女人说一个男人是好人,通常意味着她觉得他很无趣。而且,就像我母亲曾经说过的那样:"有没有尝试过嫁给一个圣人?"

亚历山大就在说这个……

"我对她来说太无趣,太乏味了。我知道这家伙让人讨厌。我那时只希望他离开时我能在她身边,帮忙收拾残局。"

这时他眼中涌出泪水。"我感觉我对她的死负有责任。我知道他伤害过她,还会再伤害她。我本该以某种方式进行干预。可我那时在乎的只是自己的怨恨和嫉妒。我有罪。"

我握住他的手,努力使他振作起来。我们聊了一会儿,一起缅怀萨拉。

他走后,我去打扫厨房。哎呀,要是亚历山大真的有罪呢?要是那天晚上他来过,送那盆小苍兰,或者看她想不想玩拼字游戏呢?也许他透过落地门上的帘子看到萨拉和莱昂在做爱。他一直等莱昂从前门离开,因嫉妒而疯

---

[1] 霍普金斯诗歌《风鹰》的最后一句。

狂,进屋杀死了她。他是嫌犯,肯定的。

下个星期二,房子里不像往常那样乱,所以最后一小时我去花园里除草,补种植物。我正在盆栽棚里,突然听到铃铛和铃鼓的声音。哈莱哈莱哈莱!萨拉最小的女儿丽贝卡正绕着游泳池跳舞,吟唱。

丽贝卡刚成为克里希那教徒的时候,萨拉很着急。但有一天,我们开车驶过电报街,看到丽贝卡和一群人在一起。她身穿藏红色长袍,唱着歌,蹦蹦跳跳,看上去那么美。萨拉把车停到路边,坐在那里,就那么看着她。她点了一支烟,微笑着说:"你猜怎么着?她很安全。"

我试图和丽贝卡说话,让她坐下喝点凉茶什么的,但她像托钵僧一样转呀转,吟唱不休。之后她在跳水板上蹦跳,转圈,歌声被扑通的入水声打断。"恶生恶!"她愤怒谴责母亲吸烟,喝咖啡,吃红肉和含有结合蛋白之类东西的奶酪。还有通奸。现在她站在跳板的最顶端,每大喊一声"通奸!",便往上蹦约三英尺高。

二号嫌犯。

我每周只给埃迪家打扫一次,但我在的时候,总是至少有一个人走进后院。我肯定,人们每隔一天也会来。因为她就是这样,萨拉,她的心房和大门向所有人敞开。她在大事上助人,像政治和社区生活方面;也在小处帮忙,无论谁需要她的帮助。她总是接听电话,从不锁门。她一直在我身边。

一个星期二，突然之间，所有人中最大、最可疑的嫌疑人在后院现身。克拉丽莎，埃迪的前女友。哇哦。我想她以前从没靠近过萨拉的房子，她对萨拉恨之入骨。她曾试图劝埃迪离开母亲的律师事务所，去门多西诺和她一起生活，专事写作。她给萨拉写信，指责她霸道、占有欲强，而且一直因为埃迪的律师事业跟他和他妈妈吵架。我和克拉丽莎曾经是朋友，直到最后我得在两个女人之间做出选择。但是在此之前，我上百次听她说过："啊，我真想杀了萨拉！"而她就在那里，站在覆盖着大门的薰衣草色紫藤下，用牙咬着墨镜腿。

"嗨，克拉丽莎。"我说。

她吓了一跳。"嗨。我没想着会见到什么人。你在这里干什么？"（这是她典型的做派……拿不定主意时，就攻击。）

"我在打扫埃迪的房子。"

"你还在打扫卫生？真不正常。"

"但愿你跟患者可别这么说话。"（天哪，克拉丽莎还是精神科医生呢……）我拼命想，我的清洁女工警探会问她什么问题。我想不出来，她太过咄咄逼人。真的什么都做得出来。可我怎么能证明呢？

"萨拉被杀那晚，你在什么地方？"我脱口而出。

克拉丽莎笑起来。"亲爱的……你在暗示是我杀了她吗？不，来不及了。"说着，她转身走出大门。

几星期过去，我的嫌犯名单越来越长，从法官到警察，再到擦窗工人，个个都很可疑。

说到擦窗工人，唯一让人起疑的是凶器，他走到哪儿扛到哪儿的那根杆子，还有水桶。透过窗帘看到他的身影，真是太恐怖了。一个大个子男人，扛着杆子。多年来我一直在琢磨他。他是个无家可归的黑人小伙子，晚上睡在奥克兰的公交车上，有时睡在阿尔塔贝茨急救中心的大厅里。白天，他挨家挨户地问，要不要擦窗户。他总是随身带一本书。纳撒尼尔·霍桑。吉姆·汤普森。卡尔·马克思。他嗓音动听，穿着讲究，网球衫，拉夫劳伦T恤衫。

萨拉付给他擦窗的钱以后，总要找几件埃迪的难看的旧衣服送给他。他会说，谢谢您，女士。真的很有礼貌。但我那时候想，他肯定一出门就把衣服扔进垃圾箱里。也许她在他看来是某种象征。是一条断了拉链的连身裤，成了最后一根稻草？

"你好，埃默里，过得好吗？"

"挺好的，你呢？我看到萨拉小姐的儿子现在住在这里……想问他需不需要擦窗户。"

"不用了。我现在给他打扫卫生，顺便擦窗户。你为什么不去他在王子街的办公室问问？"

"好主意，谢谢。"说罢，他微笑着离开。

好了，我心里说，赶紧打起精神，别再瞎琢磨什么嫌疑犯了。

我进了屋,冲了杯咖啡,回到花园里坐下。啊。日本鸢尾开得正盛。萨拉,你要是能看到该多好啊。

那天她给我打过好几个电话,说他威胁她。那时候她老讲莱昂的事,我已经听得不耐烦了……干吗不干脆跟他分手?听了她的话,我这样说:"打电话报警。别接他的电话。"

她打来电话的时候,为什么我没有说"赶紧到我家里来"?为什么我没有说"萨拉,收拾好东西……我们离开这里"?

凶案发生的夜晚,我没有不在场证明。

迷失卢浮宫

小时候，我会努力捕捉从清醒进入睡眠的确切时刻。我躺着，一动不动，待着，但接下来知道的是，早晨已经到了。我渐渐长大，时不时试试。有时候我问别人有没有试着这样做过，可他们根本不明白我的意思。第一次发生那种情况时我已年过四十岁，而且根本没做努力。一个炎热的夏夜。汽车头灯的光弧扫过天花板。邻居家的洒水器嗡嗡作响。我捉住了睡眠。恰在它像一条清凉的床单静静覆盖到我身上时，一道光抚慰着我的眼睑。我感到睡眠向我袭来。早上醒来，我感到快乐，从此再不需要尝试了。

当然，我从来没有想过要去捕捉死亡，尽管在巴黎的时候我确实经历过。我看到死亡是如何袭来的。

我敢肯定这听上去很夸张。我在巴黎过得很开心，但也伤心。我的恋人和父亲都在前一年去世。母亲刚刚过世。走在大街上，或者坐在咖啡馆中，我想起他们。尤其是布鲁诺，我在脑子里跟他说话，同他一起欢笑。我童年时代的女友们，随意躺在草地上，沙滩上，谈论有朝一日要去巴黎。她们也都过世了。还有安德烈斯，曾送给过我一本《追忆逝水年华》。

刚到的几个星期，我探访这座都市的每一处旅游胜地。在阳光明媚的一天参观橘园美术馆和美丽的圣礼拜堂。巴尔扎克故居，雨果纪念馆。我坐在双偶咖啡馆楼上，那里每个人看起来都像加利福尼亚人，或像加缪。我去蒙马特寻访波德莱尔墓，觉得女权主义者西蒙娜·德·波伏娃与萨特合葬是很滑稽的做法。我甚至还参观了一座医疗器械博物馆和一座邮票博物馆。我在库尔赛乐街徜徉，在香榭丽舍大道漫步。拿破仑墓地，星期日鸟市。赛邦街。有几天我随意搭乘地铁闲转，在每一个新区走啊走。我坐在柯莱特①公寓楼下的广场上，走进卢森堡公园中，从福楼拜到格特鲁德·斯坦因，所有人都和我一起。我与阿尔贝蒂娜②一起去奥斯曼大道和布洛涅树林。眼中的一切都似曾相识③，生动清晰，可我看到的一切都是我曾读过的。

我登上开往伊利耶的火车，去参观普鲁斯特姑妈的房

---

① Colette（1873—1954），法国女作家，作品多描写爱的痛苦与欢愉。
② Albertine，《追忆逝水年华》中的人物。
③ 原文为法语。

子与他描写贡布雷时主要取材的那个村庄。我搭的是早班车，中途在沙特尔下车。那是个暴雨天，天色阴沉，大教堂的彩色玻璃窗透不进光线。一位老太太在侧堂祈祷，一个男孩在弹管风琴。此外并无一人。教堂里很暗，看不清脚下的石地板，但地板已被磨得如绸缎般光滑。一道昏暗的光穿过肮脏的玻璃窗，使错综细密的雕刻呈现出鲜明的轮廓。不论在哪里，没有颜色的精美石雕人像看起来都格外引人注目，就像黑白电影的那种真实。

驶往伊利耶的小火车与我想象中的一模一样。看不到头的单调风景，工人和乡下女人，藤椅。教堂的尖顶！火车停靠时间足够长，让我来得及下车。诡异的是，看不到汽车，只有一辆自行车倚在火车站的墙上。我知道路，要沿酸橙树掩映的车站大道向前走。已是十月，枝头已近光秃，地上的湿叶踩上去不大有声音。就在沙特尔街，坐落着伊利耶的弗洛朗，面向镇广场。我连一个人都没有看到。

我在村中闲逛，等待十点钟那栋房子开始对游客开放。最后我终于看到了人，但他们的穿着都那么老派，让我仿佛回到过去。

阿米奥姑妈家门口站着一对上年纪的德国夫妇。他们按按门铃，笑了笑。我也按按门铃，笑了笑。门铃声和想象中一样。一位老人嘴里叼着雪茄，对我们嘟囔了句什么，让我们进屋。他语速太快，我和那对德国夫妇都没听懂，但这也没关系。我们跟着他穿过那栋小小的房子。马塞尔[1]的妈妈只需要爬那么少的台阶！楼梯平台上有棵秋海棠，显得格格不入。那间没窗户的陈旧厨房一点也不像"一间维纳斯的小神庙"[2]。

我们三人在马塞尔的卧室中待了很久，沉默无言。我们对彼此笑，但看得出来，他们也感到深沉的忧伤。那水罐，那神奇的灯笼，那小小的床。

我站在铺了水泥地的花园中。试图将这栋房子看作一个俗气、了无生趣的小地方，把这座小镇看作一个普通的村庄，但它们却总是化为那座花园，那栋房子，那个贡布雷村，而且让我备感亲切。

餐厅实在难看。绿色植绒壁纸，笨重的大家具。如今这里是座博物馆，摆着明信片和书籍。一个盖着玻璃罩的展台上放着一页写着蛛丝般笔迹的手稿。墨迹已褪为深褐色，纸张已化作琥珀色。那"一页"有几英寸厚，因为每个句子上又贴上补充的句子，像荷叶边一样，而那些句子上面又贴了些从句，这里那里的短语上面还贴了单词。这些附加物都整齐地往下折，像一把手风琴，但非常稠密，折扇般张开。玻璃盒是密封的，但那些贴上去的纸片微微开合，那页手稿仿佛在呼吸。

---

[1] 即普鲁斯特。
[2]《追忆逝水年华》中对厨房工作间的描写。

迷失卢浮宫

"结束了。"[1]那老人说着，送我们走到门口。我听懂那位德国女人正邀我同他们一起步行去"美莱格里兹路"。我谢过他们，但是回答说，离火车开动没多少时间了。他们没听懂，但听我提到圣雅克教堂，便点点头。我们在寒冷的细雨中热情握手作别，后来又转身挥手道别。

赶到教堂时，雨下得正猛，我失望地发现教堂门锁着。我正要找间咖啡馆坐坐，一位患关节炎、非常老的老太太挥舞着拐杖对我喊："我来了！"[2]她开了锁，推开吱嘎作响的侧门，让我走进教堂。里面很暗，只点着几支许愿蜡烛。她在胸前画了十字，从扶手栏杆后面拿出一支羽毛掸子，边领我参观，边到处轻快地掸着尘土，没有牙的嘴里轻声说着话。我听懂她叫玛蒂尔德，八十九岁了。她是教堂的照管人，扫地，除尘，在祭坛上摆放鲜花。她那双淡灰色的眼睛几乎看不见我，所幸也看不见十字架上和枯死的圣米迦勒节雏菊上缠绕的蛛网。我们四处走动，她给我介绍这座教堂。我听出"十一世纪，十五世纪重建"。我在布施箱里放了些钱，点上三支蜡烛。然后我又点上一支，为我，或者为她。我跪在凉凉的木头上，念了一遍万福马利亚。此时我又累又饿。但是，那边正是盖尔芒特公爵夫人的那条靠背长凳。我想静静坐在那里。想

---

[1] 原文为法语。
[2] 原文为法语。

要，嗯，想要**迷失**①一会儿。可结果，我却与玛蒂尔德一起迷失了。她又在身上画了个十字，在祭坛前屈膝，挨着我跪下。突然，她抓住我的胳膊，像乌鸦一样叫道："**贝蕾妮斯！小贝蕾妮斯！**"②这时她抱住我，亲吻我的双颊，很开心再次见到我，问我母亲安托瓦内特可好，她已经多年没有见过我们。她以为我住在坦森威尔，她就是在那儿出生的。她不停地对我讲起伊利耶的人（我妈妈是伊利耶人），问起我的家人，也不等我回答。她耳朵很背，没有留意到我法语很差。她问我结婚没有。"**结了，不过他去世了！**"③她说她很难过，眼中噙满泪水。我告诉她我得走了，去赶火车，说我现在住在巴黎，她又吻了吻我的双颊。她没有哭，而是平淡地说，她不会再见到我了，说她快死了，很有可能。

去火车站的路上，我没来由地哭着。在镇上唯一的旅店里，我吃了顿难以下咽的午饭。

驶往巴黎的火车上，我努力想记起我从孩提时期起睡过的床，却想不起来。我也的确不记得我自己孩子的床了。那么多的摇篮、婴儿床、双层床，有轮子的矮床、折叠沙发床、水床。对我而言，没有一张床像伊利耶的那张小床一样真实。

---

① 原文为法语"perdu"，意为"失去、迷失、迷路、发愣"等，也是《追忆逝水年华》（À la recherche du temps perdu）书名的最后一个单词。
② 原文为法语。
③ 原文为法语。

第二天，我去拉雪兹神父公墓参观普鲁斯特的墓地。天气晴朗明媚，古墓成群，如内维尔森[1]的雕塑。老太太们坐在长凳上织毛衣，猫随处可见。也许时间尚早，我没见到什么人，只有看门人和织毛衣的人，一个穿蓝色防风夹克的矮壮男人。我有一张地图，寻找肖邦、莎拉·伯恩哈特[2]、维克多·雨果、阿尔托[3]、奥斯卡·王尔德，还是颇有趣味的。普鲁斯特与他的父母和弟弟葬在一起。想象一下吧，可怜的弟弟。普鲁斯特的黑色墓碑上放着许多束帕尔玛紫罗兰。在整个墓园随处可见的饱经沧桑的浅色墓碑衬托下，他那亮闪闪的黑色墓碑显得俗气。必定需要历经上百年，才能显出沧桑与美丽，就像爱洛依丝和阿伯拉尔的坟墓，或者像那个碑上刻着"他冷"[4]的男人的坟墓。

我开始沿树木成行的小径疾走，一半是因为起风了，天冷起来，也是因为那个穿防风夹克的男人总在我身后，与我隔着半片墓地的距离。我手中的地图被风刮走，恰在此刻，雨倾盆而落。我朝我以为是出口的地方跑去，但最后只得翻过一根栏杆，躲进一间布满青苔的教堂地下室中避雨。倘若不冷的话，看黄叶红叶从枝头飘落，在旋风中

---

[1] 即 Louise Nevelson（1899—1988），美国著名女雕塑家，受立体主义影响，以单色纪念碑风格的木墙雕塑或户外雕塑而著称。
[2] Sarah Bernhardt（1844—1923），19 世纪后半叶至 20 世纪初法国最著名的女演员。
[3] 即 Antonin Artaud（1896—1948），法国演员、诗人、戏剧理论家，法国反戏剧理论的创始人。
[4] 原文为法语。

翻飞，看银色的雨帘将石头淋成深色，那也是十分美妙的。但是天越来越暗，越来越冷，我听到风声不只是在怒号，而且是在呜咽，心碎地哭喊。挽歌般悲痛的歌声。恶魔般的笑声。我心想，我这是疯了，可我惊恐万状，相信那个穿防风夹克的男人就是死亡，来找我了。这时，吉姆·莫里森所在乐队的乐迷们跑过，他们的手提音响播放着"这就是终结，我的朋友！"，我感觉十分荒谬。既然此时已经完全迷失，我干脆走出地下室，试图跟上他们的声音。在拉雪兹神父公墓的那一个小时中，我跑啊跑啊，却找不到出去的路，于是抓住死亡仿佛是件符合逻辑的事。我听得见远处的车声喇叭声，却连一个人影都看不到，猫和鸟也不见踪迹，连穿防风夹克的男人也不见了。

不，我不是在那里捕捉到死亡的，尽管坐下休息时，我确实琢磨过。万一我因暴露而死，会怎么样呢？我没带身份证，身上什么证件都没有。我是不是该写下名字，再加上"请把我葬在此地，在拉雪兹神父公墓"？可我也没带笔。我决定沿一条路笔直往前走。最后我会走到一堵墙，幸运的话会选到通往外面的方向。我饿得头发晕，脚上那双漂亮的意大利鞋子被雨水泡松，把脚磨出水泡来。我看到一堵墙，恰在此时，我在一片精心照料、摆着鲜花的坟墓中间，看到一座熟悉的凄凉而蓬乱的坟墓。这座墓离柯莱特很近，而柯莱特就挨着大门口和卖花小贩。亲爱的柯莱特，她还在那儿。大门已经上锁，死亡再次掠过我的脑海，但有个男人从小亭里走出来，放我出了门。鲜花不见了，但有辆出租车停在马路边。

我在我住的旅馆附近一家希腊餐馆吃了饭，然后喝了杯浓咖啡，吃了块油酥点心，两杯浓咖啡，几块油酥点心。我抽着烟，看人们来来去去，就是这时候，我第一次想，我能不能像捕捉睡眠那样，捕捉到死亡？人在死亡之时，在死亡来寻他的那一刻，能否意识到死？斯蒂芬·克莱恩①弥留之际对他的朋友罗伯特·巴尔说："死并不难受。你会感到瞌睡——但你并不在乎。只是朦胧中有点焦虑，不知自己到底置身于哪个世界，如此而已。"

第二天早上，羊角面包和法式牛奶咖啡，之后我去参观卢浮宫。他们正在修建那座金字塔，于是走进博物馆就像走出墓园一样艰难。最后我终于看到了卢浮宫。为进博物馆要走几里路，本身就很刺激。博物馆极为庞大。我从未见过规模如此浩大的事物。也许同我第一次渡过密西西比河时相仿。

卢浮宫内部与我原先想象的一样典雅壮丽。我看过萨莫色雷斯岛的胜利女神那美丽的照片。当然我喜爱她是因为布里奇太太。但我怎么也想不到展厅会如此庞大。她屹立于展厅中熙攘的众人之上，姿态如此威严，如此，嗯，

---

① Stephen Crane（1871—1900），美国自然主义作家，代表作为长篇小说《红色英勇勋章》。

有胜利者的气魄。

第一天参观，我走得十分缓慢，满怀崇敬。不是因为艺术——尽管胜利女神和安格尔让我激动得浑身颤抖，许多东西都令我浑身颤抖——而是因为这地方的宏伟，它的历史。虽说有木乃伊、阿努比斯①和棺木，我并没有总是想到死亡。实际上，一具精美的伊特鲁里亚石棺上雕刻的一对拥抱的夫妻是那么美，让我对萨特和西蒙娜也感觉好些了。

我从一间展室走到另一间展室，上楼，下楼，又回到楼上，双手在背后紧握，如想象中亨利·詹姆斯可能的样子。我想到波德莱尔，他在这里亲眼见到德拉克洛瓦带一位老妇人参观博物馆。我爱一切。圣塞巴斯蒂安。伦勃朗。我根本看不到《蒙娜丽莎》，她面前总是站着一队人，被安置在玻璃窗后面，就像在奥克兰的酒水店里。

我坐在杜伊勒里宫一家咖啡馆的外面。服务生给我送来一个法式三明治和一杯牛奶咖啡。他说需要他的话，他就在屋里，待在外面太冷了。我坐在那里，真希望能和什么人谈谈我看到的一切。不能用法语真正交谈真是难受。我想念儿子们。我为布鲁诺和父母感到难过。难过，不是因为想他们，而是因为实际上我不想他们。而等我死后也是一样。死去如同打碎水银。很快又会流回去，聚拢成一

---

① Anubi，也作 Anubis（阿努比斯），古埃及神话中豺头人身的引导亡灵之神。

团悸动的生命。我告诉自己要振作，我独自一人太久了。可我还是坐在那里，回首我的一生，实际上那是充满美与爱的一生。我仿佛经历了一生，就像我遍览卢浮宫，观看，却仿佛隐身。

我走进店内，找服务生付账，告诉他他说的没错，外面是太冷了。回旅馆的路上，我拐进一家美发店洗头。我让理发师帮我多冲洗了一遍，我太渴望被人抚摸了。

在卢浮宫的第二天，我喜欢再去看那些我特别喜欢的作品。布龙齐诺的雕塑家肖像。热里柯的马！《埃普松赛马》。想想吧，他坠马而死，才三十三岁。我拐进一间弗兰德斯画派展室，之后不知怎么又回到伦勃朗；我走下楼梯，到了木乃伊展室。之后我就真的迷路了，就像在墓园中一样，虽说这次有几千人在我周围。我登上几级以前没有见过的楼梯，坐在楼梯平台上休息。奇怪的是，我知道外面大街上有很多人。也许在杜伊勒里宫咖啡馆外的五六张桌子边，有人正坐着喝咖啡。而在卢浮宫内全是人群。成千上万的人，上楼，下楼，在法老们、阿波罗们和拿破仑的沙龙面前络绎经过。

也许我们都被困在一个微观世界之中。这样的词用在卢浮宫，多么可笑。也许我们都是一场表演的组成部分，与珠宝、奴隶一起，被珍重地安置在某人的墓中。我们都被制成木乃伊，却灵巧地移动，上楼下楼，在创作者早已去世的所有艺术品旁边经过。走过伦勃朗的作品，走过弗拉戈纳尔的《门闩》，画中那对可怜的情侣也早已死去。他们很可能只是模特，为得到酬劳不得已几小时、几天里保持那样不舒服的姿势。就那样僵住，直到永恒！我不知道楼梯正把我引向何处。哦，太好了，伊特鲁里亚人。没有人同我说话，甚至都不看我，这更加深了我们都是不朽节目中的永恒表演者这一幻觉。于是我也不理会他们，随意拐弯、上楼、下楼，直到我处于一种近乎催眠的恍惚之中，感觉我与哈索尔女神[1]同在，与画中的宫女融为一体。

最终，我要逼自己离开，去阿波利奈尔饭店吃牡蛎和馅饼，栽倒在宾馆床上入睡，不看书，不想事情。我又回过卢浮宫三四次，每次都会看到新的雕塑或挂毯或珠宝，但还是会迷失自己，直到感觉自己翱翔于时间之外。

有个有趣的现象：假如我拐错了弯，遇到胜利女神本尊，就会立即重回现实世界。最后去卢浮宫那天，我怀疑一段楼梯会把我引向她，于是为避开她，我穿过展室，经过一条狭长的走廊，走下一段陌生的楼梯。

我的心在跳。我很兴奋，却不知为什么。我走进一间新展室。一个我完全不了解的侧厅。我从没有读到过它，也没有看过它的照片。那是出自不同时期的一类古怪而迷人的日常手工艺品。挂毯和茶具，刀与叉。夜壶和餐具！

---

[1] Hathor，埃及神话中的爱神。

鼻烟壶、钟表、写字桌和枝状大烛台。每个小房间里都有可爱的寻常物件。一只脚蹬。一块手表。一把剪刀。这一展区没有非凡之处，就像死亡。如此出人意料。

新月

太阳伴着嘶嘶声响沉没,波浪冲击着沙滩。女人继续沿码头上铺的黑金两色方格地砖,朝山边的悬崖方向攀登。太阳落下后,其他人也接着走起来,如同观众看完戏后离场。她想,不仅是热带日落之美,还有人对它的重视。在奥克兰,太阳每天晚上都落入太平洋,又一天的结束。外出旅行时,你会从自己的日子中,从自己破碎的、不完美的线性时间中暂时抽身。就像读小说那样,事件和人物都有了寓意,化作永恒。男孩在墨西哥的墙上吹口哨。苔丝把头靠在牛身上。他们会永远那样做;太阳会一直向海中沉落。

她走到悬崖上方的平台上。洋红色天空在水中倒映出一片彩虹颜色。悬崖下方锯齿形的岩石间修建了一个巨大的石砌游泳池。波浪在远处的墙壁上撞碎,漫进游泳池,散落下几只螃蟹。几个男孩在深水中游泳,但大多数人只是在蹚水，或在布满苔藓的石头上坐着。

女人攀着石头爬到下面的水边。她脱下罩在泳衣外的直筒裙，同其他人一起坐在滑溜溜的墙上。他们看着天空渐渐褪色，淡紫色天幕上现出一弯橘色的新月。月亮！人们叫起来。新月！天黑下来，橘色的月亮变成金色。泡沫如瀑布一般流入游泳池，呈现出鲜明的金属白。游泳者的衣服仿佛被频闪灯照亮，涌动着诡异的白色。

银色池水中的大多数游泳者都穿着衣服。他们中许多人来自遥远的山区或牧场，他们的篮子堆放在岩石上。

他们不会游泳，所以躺在池水中漂浮，任波浪摇晃他们，把他们冲得转来转去，感觉很美好。当白色的碎浪没过墙面时，他们似乎根本不是在游泳池中，而是置身于大海里属于他们自己的宁静的涡流之中。

路灯在他们头顶亮起来，映衬着码头的棕榈树。街灯在图案繁复的锻铁灯杆上幽幽发着光，如琥珀色的灯笼。池水一遍又一遍倒映着灯光，先是完整的，然后变成耀眼的碎片，然后又变得完整，宛如天上那轮细小的月亮下面的几块满月。

女人跃入水中。空气清凉，池水暖而咸。螃蟹在她脚上仓皇奔过，脚下的石头凹凸着，有天鹅绒的触感。直到这时她才回忆起，多年前她来过这个游泳池，那时她的孩子还不会游泳。她清晰回忆起丈夫的眼睛，那眼睛在泳池对面望着她。她怀里抱着一个儿子游泳，他抱着另一个。

这甜蜜的回忆并未伴着痛苦。没有失落、懊悔或死亡的预感。加布里埃尔的眼睛。儿子们的欢笑在悬崖间回荡,落入水中。

游泳者的声音也从石头上弹跳着。啊!男孩们像看烟花时那样大叫着跳入水中。他们身穿白色衣服,在水中摆动。衣衫旋转,如同在舞会上跳着华尔兹,很有节日气氛。在他们下面,大海在沙滩上留下精美的花饰。一对年轻夫妇跪在水中。他们并没有触碰,但在女人看来,他们爱得那么炽烈,仿佛有细细的飞镖和箭从他们身上射入水中,如同萤火虫或荧光鱼。他们身穿白色衣服,但在黑暗天空的映衬下,却像是赤裸着身体。他们的衣服紧贴在黑色的酮体上,贴着他强健的双肩和腰胯,贴着她的胸脯和肚子。当海浪涌入、退却时,她长长的头发就浮起来,如黑雾的卷须将他们覆盖,然后回落,化作黑色、墨色,退入水中。

一位戴草帽的男人问女人,愿不愿意把他的宝宝抱进水中。他把最小的递给她,婴儿吓坏了,从女人手臂上滑出去,像一只受惊的小狒狒,爬到她的头上,揪扯她的头发,将腿和尾巴缠绕在她脖子上。她把尖叫的婴儿从自己身上解开。男人说:"抱另一个吧,那个乖。"她抱着另一个游入水中,那孩子果然静静躺在水中。那么安静,肯定是睡着了,她想,但是没有,孩子在轻哼着。其他人在凉爽的夜色中唱着,哼着。越来越多的人走下台阶,走进水中。月牙变得像泡沫那样洁白。过了一会儿，男人把婴儿从她身边带走，带着孩子们离开了。

石头上，一个女孩努力想把她祖母哄进游泳池。"不！不！我会跌倒的！"

"进来吧，"女人说，"我带你游遍整个游泳池。"

"你看，我的腿摔折过，我怕再摔折。"

"什么时候的事？"女人问。

"十年以前。那段时间真不容易。我没法砍木柴，没法下地干活儿，我们没有吃的。"

"进来吧。我会当心你的腿。"

最终，老太太让女人把她从石头上托着放进水里。她大笑着，用虚弱的双臂紧紧搂住女人的脖子。她很轻，如同一袋贝壳。她的头发闻上去有炭火的气味。"太棒啦！"她贴着女人的喉咙小声说。她银色的发辫在她们身后的水中漂荡。

她今年七十八岁，以前从没见过大海。她住在查奇威德斯附近的牧场。她和孙女坐在卡车车厢里来到这个海港。

"我丈夫上个月死了。"

"我很难过。"

她带着老太太游到远处的墙边，清凉的浪花涌过她们身上。

"上帝终于带他走了，终于回答了我的祈祷。他在床上躺了八年。八年了，他说不了话，下不了床，自己吃不了饭。像婴儿那样躺着。我累得浑身疼，眼睛火辣辣的。终于，我想着他睡着了，想偷偷溜出去。他就低声喊我的名字，那可怕的咕噜咕噜的声音。'康素爱萝！康素爱萝！'他那骷髅一样的手，死蜥蜴一样的手，像爪子一样向我伸过来。那日子真是可怕，可怕。"

"我很难过。"女人又说道。

"八年了。我哪儿也去不了。连街角都去不了。连街角都不行！我每天晚上都祈求圣母，把他带走吧，给我些时间，让我过几天没有他的日子。"

女人抱着老太太，把那柔弱的身体贴近自己，再次游进池水中。

"我母亲半年前刚去世。我的感觉也一样。那段时间很可怕，很可怕。我白天黑夜都得拴在她身边。她认不出我来，对我说恶毒的话，年复一年，用手抓我。"

我为什么要对老太太撒这样的谎？她自问。但这也算不上撒谎，那血淋淋的抓痕。

"现在他们走了，"康素爱萝说，"我们自由了。"

女人笑起来。自由，多美国的说法。老太太以为她是开心地笑。她紧紧拥抱着女人，亲了亲她的脸颊。她没有牙，那吻柔软得如同芒果。

"圣母应许了我的祷告！"她说，"看到你我自由了，上帝很高兴。"

两个女人在黑暗的水中漂来漂去，游泳者的衣服在她们周围旋转，如同一场芭蕾舞。在她们附近，那对年轻夫妇在接吻，片刻间，他们头顶洒下繁星，然后一阵迷雾笼罩了星星和月亮，让街上乳白色的灯光变得暗淡。

"奶奶，我们要吃饭了！"孙女喊道。她打着寒战，衣服在石头间滴着水。一个男人把老太太从水中提起来，抱着她走过曲折的岩石，走到码头上。远处，流浪乐队在演奏。

"再见！"老太太在栏杆边挥着手。

"再见！"

女人也向她挥手。她游到泳池另一边，漂浮在丝滑温暖的水中。微风轻拂，有种说不出的温柔。

阴影

服务生从地板上捡起她的餐巾，帮她搭在膝头，另一只手一转，将一盘色泽淡雅的水果摆在她面前的桌上。音乐声从各处传来，不是街头拎着走的晶体管收音机，而是远处的流浪艺人，厨房里收音机播放的波莱罗舞曲，磨刀石的尖啸声，一位街头乐手的手风琴声，脚手架上工人们的歌声。

简是位退休教师，离婚了，孩子也已成年。她曾与塞巴斯蒂安和他们的儿子在瓦哈卡州生活过一段时间，自那以后，已有二十年没来墨西哥。

她原本一直喜欢独自旅行。但昨天游览特奥蒂瓦坎时，她真想把话说出口，谈谈那如此壮观的景象，确认龙舌兰的颜色。

在法国的时候，她喜欢独自一人，可以到处漫游，与人交谈。在墨西哥却很难。墨西哥人的热情凸显出她的孤独，她已逝的过去。

今天早上，她到壮游旅行社登记台报了一个团，由导游带领观看星期天的斗牛表演。宏大的场地，疯狂的拥趸，独自面对这些令人胆怯。西班牙语把"拥趸"叫作 Fanático（狂热的人）。想象一下，大门四点钟上锁，五万墨西哥人却在这之前很早就准时到场。以示对公牛的尊重，出租车司机说。

两点半，观看斗牛表演的参观团在大厅里集合。团里有两对美国夫妻。乔丹夫妇和麦金泰尔夫妇。两位男士都是外科医生，是来墨西哥城开会的。他们有网球运动员那样健壮的体格，黝黑的肤色。他们的妻子衣着昂贵，但陷入医生妻子们常犯的时间错位，穿着她们丈夫读医学院时流行的长裤套装。她们头戴廉价的西班牙式黑色毡帽，上插一朵红玫瑰，那是街头出售的纪念品。她们觉得自己是"戴着玩"，并没有意识到她们戴上那样的帽子，模样有多娇媚，多俊俏。

团里还有四位日本游客。大和夫妇，一对身穿黑色和服的老夫妇。他们的儿子杰瑞，一个四十多岁、高大帅气的男人，还有他年轻的日本新娘迪迪，身穿美式牛仔裤和运动衫。她同杰瑞说英语，同他父母说日语。他吻她的脖子或咬她的手指时，她便脸色绯红。

原来杰瑞也是加州人，是位建筑师，迪迪是旧金山的一个化学系学生。他们还要在墨西哥城住两天。他父母是专程从东京赶到这里来与他们相会的。不，他们从没有看过斗牛，但杰瑞认为这种表演很有日本特色，结合了三岛由纪夫称之为"日本品格"的优雅与残忍。

他们几乎还是陌生人，他竟会对简说出这样的话，她很高兴，立即对他心生好感。

他们三人都坐在皮沙发上等导游，于是谈起三岛由纪夫，谈起墨西哥。简告诉那对夫妇说，她自己的蜜月也是在墨西哥城度过的。

"很美好，"她说，"很神奇，那时候还能看得到火山。"我到底为什么总想起塞巴斯蒂安？我今晚要给他打电话，告诉他我来墨西哥广场了。

艾拉祖里兹先生本人就像一位老斗牛士，瘦削，威严。他那头过长的油腻的头发卷曲着，也许是无心地卷成一条尾巴的形状。他做了自我介绍，请他们放松，来杯葡萄酒，听他稍微讲讲斗牛，简略介绍一下斗牛的历史，解释一下他们将要看到的东西。"每场斗牛表演的形式都是永恒的，像乐谱一般精确。但是每一头牛，都是出人意料的元素。"

他告诉他们，虽然现在天很热，但要带点暖和的衣服。他们立即乖乖地去取毛衣，挤进本来已经满员的电梯里。下午好。墨西哥有种风俗，进电梯，在邮局排队，进等候室，都要跟人打招呼。其实这样会让等待更为自在，因为已经承认了彼此的存在，站在电梯里就不必老盯着前方看。

他们都钻进旅馆的面包车。两位医生妻子接着谈一个叫塞布丽娜的患躁郁症的女人,她们早在佩塔卢马或索萨利托的时候就开始谈她。两位美国医生好像很局促。上年纪的大和夫妇轻声说着日语,低头看自己的膝盖。杰瑞和迪迪四目相对,或微笑着看他们让简在旅馆里、面包车里、喷泉前为他们拍的照片。面包车沿叛乱街向广场飞驰,两位医生身体一会儿紧绷,一会儿后缩。

简和艾拉祖里兹先生坐在前排。他们说西班牙语。他告诉她,今天很幸运,他们能看到豪尔赫·古铁雷斯,墨西哥最杰出的斗牛士。还有一位优秀的西班牙人,罗伯托·多明格斯,以及一位首次在广场登台表演的墨西哥青年,叫阿尔韦托·希格里奥,这是他的首秀。古铁雷斯,多明格斯,这些名字并不浪漫,简评论道。

"他们还没有赢得类似'花花公子'[①]这样的绰号。"他说。

杰瑞瞥见简在看他和妻子亲吻。他冲她一笑。

"请原谅,我并不是有意这么失礼的。"她说,可她还是像那姑娘一样涨红了脸。

"你肯定是回想起了自己的蜜月!"他咧嘴笑了。

面包车在体育场附近停下,一个男孩拿着一块抹布开

[①] 原文为"El Litri",是著名西班牙斗牛士米格尔·巴埃兹(Miguel Báez)的绰号。

始擦车窗。多年前，墨西哥有停车计时器，但是没有人收钱或者强制开收费单。人们把小金属片塞进计时器，或干脆把它们砸坏，就像他们砸坏收费电话一样。于是现在的收费电话都是免费的，也没有停车计时器。但是好像每个停车点都有自己的私人服务员，帮你看车，一个凭空冒出来的男孩。

爆烈，兴奋，广场外人群激动不已。"感觉像世界联赛！"一位医生说。那些摊贩有卖塔可饼的，卖招贴画的，卖牛角的，卖斗篷的，卖多明吉恩、胡安·贝尔蒙特、马诺莱特的照片的。圆形运动场外矗立着"圆柱之环"①的一尊巨型青铜像。一些拥趸在他脚下献上康乃馨。献花时他们需要弯下身子，所以看上去好像在他面前跪拜一样。

参观团成员带的包受到全副武装的安保人员的检查。同墨西哥各地的警卫一样，安保人员都是女性。艾拉祖里兹先生告诉简，库埃纳瓦卡的全部警员都是女性。缉毒警、摩托警、警察局局长。女人不容易收受贿赂，不容易腐化。杰瑞说他注意到担任公职的女性人数之多，超过了美国。

"当然，我们整个国家都是受瓜达卢佩圣母保护的！"

"但是没有那么多女斗牛士吧？"

---

① 原文为"El Armillita"，是著名墨西哥斗牛士米格尔·埃斯皮诺萨（Miguel Espinosa）的绰号。

"有几位。都很出众。但说实话，跟公牛搏斗应该是男人的差事。"

下面的广场上，身着红白两色制服的斗牛士助理们在耙沙子。观众们爬向高处的一排排座位，在周围一圈蓝天映衬下，形成点彩画一样的色彩旋涡。小贩们拎着一桶桶沉重的啤酒和可乐，沿着水泥座位上方的金属扶栏疾走，在如同特奥蒂瓦坎的金字塔台阶那样狭窄的台阶上跑上跑下。观光团成员看着手中的节目单，斗牛士的照片和资料，从圣地亚哥牧场运来的公牛的照片和资料。

身穿黑皮衣、抽着雪茄的男人们，头戴大帽子、身穿镶有银饰的外套的墨西哥牛仔，聚集在斗牛场栅栏边。他们观光团的人，除了有那两顶西班牙式帽子，显然穿着都太随意了。他们打扮得像是来看球赛的。大多数墨西哥女人和西班牙女人都穿休闲装，却尽可能讲究，化浓妆，戴很多首饰。

他们的座位在阴影中。广场完美地划分为阳光区和阴影区。阳光很灿烂。

差五分钟四点，六位斗牛士助手举着一幅棉布横幅绕广场一周，横幅上写着："凡因惊讶而扔坐垫的人一律罚款。"

四点钟，小号高奏激动人心的《斗牛舞》。"卡门！"乔丹太太叫起来。大门敞开，游行开始。首先上场的是法警，两位骑阿拉伯马的黑须男子，身穿黑衣，颈围上浆的白皱领，头戴饰有羽毛的帽子。他们穿过广场时，骏马昂首阔步，前蹄腾跃。紧跟在后面的是三名穿着华丽的斗牛士，左肩披绣花披风。多明格斯穿黑色，古铁雷斯穿蓝绿色，希格里奥穿白色。每名斗牛士身后都跟着三人组成的协助团队，也都披着精美的披风。随后上场的是肥胖的马上斗牛士，骑着身披护甲、头戴捂眼罩的马，然后是斗牛士助理和运沙人，身穿红白两色。真正要运走牛尸体的男人身穿蓝色。二十世纪，马德里有一个很受欢迎的剧团，训练了一群猴子在剧院表演，猴子身穿与斗牛场工作人员相同的演出服。它们被称作"灵猴"，monosabios。从此灵猴就成为斗牛场中人的固定称呼。

徒步斗牛士都穿鲑鱼肉色的长筒袜，看起来单薄得不相宜的芭蕾舞鞋。不，他们需要感受沙地。他们的脚是最重要的部分，艾拉祖里兹先生说。他注意到简很喜欢那些色泽和服装，斗牛士骑的马身上覆盖的带夹层、饰穗子的护具。他告诉她，西班牙斗牛士开始穿白色长筒袜，但大多数真正的斗牛迷是反对的。

一个助理走出牛门，手举木牌，上面漆着"**奇鲁辛 499公斤**"。喇叭高奏，公牛冲进竞技场。

第一个三分之一场美极了。希格里奥优雅地旋转。他的星光外套在下午的阳光中光彩熠熠，化作一轮光晕围绕着他。除了过招时有节奏的"好哇！"，广场十分安静。你能听到奇鲁辛的蹄声，喘息声，粉红色披风的唰唰声。

"斗牛士！"人群呼喊道。那年轻的斗牛士笑了，一种纯粹快乐的无邪微笑。这是他的首秀，拥趸狂热地欢迎他。但也有许多呼哨声，艾拉祖里兹先生说，那是因为那头牛不勇猛。号声响起，斗牛士即将上场，花镖手跳跃着把牛向马引过去。不可否认，这实在是美妙。

几位美国人被斗牛表演那芭蕾般的优雅所吸引，但当马上斗牛士开始将长钩一次又一次插向公牛颈背上的肉时，他们感到吃惊而厌恶。粗大的血流闪着红光喷射而出。拥趸吹口哨，全竞技场的人都在吹口哨。他们总是这样，艾拉祖里兹先生说，除非斗牛士叫停，不然他是不会住手的。希格里奥点头，号角齐鸣，表示下一个三分之一场开始。希格里奥自己扎进三对花枪，他轻快地跑向奇鲁辛，在竞技场中央跳跃着，旋转着，就在他将花枪完美插进时，正好躲过牛角。每一次他都将刺枪对称地插入，直到在流淌的红色鲜血之上留下六个白色的旗帜。大和夫妇微笑着。

希格里奥是如此优雅，如此快乐，看着他的人也都心情舒畅。可那依然是头恶劣的牛，很危险，艾拉祖里兹先生说。人们将所有的鼓励都给了这个年轻的男人，他有那样的风度。但他杀不死那头公牛。一次，两次，然后一次又一次。奇鲁辛口中流血，但就是不肯倒下。斗牛士助手们一圈圈赶着它跑，好加速它的死亡，希格里奥又刺了它一剑。

"野蛮。"麦金泰尔医生说。两位美国医生同时站起身，带着他们的妻子离开。两位头戴漂亮帽子的女人在陡峭的台阶上不停驻足回望。艾拉祖里兹先生说他要送他们去找出租车，当然还要付车钱。他马上回来。

年长的大和夫妇礼貌地看奇鲁辛死去。年轻的夫妇极为兴奋。在他们看来，斗牛充满力量，威严壮丽。最后，牛倒地死去，希格里奥拔出血淋淋的剑。在人群的口哨和讥笑声中，几头骡子拖走了公牛。他们责怪的是杀牛的技术太差，而不是年轻的斗牛士。他的见证人豪尔赫·古铁雷斯拥抱了希格里奥。

下一场斗牛之前，看台上一阵乱腾。人们跑上跑下，参观，抽烟，喝啤酒，往嘴里喷葡萄酒。小贩们卖苋菜籽开心糖和鲜绿色的椭圆形点心，开心果，猪皮，达美乐比萨。

一阵温暖的微风吹来，简浑身一抖。一波极深的恐惧漫过她心头，一种无常之感。也许整个广场都会消失。

"你冷了。"杰瑞说，"给，穿上你的毛衣。"

"谢谢。"她说。

迪迪伸手越过杰瑞的腿，摸摸简的胳膊。

"你要是想离开，我们会送你出去的。"

"不了，谢谢。我想肯定是因为海拔。"

"杰瑞也会这样，他装了心脏起搏器，有时候呼吸困难。"

"你还在抖。"杰瑞说，"你确定没事吗？"

那对夫妇和蔼地冲她微笑,她也报以微笑,但她依然因为意识到我们的无足轻重而颤抖。甚至都没有人知道她身在何处。

"哦,很好,你及时赶回来了。"艾拉祖里兹先生回来的时候,她说。

"我搞不懂,"他说,"我,我自己,是看不了美国电影的。《盗亦有道》《迈阿密特别行动》,在我看来那才是残忍。"他耸耸肩。他替从圣地亚哥运来的公牛向大和夫妇道歉,仿佛它们是一种全国性质的尴尬。那位日本男人以同样彬彬有礼的态度让他宽心,正相反,他们很感激能来到这里。斗牛是高雅的艺术,很精妙。号声响起时,简想道,这不是一场表演,而是一种仪式,是献给死亡的圣礼。

圆形竞技场随着"豪尔赫、豪尔赫"的叫喊声震颤搏动着。还有针对裁判的口哨声和愤怒的讥笑。*Culero!* 浑蛋!因为他没有赶走那头公牛,普拉泰罗。*No se presta*,它没尽力,艾拉祖里兹先生说。在第二个三分之一场,那头公牛绊了一跤跌倒在地,之后就干脆坐在地上,好像不愿起来了。"燕子啊,燕子!"坐在阳光区的一群人唱起来。

艾拉祖里兹先生说,那是一首关于燕子离开的歌,是一首告别歌曲。"他们说:'再见吧,这该死的公牛!'"豪尔赫显然气坏了,决定尽快杀死普拉泰罗。但他做不到。就像之前的希格里奥,他的剑在牛身上弹开,刺得太高、太靠后,最后那畜生终于死了。斗牛士丢了脸,垂头丧气地离开竞技场。他忠实的拥趸一刻不停地呼喊"斗牛士",让人感觉更像是嘲弄。斗牛士助手和骡子上场,伴着口哨声、咒骂声和几千个飞掷的坐垫,将普拉泰罗拖走。

如果说希格里奥的风格是抒情的,古铁雷斯是郑重的,那年轻的西班牙人多明格斯则是烈火般的,桀骜不驯的,席卷着公牛森特纳里奥随他越过沙地,如孔雀开屏般飞旋开他的披风。他紧贴公牛,弓起的腰胯离牛只有几英寸远。好哇!好哇!斗牛士和公牛如水藻般打着转。斗牛士入场,斗牛士助手轮番进攻。披风飞扬,他们将公牛向马引去。公牛攻击马腹。一次又一次,马上斗牛士将花枪刺进公牛的身体。于是公牛暴怒,用蹄子刨着沙地,低着头,伴着滚雷般的蹄声,朝最近的斗牛士助手直冲过去。

就在此时,一名男子跳进赛场。他很年轻,身穿牛仔裤和白衬衣,手里拎着一条红色披肩。他从警官身旁飞奔而过,站到公牛面前,漂亮地过了一招。好哇!整个广场欢声雷动,喝彩声,口哨声,帽子满天飞。"一位观众[①]!"两个身穿灰色法兰绒套装的警察跳进竞技场,他

[①] 原文为西班牙语"Espontáneo",指斗牛表演中违规随意上场斗牛的观众。

们脚穿高跟靴,在沙地上笨拙地奔跑着追逐那名男子。每次公牛跑向多明格斯,他都优雅地与之搏斗。森特纳里奥以为这是场聚会,像条爱玩耍的拉布拉多犬一般上蹿下跳,先是冲向斗牛士的一名副手,然后冲向一名保安,然后是一匹马,然后冲向那名男子的红披肩。嗡——它试图撞倒一个马上斗牛士,然后又去撞那两名警察,把两人都撞翻在地,其中一个受了伤,脚被踩碎。三个副手都在追逐那名男子,但每次男子斗牛时,他们便停下来观看。

"观众!观众!"人群呼喊着,但是更多警察进到场中,把他抛出斗牛场的栅栏外,早有手铐在等着他。他被拘押起来。对于"随意上场者",有严厉的刑罚和罚款,艾拉祖里兹先生说,不然人们总会这样干。但是当受伤的警卫被抬下场,马上斗牛士下场时,人群还在不停为那名观众喝彩。

多明格斯要奉献那头公牛了。他要求裁判允许他将牛献给那位观众,要求将他释放。他的要求被准许。那人被解了手铐,又跳进围栏,这次是接受斗牛士的斗牛帽,与他拥抱。一顶顶帽子、一件件外套从看台上飞到他的脚下。他以斗牛士的优雅风度躬身施礼,跳过栅栏,爬上看台,越爬越高,一直爬到阳光区的看台,爬到大钟旁。与此同时,斗牛士助理正在分散牛的注意力,此时它已遍体鳞伤,如同一个过分活跃的孩子,绕着竞技场飞驰,牛角顶进栅栏和协助团队藏身的安全岛中。大家还在开心地唱着"观众！",就连那位日本老人都在喊！那对年轻夫妇开怀大笑,相互拥抱。多么辉煌炫目的混乱。

多明格斯更换公牛的要求被拒绝,但仍设法精神抖擞、颇为勇猛地与那头神经质的动物搏斗,森特纳里奥早已变得愤怒,难以捉摸。每次他试图杀死公牛,它都跳跃着避开。有本事逮我呀！于是再一次,反反复复扎在错误的部位,鲜血淋漓。

简以为杰瑞在冲斗牛士大吼,但他只是在大叫,试图站起来。他跌倒在水泥台阶上。他的脑袋在水泥地上磕破了,殷红的鲜血流进黑发之中。迪迪跪在他身旁的台阶上。

"来得太早了。"她说。

简叫一个保安去喊医生来。杰瑞的父母并排跪在他上方的台阶上,小贩们在他们身旁急匆匆跑上跑下。简歇斯底里地傻笑一声,她注意到,在美国,这时会有一群人围拢过来,而在广场上,没有一个人眼睛离开竞技场,场中希格里奥正在斗一头新的公牛纳贝航泰。

恰在下面的斗牛士伴着一片激烈的口哨声和抗议声刺向公牛时,医生赶到了。那位小个子男人浑身是汗,直等到喧闹声消退,才心不在焉地抓起杰瑞的手。斗牛士下场的时候,他对迪迪说:"他死了。"但她已经知道,他父母也知道了。老人搂着妻子,他们低头看着他,眼含悲痛地看着儿子。迪迪已经帮他翻过身来。他眼睛半睁着,脸上挂着愉悦的神情。迪迪微笑着垂头看他。一个卖雨衣的小贩给他盖上一块蓝塑料布。"谢谢。"迪迪说。

"请付五千比索。"

好哇！好哇！希格里奥在竞技场中旋转，花枪举在头顶。他迈着起伏的步子，沿"之"字路线，跳跃着奔向公牛。两位女警卫走过来，其中一人告诉简，她们没有办法把轮床弄到台阶上来。他们得等到斗牛结束才能把轮床推进看台和斗牛栏之间的过道，然后才能把他的遗体抬过栏杆。没问题。只要他们能过来，就会尽快。另一位保安告诉杰瑞的父母，他们得回自己座位，不然可能会受伤。那对老夫妇顺从地坐下。他们等待着，低声私语。艾拉祖里兹先生轻声对他们说话，他们点头，虽然听不懂。迪迪把丈夫的头抱在膝头。她紧紧抓着简的手，目无所视地盯着竞技场，此时希格里奥正在换剑，准备杀牛。简与救护车司机交谈，替迪迪翻译，从杰瑞的皮夹里拿出美国运通卡。

"他一直病得很重吗？"简问迪迪。

"是的，"她轻声说，"但我们以为还会有更多时间。"

简和迪迪拥抱着，两人之间的扶手紧紧抵着她们的身体，如同悲痛。

"太早了。"迪迪又说了一遍。

广场上的人都站起身。豪尔赫又给了希格里奥一头公牛赫诺韦斯，作为他首秀的礼物。在下一场表演开始前，身穿蓝衣的运沙人用手推车运来沙子，掩埋沙地上的血迹，另有人把沙子耙平。轮床推到栏杆下面时，竞技场中没有人。去前面等我们，医务人员说，但是迪迪不肯丢下他。抬着杰瑞的尸体，穿过此时狂热的人群，把他放到轮床上，花了很长时间。一到斗牛场地外的过道中，他们就总是要等，给奔跑的斗牛士助理让路，给拿着水瓶往披风上倒水的人让路，给持剑人让路。愤慨的声音对迪迪吼叫，因为女人来斗场外的过道里是犯忌讳的。

艾拉祖里兹先生和简陪着那对老夫妇站在广场高高的台阶顶端。希格里奥以漂亮的一击杀死赫诺韦斯。他赢得两耳一尾的奖励。伴着"公牛！公牛！"的欢呼，人们喜气洋洋地拖着勇敢的公牛绕场而行。观众拥到狭窄的台阶上，许多人醉了，所有人兴奋若狂。斗牛场上的骑警正捧着牛耳和牛尾走过沙地，走向希格里奥。

简走在大和夫妇身后。艾拉祖里兹先生和一个保安在前面带路，四周一片嘹亮的喇叭声，震耳欲聋的"斗牛士，斗牛士"的呼喊声。玫瑰花、康乃馨、帽子漫天飞舞，遮蔽了天空。

图书在版编目（CIP）数据

十一点钟　平安无事 /（美）露西亚·伯林著；王爱燕译. -- 北京：北京十月文艺出版社, 2024. 11.
ISBN 978-7-5302-2445-8

Ⅰ. I712.45
中国国家版本馆CIP数据核字第20249TF128号

十一点钟 平安无事
SHIYI DIAN ZHONG PING'AN WUSHI
[美] 露西亚·伯林 著
王爱燕 译

出　　版	北 京 出 版 集 团
	北京十月文艺出版社
地　　址	北京北三环中路6号
邮　　编	100120
网　　址	www.bph.com.cn
发　　行	新经典发行有限公司
	电话 (010)68423599
经　　销	新华书店
印　　刷	北京盛通印刷股份有限公司
版　　次	2024年11月第1版
印　　次	2024年11月第1次印刷
开　　本	850毫米×1092毫米　1/32
印　　张	10
字　　数	179千字
书　　号	ISBN 978-7-5302-2445-8
定　　价	59.00元

如有印装质量问题，由本社负责调换。
质量监督电话　010-58572393

版权所有，未经书面许可，不得转载、复制、翻印，违者必究。

著作权合同登记号　图字：01-2024-3125
EVENING IN PARADISE: More Stories by Lucia Berlin
Copyright © 1981,1984, 1985,1988, 1991,1990, 1993,1997, 1998, 1999 by Lucia Berlin
Copyright © 2018 by the Literary Estate of Lucia Berlin LP
Published by arrangement with Farrar, Straus and Giroux, New York.
All rights reserved.